爆肝工程師的異世界狂想曲

11

愛七ひろ

Death Marching to the Parallel World Rhapsody

Presented by Hiro Ainana

Kadokawa Fantastic Novels

插畫／shri

CONTENTS

Death Marching to the Parallel World Rhapsody 11

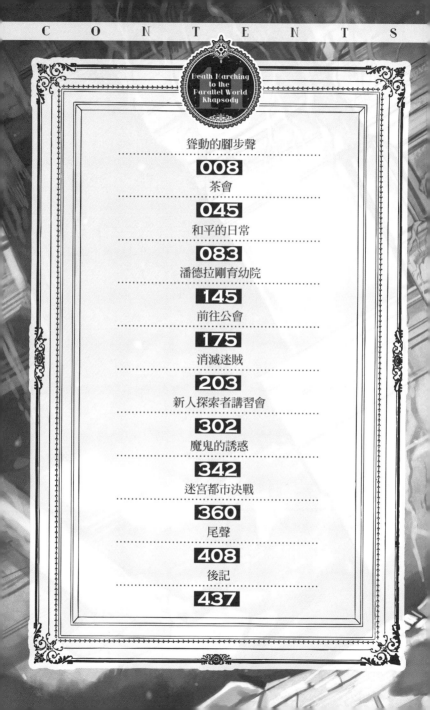

聳動的腳步聲

「我是佐藤。以前或許是防火建築不普及的緣故，似乎曾發生過很多的都市火災。『一根火柴釀大火』的警語在日本很有名，不過在沒有火柴的異世界裡——」

「前來領取配給的孩子們要排成三排哦！」

以充滿活力的聲音這麼呼喊的，是將被人視為不吉利的紫色頭髮用金色假髮隱藏起來的小女孩亞里沙。

迷宮都市賽利維拉西探索者公會附近的廣場上，我們事前告知的賑濟活動吸引了超乎預期的人數。

除了原本針對的那些找不到臨時工作的缺食兒童和老人們，就連三餐不繼的新人探索者少年少女們似乎也聚集而來。

「排隊，排隊～？」

匆匆穿梭在這些人當中協助整隊的，是白色短髮擁有貓耳貓尾的貓耳族小女孩小玉。

「不可以插隊喲！要乖乖排在後面喲！」
至於發現違規行為正在進行糾正的，則是頂著褐色鮑伯頭髮型犬耳犬尾的犬耳族小女孩波奇。
「饑腸轆轆的幼生體們，隊伍尾端在這裡——這麼告知道。」
將長長的金髮綁成馬尾的魔造人娜娜就像參加某同人誌販售會的隊伍一樣，手中拿著「最後端」的立牌。
她今天並非鎧甲打扮而是穿著夏季洋裝，所以防備鬆散的胸前和腋下讓我有些擔心。
「主人，調理組已經準備完畢。可以發放了。」
用凜然的眼神這麼告知的，是頸部和手腕處都具有橙鱗族特徵橙色鱗片的莉薩。
儘管最近在戰鬥方面的表現十分搶眼，但莉薩像這樣子穿著便服圍上圍裙的模樣也很有新鮮感，實在很好看。
畢竟，當初傳授我和露露料理基礎的人也是她呢。
「這邊負責調理的部分已經結束，我也來加入供餐組吧。」
面帶閃亮般的耀眼笑容這麼開口的是連偶像明星見到後也會光著腳丫落荒而逃，超級貌美的露露。
回頭的時候，那細心呵護的黑髮就像洗髮精廣告一樣美麗地飄逸著。

真是的，居然把這種傾城級的美少女當成醜女，這個世界的人族們的審美標準實在是罪孽深重。

「準備萬全。」

精靈蜜雅身穿白色日式長袖圍裙並戴上口罩及三角巾，打扮得如同午餐值日生一般。

她將淡青綠色的長髮綁成雙馬尾，底下隱約可以見到象徵精靈的微尖耳朵。

蜜雅的左右兩旁，房子裡僱用的女僕小女孩們也頂著和蜜雅相同的打扮正在待命中。

身為女僕長的米提露娜小姐則是待在女僕小女孩們的後方照看著，一邊似乎正在調理組裡負責幫湯鍋注意火候。

「那麼，這就開始吧——」

要為開幕致詞也很麻煩，我於是藉助擴音技能簡短向廣場聚集的人們告知「現在就開始賑濟食物」。

發出歡呼聲的人們按順序逐一領取餐點。

餐點為葉子折成的器皿裡所擺放的丸子，以及將椰子剖成兩半的容器內盛裝的湯。

這兩種都是迷宮都市內販售的廉價容器，可以用完即丟。

由於這一帶並沒有椰子樹生長，我有點好奇原料究竟是哪裡供應的。

「哇啊！看起來好好吃～」

「湯也很香呢。」

「那個黑黑的東西是什麼呢？」

「還有丸子！」

排隊等待的孩子們帶著充滿期待的表情彼此交談。

順帶一提，發放的丸子是薯類和豆子製成，至於湯裡的配料則是章魚乾的碎片和海帶芽這種樸素的組合。

一開始構思的菜單更為正式，但亞里沙和米提露娜小姐卻出言制止，於是就變成這個樣子了。

據她們的說法，再豐盛一些的話就會一併吸引有能力吃飯的人過來，給經營輕食攤車的人們帶來困擾。

基於同樣的理由，開始發放的時間也錯開了早晨的上班時間。

「那邊！不要停下來，等離遠一點再開動！」

見到孩子們迫不及待開始享用領到的餐點，亞里沙遠遠警告道。

「很好吃呢。」

「嗯，薯泥不會苦。」

「豆泥也不會麻麻的哦。」

大吃特吃的孩子們相互這麼交談著。

薯類和豆子這些迷宮都市低收入階層的好伙伴，是來自「跳跳薯」和「步行豆」這類植物系魔物的屍體，所以一般調理過後在食用時會帶有強烈的苦味和澀味。尤其是吃到紅黑色纖維時還會導致輕度的麻痺狀態所以不能掉以輕心。

這次的料理則是我們在處理材料時先將造成麻痺的部分仔細挖掉，接著把切細後的薯類和豆子搗碎做成丸子狀，再以獸油油炸而成。

「燙燙。」

「湯也很好喝呢。」

「嗯！黑綠色的東西會跑來跑去，不過很好吃哦。」

「這種白色的吃起來捲捲軟軟的，我很喜歡。」

加入海帶芽和章魚的湯似乎也很受好評。

這種章魚是使用了迷宮都市內一般流通的迷宮章魚。

原本還打算將砂糖航線旅行時大量獲得而煩惱於怎麼處置的章魚型海魔塊狀肉乾拿來使用，但萬一遭到鑑定而被懷疑來源也很麻煩所以就打住了。

還是找個機會，假扮成神祕的商人亞金多將章魚型海魔和大怪魚托布克澤拉的肉賣給迷宮都市的商會，好讓我以後使用上不會出現問題。

另外，海帶芽也是在砂糖航線獲得的東西，但這就是相當普通的食材了。

——嗯？

感覺到目光後我四下張望，只見舉辦賑濟活動的廣場對面，全身綠色打扮通稱為綠貴族的波布提瑪顧問就在那裡。

或許是有什麼不順心的事，他並非帶著平時的柔和笑容而是用不愉快的表情注視著賑濟現場。

「——老爺。」

就在猶豫是否要出聲呼喚綠貴族之際，靜靜走來的女僕長米提露娜小姐在我耳邊輕聲低語，然後指出一輛停放在人群另一頭的馬路上的豪華馬車。

恰好就位於剛才綠貴族所在場所的另一側。

馬車的窗戶敞開，臉蛋豐盈的太守夫人望向這邊露出盈盈的笑容。

對於這位給予了賑濟活動的許可甚至是提供後援的太守夫人，我向對方回以微笑並行了一個代表感謝的貴族禮。

儘管雙方如今像這樣子維持著友好關係，但位居於迷宮都市眾貴族最頂點的她，之前差一點就要與我為敵了。

而這一切都是將我視為眼中釘的索凱爾這名青年貴族的緣故，不過在私造魔人藥這種禁藥的事情曝光後，他也已經垮台了。

嗯，雖然查出這項情報並祕密檢舉的人就是我自己。

前述的麻煩事已經處理完畢，而我為了享受觀光樂趣卻遲遲未能解決的迷宮都市流浪兒童問題，自從獲得私立育幼院建設許可和舉辦賑濟活動的許可之後，也朝著改善的方向發展中。

不僅同伴們順利提昇等級，我個人嗜好的工作和開發，感覺上也有所斬獲。

回想著這些迷宮都市裡發生的事情一邊抬起臉來，我發現太守夫人所乘坐的馬車已經出發了。

看樣子，對方似乎是準備出門去某個地方時順便繞過來查看的。

「——不見了？」

從離去的馬車上收回目光後，原地已不見綠貴族的身影。

根據地圖顯示的光點，可以得知他往平民區的方向走去。

貴族基本上都乘坐馬車移動，但他的步伐看起來相當輕快，好像平時就經常徒步閒晃的樣子。

——嗯，也罷。

對方莫名其妙行動的雖然令人好奇，但我如今和迷宮都市的貴族、迷宮方面軍及探索者公會三方勢力的頭號人物都相當親近，所以應該不太可能演變成令我困擾的事情才對。

「好飽。」

「真好吃。」

「嗯，好幸福。」

吃完餐點的孩子們心滿意足喃喃道。

這些分量應該還不足以填飽孩子們正值發育期的身體，但好像有不少孩子平常就沒有正常吃飯，所以大概胃部都已經縮小了。

有的孩子甚至將裝湯的容器倒過來等待湯水滴落，或是依依不捨地舔著空蕩蕩的器皿。

「我看還是不要限定一天一餐——」

「不行哦，主人。」

我正準備開口建議一天供應三餐之際，卻被亞里沙告誡般的口吻打斷了。

「過多的援助會使人腐化的哦。」

無償接受施捨的人一開始會對此感謝，不過慢慢就會認為是理所當然的權利，不久後便開始傾訴不滿——亞里沙是這麼解釋的。

儘管覺得不至於那麼嚴重，但育幼院成立之後，飢餓的孩子們應該也會消失。至於老人和貧窮的新人探索者們——過陣子等心血來潮再想個辦法好了。

畢竟太過雞婆的話也不符合我的風格呢。

「垃圾要丟在垃圾桶裡——這麼告知道。」

將吃完後的餐具丟在地面的孩子們遭到娜娜的訓斥。

其中有人收到警告仍不理睬，被莉薩瞪視並再度命令後才不情不願地照做。

原本的世界裡被視為理所當然的「垃圾要丟到垃圾桶」這句話，在異世界裡似乎還未深植人心的樣子。

「哦，有愈來愈多的孩子快要吃完了呢。」

一直在觀察狀況的亞里沙很有昭和風味地吆喝了一聲「喲咻」然後站上原本坐著的空箱子。

「吃完的孩子們有空就來參加服務活動吧！我們準備了小點心給賣力做事的孩子哦！」

手持擴音魔法道具的亞里沙對孩子們這麼呼籲道。

亞里沙之前說過不能只是給他們食物，來還得讓他們幫忙做事以學習勞動才行。

「服務？」

「要做什麼？」

「工作？」

孩子們興致勃勃聚集過來。

「不是工作哦。是善意的志工——這麼說你們也聽不懂吧。」

亞里沙環抱雙臂稍微思考一下。

「我想想……就是為了報答這頓飯，所以要打掃廣場以及撿拾側溝和週邊道路的垃圾哦。」

孩子們露出不太明白的表情，但願意擔任志工的人數倒是很多。

老人們則是遠遠旁觀，不過好像半數左右留在了原地。

至於探索者打扮的少年少女幾乎都往迷宮前廣場走去了。

「真是現實呢。」

「無所謂哦。」

畢竟也不需要這麼多人呢。

望著聚集而來從事服務活動的孩子們，我一邊伸了個懶腰。

果然沒錯，平靜的日子真好——

◆

「——喵？」

中。

獨自坐在我附近的小玉，忽然抖動一下耳朵張望四周。

在她身旁閉上眼睛的波奇，這時也換上疑惑的表情開始不斷嗅著風中的氣味。

兩人的樣子使我感到好奇，將目光移到雷達上後赫然發現平民區的人們正在大舉移動

「吵吵鬧鬧～？」

「是東西在燃燒的味道喲。」

小玉和波奇跑到了廣場的一側，有些陡峭的斜坡欄杆處。

在陡峭斜坡的另一邊，座落於比這座廣場略低位置的平民區深處，可見到有黑煙開始冒出。

「哇啊！火災？」

「蜜雅，妳能施展滅火的魔法嗎？」

「姆，太遠。」

距離這裡有兩百公尺遠，所以蜜雅的魔法應該到不了吧。

「我去看一下狀況。」

「主人，我也一起同行。」

莉薩捲起長裙，露出了健康的裸足。

其他孩子們也摩拳擦掌地準備和莉薩一起幫忙。

大家今天並未穿上平時的裝備，但有亞里沙的火魔法「耐火附加」和我的「物理防禦附加」魔法應該不要緊才對。

為保險起見，我又讓所有人帶著用來掩住口鼻的濕布塊。

「好，走吧！」

把事情交給米提露娜後我們便跑了出去。

短時間內，平民區升起的黑煙範圍已經急速擴大。

以自然火災來說擴散得也太快了——很有可能是有人故意縱火。

「要走捷徑囉！」

我將蜜雅和亞里沙抱在雙臂下方，不選擇迂迴的道路而是彷彿跳過陡峭斜坡一般直接衝下去。

「塔里荷～」

「拉里荷～喲！」

「妳們兩個，說話會咬到舌頭的哦。」

平時進行雜耍般戰鬥的前鋒成員還有餘力交談，但被我抱著的亞里沙和蜜雅似乎就沒有這份從容了。

踩著輕快的步伐和娜娜並肩跑下陡峭斜坡的露露則發出可愛的「呀——呀——」尖叫聲，感覺很樂在其中的樣子。

這或許要多虧了她在精靈之村學習防身術時的訓練和升級，使體能獲得提升吧。

「主人，黑煙正在移動——這麼告知道。」

「主人！起火的原因是燃燒的史萊姆失控了。」

面對娜娜的報告，亞里沙無詠唱施展了空間魔法「眺望」進行調查。

根據地圖情報，似乎有三十隻左右等級個位數的油史萊姆處於失控狀態。

其數量正在陸續減少。

原本我還打算用術理魔法「追蹤箭」加以殲滅，但看來沒有必要了。

地圖情報上所見的這些油史萊姆體力計量表正在快速減少。

大概是持續遭到火焰傷害的緣故吧。

幾隻存活的油史萊姆中似乎有一隻就在前方不遠處，我於是對同伴們施展「物理防禦附加」。

亞里沙同時也向全員施加了「耐火附加」。

躲避著平民區逃來的人們一邊奔馳在骯髒的小巷裡，最終，一團燃燒的火焰映入了我們的眼簾。

體積以個位數等級來看頗大，約是一頭成年牛的大小。

就在我準備指示莉薩將其消滅的前一刻，一道黑影闖入了油史萊姆和我們之間。

「——多森，破壞鎚！」

熊一般大鬍子的探索者從附近的破屋上方一躍而下，將巨大的戰鎚砸向頂著黑煙一邊移動的油史萊姆。

被豪爽揮下了戰鎚輕易擊穿了油史萊姆，使其身體爆裂四散。

「啊，笨蛋！」

「哇啊啊啊啊啊，水！水啊，拿水來！」

油史萊姆黃褐色的殘骸四處飛濺，貼在周圍的房屋上延燒開來。

這一帶的房子都是以乾燥後的植物作為屋頂，導致火勢一口氣擴散出去。

土磚砌成的牆壁或許也因為灰泥部分有可燃性，火勢正在慢慢轉移。

儘管身為這場慘劇元兇的探索者如今正全身著火在地面打滾，不過這邊就交給他的同伴們照顧好了。

「蜜雅，拜託妳詠唱滅火用的水魔法。」

「嗯，■■　灑水。」

蜜雅以詠唱時間短的精靈魔法向周圍潑灑水花。

雖然很明白用灑水撲滅油類火災是個壞點子，但油史萊姆的油似乎都滲入史萊姆的組織內而沒有散開，所以好像沒有關係。

光靠蜜雅的魔法還無法完全滅火，我於是又將經常使用的術理魔法「理力之手」伸向黑煙竄起的天空。

這並非肉眼可見的手而是類似魔法性質的念動力，不過因為可以像自己的手一樣延長使用，所以我便以它為起點從儲倉裡取出了水。

順便再用「理力之手」將剛取出的水潑灑出去，形成霧狀的雨籠罩住火災範圍。

＞獲得稱號「消防員」。

＞獲得稱號「灑水器」。

視野邊緣的紀錄視窗裡追加了稱號。

前者還可理解，但後者總覺得搞錯了什麼。

「好厲害——！」

「魔法使小女孩太棒了——」

「跟想跟我們的隊長互換啊。」

剛才那名探索者的同伴們紛紛出言稱讚蜜雅。

「姆，佐藤。」

蜜雅看似很難為情地抱住我的腰，掩蓋自己的臉。

「火很快就會熄滅，不過好像有人被火勢波及而嚴重燒傷了呢。」

「接下來是救援活動嗎？」

「嗯嗯，單獨行動太危險，所以波奇和莉薩，小玉和娜娜一組展開救援行動吧。至於亞里沙妳們就留在這裡負責治療救援組帶來的人。」

這麼告知後，我便透過萬納背包從儲倉裡取出裝有治療燒傷的灌水魔法藥的袋子，然後交給亞里沙。

「主人你呢？」

「我當然也是救援組了。」

這麼回答完亞里沙的問題，我便朝著充斥白煙和霧氣的小巷邁出步伐。

「是尖叫喲！」

「我們走吧，波奇。」

「是喲。」

莉薩和波奇闖入了還在著火的房子。

「那裡～？」

「請求在前引導——這麼告知道。」

「系系～」

緊接著，小玉和娜娜也衝進其他的房子。

——嗯，看起來好像沒問題。

萬一有危險，我還打算轉而支援她們，不過亞里沙的「耐火附加」似乎連衣服也保護得很好，使得她們能毫無危險地進行救援活動。

看樣子我應該不用操心了。

「莉薩！這裡交給妳們了！」

「知道了！」

我大聲向莉薩這麼呼喊後，她便以可靠的口吻欣然答應道。

——好。

我打開地圖確認狀況。

油史萊姆還活著並繼續擴大火災的場所大約有兩處。

其中一處看似已經被赤鐵證的老練探索者們包圍住，所以另外一處就由我來解決好了。

我用「眺望」和「理力之手」輔助那些來不及逃跑的人脫離現場，同時不斷前進。

——好濃的煙。

只要吸入空氣就會造成窒息，於是我從儲倉直接對肺部供應氧氣，邊往前推進。

這一帶都是遺體，沒有任何生還者。

雷達上顯示的光點僅有最後的油史萊姆——不，其下方，看似地下室的場所還有大約五名生還者。

每個生還者都處於嚴重燒傷的瀕死狀態，從體力計量表看來無論什麼時候死亡都不足為奇。

我於是放棄自我約束，利用縮地一口氣接近至目的地。

然後以冰魔法「冰結」解決掉了附著在磚造房屋上的史萊姆。其核心是很罕見的桃色，不過如今並沒有空閒去理會這種事。

我將多餘的事情置之腦後，就這樣衝進仍殘留有火焰和黑煙的屋內。

——通往地下的階梯垮掉了。

我輕輕「嘖」了一聲，然後用手指延伸出來的魔刃在地板上挖洞。

這個瞬間，彷彿回火一般的爆炸聲伴隨著火焰噴發而上。

按捺住略微膽怯的內心，我跳進了這裡面。

「我來救你們了！」

沒有人對這個聲音做出回應。

我在充滿火焰和黑煙的地下室轉動目光。

——有了！

在瓦礫的另一端。

有人著火了。

或許是吸入濃煙後暈倒的緣故，重疊般倒地的人影沒有一個人在扭動掙扎。

我用「理力之手」抓起所有人，再以「歸還轉移」魔法將全員帶離現場脫困。

◆

「哇啊啊啊啊！你……您不要嚇人啊，小伙子！」

在轉移目的地「蔦之館」裡，講話刻薄的家庭妖精蕾莉莉爾一屁股跌坐在地。

她似乎剛好就待在轉移後的涼亭裡。

不理會蕾莉莉爾，我迅速操作選單執行中級水魔法「治癒：水」。

待確認視野內ＡＲ顯示上的所有人體力計量表完全回復後，我這才鬆了一口氣。

「有傷患。麻煩妳做好急救的準備。」

「哇哇哇！大……大事不好了啊！」

蕾莉莉爾急忙跑進了屋子裡。

剛才趕時間所以沒有仔細看清楚，根據AR顯示原來這五人都是女性，狀態顯示為「沒有主人的奴隸」。

她們的主人恐怕已經在那場火災中喪生了吧。

為了不讓同伴們擔心，我又透過空間魔法「遠話」取得聯繫，將自己帶著重傷者來到蔦之館一事傳達給她們。

「都被煤煙燻黑了。」

我用生活魔法將被煤煙弄髒的五人清洗乾淨。

燒得快要變成黑炭的衣服，終於不敵洗淨的力道而散落一地。

「小……小伙子！您在賢者大人神聖的公館裡做什麼啊！」

見到露出裸體的少女們，對此誤會的蕾莉莉爾從後方傳來了氣呼呼的聲音。

「要發情的話，就到別的地方去解決吧！」

「這是不可抗力啊——」

這麼回答蕾莉莉爾的途中，我忽然停停住了。

五人當中的三人已經痊癒，但灰色頭髮及紅頭髮少女的燒傷卻沒有治癒。

既然是中級的治癒魔法，應該能將燒傷完全治癒才對——心裡這麼納悶的同時，我又執行了一次治癒魔法。

「治不好？」

「魔法是無法治療舊傷的哦？」

我對蕾莉莉爾的話有些同意，不過燒傷的範圍也太廣了。

第一個灰色頭髮名叫蒂法麗莎的少女尤其嚴重，自膝蓋以上的下半身和右上半身已經是幾乎要炭化的重度燒傷，右側頭部到右肩的部分看起來也令人非常痛心。

第二個紅頭髮名叫妮爾的少女狀況比蒂法麗莎要好，但下半身的燒傷就跟她一樣嚴重。

另外，除了幾乎炭化的這些燒傷外，她們全身還零星遍布著看似火勢延燒般的小燒傷。

倘若這些燒傷就是舊傷，她們在這次的火災前應該早就沒命了。

「總覺得燒傷姑娘的樣子有些奇怪。」

蕾莉莉爾望著少女們這麼喃喃自語。

AR顯示中兩人的體力計量表再度開始減少。

「換成魔法藥的話——」

我從儲倉取出燒傷用的中級魔法藥，灑在兩人的患部。

這個是混合了對燒傷有奇效的冰結花粉末特製而成的魔法藥。

「沒有變化哦。」

正如蕾莉莉爾所言，魔法藥完全沒有效果。

——真奇怪。

在歐尤果克公爵領的普塔鎮，被縱火狂貴族燒傷的那些人們都因為混合了冰結花粉末的灌水魔法藥而痊癒了。

但比當時效果更佳的魔法藥居然會治不好，實在很莫名其妙。

我確認了ＡＲ顯示的狀態，卻僅有「燒傷：重度」一項，似乎未處於奇怪的疾病或詛咒狀態。

「——小伙子。」

蕾莉莉爾對我露出罕見的正經表情。

「您可別誤會了！」

蕾莉莉爾將手扠在腰上訓斥道。

「就算是賢者托拉札尤亞大人，也無法治癒所有人的疾病或傷勢。區區一個還活不到我一半歲數的小伙子，可別太得意忘形了啊！」

——賢者！對了，這裡不就是賢者之館嗎！

「蕾莉莉爾！我要使用地下的研究設備！」

「有人無法治癒根本就見怪不怪──」

這麼宣布之後，我便用「理力之手」在不觸碰兩名少女患部的情況下將她們輕柔地抬起並跑了出去。

蕾莉莉爾似乎在指點我什麼東西，不過稍後再說吧。

「小鬼！我還沒說完──」

「地上那三個人拜託妳了。」

向暴跳如雷的蕾莉莉爾這麼吩咐後，我打開通往地下室的閘門衝了進去。

「利用這裡的設備，應該能找出線索才對。」

抵達地下研究室，我立刻就啟動培養槽的控制裝置並裝填藥液。

「呃，還缺一份嗎……」

我急忙進行搜尋，在儲倉內托拉札尤亞先生的藏書裡找到了製作法。

至於材料──沒問題，很夠用。

乘著對器材填充魔力的期間，我從儲倉內取出精靈的鍊成裝置和材料逐步調配出藥液。

「小……小伙子？」

我以時效為最優先，在浪費掉許多材料和魔力的同時，短時間內就完成了最適合治療燒傷的藥液。

「簡直快得一塌糊塗。那種製作方式根本就不能用來調配——」

不知什麼時候已經來到研究室裡的蕾莉莉爾在說些什麼，但我並未專心傾聽而是全神貫注在作業上。

利用完成的藥液注滿兩具培養槽後，我便將兩人分別泡入培養槽中。

可呼吸的液體進入肺部時儘管露出了痛苦的表情，兩人卻依然沒有清醒的跡象。

「總之先執行掃描——好。」

結束操作後我喘了一口氣。

過了好一會，控制裝置的顯示面板顯示出了狀態。

「——正常？」

不，不對。

正確來說是顯示「無需要治療的範圍」。

我打開地圖，試著尋找這兩人之間共通，卻又和地上三人不同的項目。

「有了。」

唯獨這兩人的罪科欄位裡有「叛亂」的字樣。

點選叛亂項目後確認詳情，我發現了名為「懲罰」的項目。

「烙印，永續？」

我望向漂浮在培養槽裡的兩人，發現她們背上被烙了手掌大小的烙印。

根據ＡＲ顯示，那種烙印似乎叫作「叛亂印」。

搜尋手邊的資料後，我在公都獲得的古老資料裡找到了記載。

「真的假的……」

為了防止有人利用魔法藥或魔法治癒以消除叛亂印，似乎還藉助了都市核的力量讓烙印永遠無法被治癒的樣子。

這次的燒傷無法痊癒，好像就是這種效果的副作用。

「那麼，該怎麼做呢？」

我左思右想。

並不存在不治療她們的選項。

雖然不知道她們犯了什麼樣的罪而被烙上叛亂者的烙印，但這跟放任她們的燒傷任其死去是兩回事。

治好燒傷後，只要讓她們以犯罪奴隸的身分贖罪就行了。

況且，我也沒有興趣看著年輕少女因嚴重燒傷而不斷痛苦下去呢。

「——嗯？」

我再一次審視蒂法麗莎背部按上的烙印。

明明整個背部都被燒爛，烙印卻仍清晰可見。

我重新查閱資料，發現即使燒掉周圍的皮膚試圖消除烙印，唯獨輪廓部分似乎會自動治癒的樣子。

就算把皮剝掉，再生的新皮膚還是會浮現烙印。

「真是徹底。」

這麼喃喃自語的同時，我用手貼著下巴思考。

若是現代的日本，應該都是剝除燒傷的皮膚並移植健康的皮膚才對。

在異世界則是用魔法或魔法藥治療。

不過，這種燒傷無法治好。

即使移植皮膚，烙印仍然會復活。

「不行了嗎——不，不對。」

對了。

烙印會復活。

換句話說，烙印以外的地方一直都是「沒有燒傷的皮膚」。

我想治療的是燒傷，並非去除烙印。

「用刀子剝下皮膚也很不妥呢……」

「你……您在開什麼玩笑啊！」

或許是我做出了獵奇的發言，蕾莉莉爾鐵青著臉傻眼道。

「我不會這樣做的。」

這麼告知後，我用複數的關鍵字搜尋儲倉內精靈們的資料。

既然魔造人——魔法性質的人造生命體都能培養出來，更換皮膚或再生這種小事應該也輕而易舉才對。

我的目光在大量符合的清單中瀏覽著。

魔造人和肉身魔巨人的製作法——不對。

變裝面具——雖然很感興趣不過下一個。

活體義手——很接近了。

臟器培養、皮膚培養、皮膚再生——

「——有了。」

我往下閱讀數千年前的精靈所寫的記述。

這樣一來，似乎有辦法了。

「會有點粗魯，要忍耐哦。」

對培養槽中漂浮的少女們這樣喃喃說道後，我以不至於弄壞器材的最高速度逐一處理完程序。

——投入麻醉。

「想不到地圖的3D顯示居然還能這麼使用。」

我將地圖當作3D掃描器那樣用來複寫少女們的體型，然後設定在控制裝置裡。仔細、正確，而且迅速地進行——好，執行！

「哇哇哇哇，小伙子！這些小丫頭渾身都是血啊！要是不會使用器材的話就馬上緊急停止。」

「別碰，蕾莉莉爾！」

我以「威迫」技能封鎖了蕾莉莉爾急忙想要按下強制停止裝置的行動。

「保持這樣就好。」

這麼自言自語的同時，我的目光遊走在少女們身上。

培養槽的機能正在將因燒傷而潰爛的皮膚溶解掉並暴露出健康的組織，所以才會造成出血。

或許是麻醉不夠充分，兩人露出看似痛苦的表情。

「就快了。再忍耐一下吧。」

我追加了麻醉，口中一邊這麼唸道。
然後再從魔法欄裡選擇適合精密操作的「理力之線」堵住少女們的血管，以防止血液擴散至藥液內。
根據控制裝置的顯示，妮爾似乎用中級魔法藥便可治好，但蒂法麗莎則至少需要上級魔法藥才能讓右眼的機能異常回復。
我確認儲倉裡的目錄。
——找到了！
我取出放在儲倉的確保資料夾當中的下級萬靈藥。
這是我進入賽利維拉的迷宮時從「狂亂洋蘭」的寶箱裡找到的物品。
原本是打算留存起來以防同伴們將來有什麼萬一……
些許的猶豫擾亂了我的思考。
「要是不用在這裡，反而會挨大家的罵吧。」
下定決心後，我便將下級萬靈藥注入蒂法麗莎培養槽的藥液投入筒裡。
畢竟我手中還有萬能藥，而且只要在下次進入迷宮前幫同伴們準備好就行了。
緊接著，同樣也對妮爾設定了中級體力回復藥。
剩下的作業就只有操作控制裝置的設定，在新的皮膚形成之前維持堵住毛細血管的「理力之線」了。

我放心地呼出一口氣，同時對蕾莉莉爾出聲：

「蕾莉莉爾，上面那些孩子怎麼樣了？」

「已經按照佐藤大人您的吩咐，將三人都搬到客廳裡，用『沉睡之沙』的魔法讓她們睡著了。」

——大人？

總覺得蕾莉莉爾怪怪的。

莫非是剛才使用了威迫技能的緣故嗎？

「妳怎麼了，蕾莉莉爾？」

「佐藤大人！我錯了！」

蕾莉莉爾頂著閃閃發亮的眼神向上望來。

「高等精靈大人果然非常有眼光！那精湛的器材操作手法，就連祖父大人提到的賢者大人軼事也為之遜色！再加上還有速度快得離譜的鍊金術！」

換上彷彿神智不清的表情，蕾莉莉爾使勁往我這邊靠過來。

「從今以後我會洗心革面地服侍您，還請您原諒我以往的無禮舉動。」

說完後的蕾莉莉爾，用熱切的眼神屏息等待著我的發言。

「嗯嗯，知道了——我原諒妳。」

對那熱烘烘的目光感到有些疲憊的同時，我這麼開口回答。

「太好了——！」

蕾莉莉爾像個小孩子一樣蹦蹦跳跳歡呼之後，這才察覺到自己的失態並難為情地道歉：

「失……失禮了。」

雖然有些太過熱情，但總比動不動就找碴要來得好，所以還是別放在心上吧。

瞥了一眼紀錄，我發現獲得了許多種稱號。

V獲得稱號「火災救助員」。

V獲得稱號「醫師」。

V獲得稱號「外科醫師」。

V獲得稱號「密醫」。

這個世界是否有醫師這種職業或醫師執照這類東西讓我非常懷疑，不過稱號附加系統的莫名其妙及馬虎程度已經是老樣子，所以我也就不開口吐槽了。

◆

「那麼——」

我從道具箱取出尋找蒂法麗莎她們的治療方法時，發現的那些令我感興趣的資料。

藉助「平行思考」技能，我在注視蒂法麗莎她們的狀況同時目光一邊瀏覽資料。

最令我好奇的是「活體義手」。

說不定可以用來幫助被我委託房屋警備工作的卡吉羅先生製作義足。

「反應會比原來的身體還差嗎——」

殘酷的是，資料裡是這麼記載的。

公都的歌姬希莉露多雅儘管用了精靈製造的活體義手卻仍放棄原本擅長的樂器，原因或許就出在這裡吧。

雖然比起如今隨便接上一根棍子的狀況來得更好，不過要讓他回歸武士生涯還是太勉強了。

這種技術還是先列入保留名額裡好了。

接下來，我閱讀了「變裝面具」的資料。

「佐藤大人，佐藤大人。」

正在閱讀資料之際，蕾莉莉爾輕輕拉了拉我的衣袖以引起注意。

「那位姑娘是不是長出了頭髮？」

正如蕾莉莉爾所言，原本沒有毛髮的右側頭部長出了漂亮的銀髮。大約是鮑伯頭的長度。

記得原來應該是灰色的，但望向左側後卻發現銀髮中途又變成了純白色的頭髮。看樣子，好像是因為壓力而演變成了少年白。

當白髮弄髒後看起來就是灰色了吧。

另外，治療已經到達終盤階段，蒂法麗莎原先看得見肌肉纖維的臉也完美再生，如今是身為冷酷系偶像的話似乎會大受歡迎的美貌。

雖然再怎麼樣還是比不上露露的超級美貌，不過站在露露身旁應該可以稱得上是毫不遜色的美少女了吧。

「既然左右不對稱，就來修剪一下好了。」

我從儲倉取出剪刀進行消毒，再次收納後以「理力之線」為起點在培養槽內取出剪刀，然後配合左側的頭髮開始修剪右側。

由於不能讓頭髮散落在培養槽內，我於是將剪下的白髮收納至儲倉。

我把目光轉移至隔壁的水槽。

「至於妮爾就很正常了。」

名叫妮爾的不起眼紅髮少女，並未像蒂法麗莎一樣催生頭髮。

依舊還是很尋常的短髮。

大概是因為投入的藥液不同吧。

畢竟精靈們的製作法中也有生髮藥，應該用不著特地去研究其中的差異了吧？

就這樣，幾分鐘後——

「啊！結束了哦！」

手指著培養槽控制裝置顯示的「完畢」字樣，蕾莉莉爾活力十足地向我告知。

「嗯，非常完美。」

確認兩人的身體未留下燒傷痕跡後，我便將兩人帶出培養槽並用布包裹身體。

背部的烙印雖然已經復活，但這也是沒有辦法。

「暫時還會有些虛脫感和倦怠感，就讓她們躺個兩三天吧。」

「是的，佐藤大人！請包在我蕾莉莉爾身上！」

於是我決定將接下來的工作交給蕾莉莉爾，自己返回同伴們的所在處。

由於她們當中有一人具備鑑定技能，所以我事先吩咐好蕾莉莉爾，在她們的面前要稱呼我為庫羅。

畢竟這陣子，佐藤所到之處都有無名出沒，因此偶爾也要換一下不同的假名。

話說回來，我很好奇著火的油史萊姆會失控究竟是出於過失還是蓄意。

負責搜查的衛兵很可能是太守的部下，所以還是拜託太守夫人查明原因後告訴我一聲好了。

我的腦中閃過了綠貴族前往平民區的身影。

——應該不會吧。

實在想不到身為上級貴族的他燒掉平民區會有什麼好處。

若是討厭貧民的貴族還能理解，不過他似乎沒有這類意向呢。

我甩開困頓的思考，用歸還轉移回到了自己的房子。

茶會

「我是佐藤。儘管拜超商甜點高品質化所賜，我們可以輕易地吃到蛋糕，但在我小時候卻是屬於生日才會有的東西。話雖如此，如今就要自行製作了——」

「在這後面嗎——」

返回房子後，我在不驚動留守的武士們——卡吉羅先生和綾女小姐兩人的情況下溜出房屋，回到之前跟同伴們分開的場所。

根據地圖顯示，前方不遠的水井前廣場似乎已經成為傷患們的救護場所。象徵同伴們的光點就位於那裡。

「主人～」

「歡迎回來喲！」

或許是在火災現場從事了救援活動，前來迎接的小玉和波奇渾身是煤煙和泥巴。

回到房子之後，得要立刻準備熱水澡才行呢。

「辛苦了，重傷的人們已經安置好了嗎？」

「嗯嗯，只要躺個幾天應該就會痊癒了。」

面對亞里沙的低聲詢問，我用同樣的音量回答。

「主人，非常抱歉。您讓我保管的魔法藥已經全部用盡了。」

「別在意哦，畢竟那原本就是交給妳使用的。」

聽到莉薩語氣嚴肅的報告，我便以輕鬆的口吻安慰她沒有問題。

「主人，戰鬥用的發放品也消耗掉了——這麼告知道。」

面無表情這麼告知的娜娜，其身後可以見到一群陌生的孩子們。

孩子們都是半裸狀態，破爛的衣服上有燒過的痕跡。

大概是為了幫助這些嚴重燒傷而半死不活的孩子們，娜娜才會用光了手中的中級魔法藥吧。

「無妨，這些孩子也因此得救了對吧？」

「是的，主人。」

我這麼告知後，娜娜身後的孩子們如釋重負般鬆了一口氣。

因為孩子們當中好像也有女生，所以我透過萬納背包從儲倉取出備用的長版T恤並交給對方。

總之，看起來好像沒有重傷者或火勢持續燃燒的場所，乾脆先離開這裡好了。

我向收到嶄新T恤後歡天喜地的孩子們揮揮手並且轉身。

這時，我們的面前出現了一名看似小混混的男人。

「貴族少爺，就是你毫不吝惜地提供了昂貴的魔法藥嗎？」

小混混男人的身後，還有好幾名相貌不善的男人。

「報上名來。」

見到全身散發出暴力般氣息的這些男人，莉薩提高戒心來到我的前方盤問道。

「唉呀，等一下，這位大姊。我叫泥鰍史考畢，是管理這一帶的低賤男人。聽說我們的人馬和地盤上所保護的那些人受到幾位照顧，所以特地前來道謝罷了。」

男人做出向莉薩攤開雙掌的姿勢，告知自己沒有敵意。

莉薩向旁邊退開一步後，男人便低頭行禮道：「感激不盡。」

「這真是客氣了。我是佐藤．潘德拉剛名譽士爵。我接受你的道謝。」

「我們很窮所以沒有錢，但如果需要人手就吩咐一聲吧。若需要一些不可告人的東西也是可以商量的。」

儘管覺得沒有這方面的需求，不過將來招集人手時或許可以試著跟他說一聲。

我告別泥鰍史考畢，回到了米提露娜她們所在的賑濟活動廣場。

◆

「打掃得很乾淨呢。」

「是的，那些孩子非常賣力。」

不光是這整個廣場，他們似乎也幫忙了善後工作。

前來參加賑濟活動的孩子們，此時正用滿懷期待的眼神望向這邊。

「主人。」

亞里沙一記輕微的肘擊和目光讓我回想起來。

——原來是點心。

我從賑濟活動的行李當中取出裝有烤硬餅乾和肉乾的袋子。

「亞里沙，妳把孩子們聚集過來，我要發放點心了。」

「好——」

亞里沙和其他的孩子一起到處把孩子們聚集起來。

「謝謝你們的幫忙。」

口中這麼說著，我一邊將點心發放給孩子們。

「哇——是肉！」
「好棒！這個肉乾味道好香！」
「真的！不會太鹹，也不會酸酸的！」
「這邊硬硬的麵包也很香。」
可以聽到許多令人憂心孩子們平常飲食生活的發言，不過每個孩子都高興得蹦蹦跳跳。
其中也有人未幫忙做事卻厚著臉皮想要領取點心，但都被那些認真工作的孩子們排除掉了。
嗯，作弊是禁止的。
不過，沮喪的孩子們看起來也挺可憐，所以我還是將多出來的烤硬餅乾分給他們並告知：「歡迎下次再來幫忙哦。」
由於和認真工作的孩子之間明確做出了區隔，想必他們從下次開始就會一起參與志工活動了吧。
「——主人。」
「怎麼了？」
亞里沙戳了戳我的腋下，我垂下目光後見到她偷偷指著女僕小女孩。
在那裡，女僕小女孩們正含著手指注視那些享用點心的孩子們。

小玉和波奇也跟女僕小女孩們站在一起滿臉羨慕的樣子。
她們兩人看起來也有點餓了。
「米提露娜，可以嗎？」
我將烤硬餅乾拿在手上，用目光詢問是否可以發放給女僕小女孩們。
稍微思考過後，她點頭同意了。
「大家都很努力，所以這是獎勵哦。」
我這麼開口，然後將烤硬餅乾發給孩子們。
「耶──！」
「好香。」
「嘿嘿～好像很好吃。」
「硬梆梆～？」
「烤硬餅乾先生硬硬的很強喲。」
比想像中要廣受好評。
連咬力比不上獸娘們的女僕小女孩們，也像松鼠一樣「喀滋喀滋」地專心啃著餅乾。
「來，亞里沙妳也有。」
「咦？」

完全沒想到自己也能領到餅乾的亞里沙露出驚訝的表情。

「──謝謝。」

猶豫些許後，亞里沙便一臉開心地將餅乾放入口中。

「對了對了，主人，你知道肝油糖球的製作方法嗎？」

「肝油糖球？」

在我望著孩子們之際，把烤硬餅乾當成糖果一般舔著的亞里沙忽然這麼問道。

「你想，就是在幼稚園之類的地方會當作點心發放，像軟糖的柔軟糖果哦。」

隱約有些記得。

既然名為肝油，大概就是使用了某種肝臟的油吧。

我不抱期望地搜尋手邊的資料後，居然出現了符合的資料。

在公都的地下拍賣會上得到的日語筆記當中，存在有簡單的製作法。

記錄在製作法旁邊的摘要裡面寫著，這是類似維他命A和維他命D補充劑之類的物品。

「亞里沙，我手邊的資料裡找得到哦。」

「真……真的？」

明明是自己發問的，亞里沙卻吃了一驚。

按照這種製作法的話不僅比較費工夫，而且好像會有很強烈的魚腥味。

「只不過必須稍微改良一下，所以沒辦法明天馬上就弄出來。」

「已經很夠了哦。畢竟好像有很多孩子皮膚粗糙或是骨頭脆弱，所以我想為他們做點事情。」

亞里沙說出了要求我製作肝油糖球的理由。

亞里沙真的很會照顧別人。將來似乎可以成為一位好母親呢。

「老爺，請問可以開始撤收了嗎？」

「嗯嗯，拜託了。」

吃完餅乾後的女僕小女孩們在女僕長米提露娜小姐的指示之下匆忙地動起來，將賑濟食物的用具搬上貨車。

這輛貨車是昨天請米提露娜小姐幫忙準備的。

「米提露娜，房子裡要不要再多增加一些女僕？」

把教導女僕小女孩們的任務、屋裡的工作還有這些雜務都交給她一手包辦，未免也太辛苦了吧。

懷著這種想法，我於是在回程的路上試著詢問。

沒有懸吊系統的載貨馬車會讓屁股發疼，所以除了擔任馭手的露露以外全員都是徒步行走。

「不，怎麼可以增添主人您的負擔——」

「主人一向都很實事求是，所以有需要的話最好直接提出來哦。」

一開始表示沒有問題的米提露娜小姐，在聽到亞里沙這麼告知後沉思了好一會。

畢竟這個國家的人事費用很便宜，用之不盡的資金目前又處於不斷增加的狀態，所以要加僱人手一點也沒有問題。

「可以的話，希望是比那些孩子年長一些，最好是會做菜的人才。」

「既然這樣，蘿吉和亞妮她們如何呢？」

駕駛台的露露提出了這樣的意見。

「那是誰？」

「就是賑濟食物的時候總是率先來幫忙的兩個孩子。」

我用地圖搜尋，透過空間魔法「眺望」確認走在路上的兩人。

她們兩人都和露露同年紀，分別是皮膚黝黑過於消瘦的黑髮少女和長相看似木訥的褐髮少女。

這兩人我隱約有些印象。

「是我們搬進房子的當天，幫忙清洗蔬菜和削皮的孩子嗎？」

「是的，沒有錯。」

會率先主動幫忙的孩子讓我很有好感。

「怎麼樣，米提露娜？」

「既然露露小姐這麼說，就決定她們——」

「不，她們以後都會是妳的部下，所以我想以妳的意見為主。」

我這麼表示後，米提露娜小姐不知為何感到很驚訝，但在了解我的意思是希望先面試過蘿吉和亞妮兩人再做決定後，她便同意了。

抵達公館之後，我事先準備好了女僕裝以便讓兩人合格時可以穿上。

不同於長裙式的米提露娜小姐，兩人都是和露露一樣的及膝裙形式。

另外，女僕小女孩們的服裝是普通的連衣裙配上不起眼的圍裙，當獲得米提露娜小姐認同能獨當一面後便會發放正式的女僕裝。

「主人差不多該出席茶會了吧？」

「說得也是，再不過去可能就要遲到了。」

我確認一下AR顯示在主選單上的現在時刻。

「露露，不好意思，可以送我到太守的城堡嗎？」

「是的，作為禮物的糕點剛好也都烤好了。」

在廚房製作各種卡斯特拉和蜜餞好讓我帶往太守茶會的露露，欣然同意了我的要求。

「那麼，等米提露娜小姐有空，我就跟她一起去僱用蘿吉和亞妮吧。」

「嗯嗯，拜託妳了。」

向亞里沙點頭同意後，我便動身前往宛如宮殿的太守城堡。

◆

「「「歡迎您，潘德拉剛士爵大人。」」」

剛從停靠在太守城堡主門處的馬車上頭走下來，隨即就有大批傭人們面帶笑容前來迎接我。

想到第一次是從特許商人所使用的停車場下車，由態度冷淡的傭人帶領我從後門進入，此時的待遇可說是提升到了令人無法置信的程度吧。

「我進去了，露露。」

「是的，主人。」

在露露的笑容目送之下，我朝著傭人們低頭行禮的玄關處邁出步伐。

「我來為您帶路。」

「嗯嗯，麻煩妳了。」

被一名西洋美女風格的侍女帶領著，我在鋪有看似昂貴地毯的走廊上前進，前往太守夫人他們所等候的茶會會場。

對方耳邊的珊瑚耳環自豪般地搖曳著。

根據AR顯示的情報，那是我上次贈送給太守夫人的禮物之一。

大概是被太守夫人賞賜給了傭人們吧。

技能告訴我，在我購買珊瑚藝品的國家裡原本只需要一枚銅幣的耳環，來到沿岸沒有珊瑚礁的希嘉王國後就水漲船高，市場行情變成數枚銀幣甚至是數枚金幣。

「就是這裡。」

態度親切的侍女一打開門，迎接我的就是數量超乎我想像的貴族女性們。雖然也有男性但人數不多。

每位女性都用豪華的禮服和絢爛的珠寶飾品來妝點自己。

藍色系的寶石似乎很受歡迎，有許多藍寶石以及泛藍的「天淚之滴」。

身為東道主的太守夫人，則是配戴著彷彿會弄痛脖子的巨大藍寶石首飾以及大顆「天淚之滴」光彩奪目的耳環和戒指。

「歡迎，潘德拉剛士爵。」

「本日承蒙邀請，實在是不勝惶恐。」

面對打扮比平時更為豪華的圓臉太守夫人，我行了一個誇張的貴族禮。

「佐藤先生！好久不見了吶！」

伴隨開朗的聲音跑過來的，是身穿充滿異國情調禮服的小國公主米提雅公主。

儘管她聲稱「好久不見」，但我幾天前才剛從迷賊的魔手裡將她救了出來。

「午安，米提雅殿下。」

我向米提雅公主打招呼，同時也對跟在她身後而來的美少女微微點頭。

「潘……潘德拉剛士爵大人！前……前些日子承蒙營救之後未能正式道謝，真是失禮了。」

「不不，這並不算什麼哦。」

對我說出這番話的人是杜卡利准男爵家的梅莉安小姐。

見到還是中學生年紀的她身穿英姿凜凜的禮服，那種急於想要表現成熟的青春期少女心態實在讓我感到莞爾。

「沒有這回事！」

梅莉安小姐提高音量，否定了我的回答。

「那個時候，趕走戰螳螂的攻擊是來自於懸崖的上方！想必就是士爵大人伸出了援手吧？」

說到這個，好像真的有這麼一回事。

「那只是碰巧罷了哦。因為蓋利茲少爺在這之前保護了梅莉安小姐您，所以我才能趕得上哦。要道謝的話，對象應該是蓋利茲少爺而不是我。」

「——那個蓋利茲居然會保護我？」

那個時候，見到相貌肥胖的太守三男蓋利茲為了保護美少女——梅莉安小姐而來不及逃跑，我才用小石子趕跑了戰螳螂而已。

由於蓋利茲看起來很重視梅莉安小姐，其他多出來的旗子當然就要折斷了。

畢竟我可無意介入孩子們的戀愛導致爭風吃醋。

「梅莉安，還沒向各位介紹完士爵大人，妳這樣太失禮了哦。」

「啊，對不起，母親大人。」

眼前的年輕母親說是姊妹的話似乎也說得過去。

明明已經年過三十，卻還帶著紅顏薄命般少女的風韻。

根據之前搜尋的情報，她應該還有個比梅莉安小姐年長且身體虛弱的兒子。

「不是我，而是要向士爵大人和蕾蒂爾大人道歉才行哦。」

梅莉安小姐在母親的催促下向我和太守夫人致歉。

杜卡利准男爵夫人好像跟太守夫人感情好得可以直呼名字。

「我們過去吧，潘德拉剛勳爵。」

和太守夫人一起走向比其他地方高出一截的大廳中央處後，前來參加茶會的貴婦人們便紛紛將目光投來。

「我來為各位介紹。這位年輕人就是我們家的重要貴客，潘德拉剛士爵。」

太守夫人強調著這句「我們家的重要貴客」一邊將我介紹給大家。

「這位英傑不僅拯救了穆諾男爵領的領地免於被魔族操控的哥布林大軍所蹂躪，更在歐尤果克公爵領數度消滅了下級魔族，之後甚至和沙珈帝國的勇者大人一起擊退了盤據在盧莫克王國的黑龍。」

——消息真靈通！

雖然很可能並非太守夫人而是綠貴族波布提瑪顧問所調查的，不過短短幾天，真虧對方能查得如此詳細。

我的「順風耳」技能捕捉到貴婦人們輕聲談論「魔族？」「擊退了龍？退龍者？」「那麼年輕的孩子？」之類的內容。

「而且還在砂糖航線上營救了雷里，我那漂流在海上的兒子哦。」

太守夫人這麼說完之後，可以聽到多數的貴婦人們「雷里少爺不要緊嗎？」「我來照料他。」等等零星的發言。

看來雷里先生在貴婦人之間似乎相當受歡迎。

順帶一提，他在迷宮都市住了一晚後，又立刻動身前往王都。

好像正如他本人所說過的，純粹是順路過來請身為母親的太守夫人寫一封介紹信以便高價賣出「天淚之滴」。

「他來到迷宮都市成為探索者，短時間之內便獲得了象徵一流探索者的赤鐵證。然後，前幾天也在迷宮深處，於危急之際從不軌之徒的手中解救了米提雅殿下和我的兒子他們哦。」

太守夫人這麼說畢，當場就向我行了一個貴婦人禮。

我已經獲得她的親口道謝，所以這應該是在表演給其他的貴婦人們看吧。

「承蒙介紹，我是穆諾男爵家臣，佐藤·潘德拉剛名譽士爵。」

我也向她回禮，接著對參加茶會的貴婦人們一如往常地報上名字作為問候。

原本想要強調太守夫人的介紹過於誇大，但當下否定的話會掃了她的面子，所以我打算在個別交談時再逐一訂正。

就這樣，在寒暄結束之際，推著手推車的管家們和女僕們恰好走進室內。

手推車上擺放著我帶來作為禮物的糕點——不光是原味卡斯特拉和糖衣卡斯特拉這些日式糕點，還有各種放滿生奶油和果乾的西式改良卡斯特拉。

一開始我只打算帶著普通的卡斯特拉過來，但露露調整烤爐的火力時，罕見地失敗導致粗砂糖的部分比預計中烤焦了一些，所以我就試著改良了一番。

話雖如此，在這麼誤打誤撞之下——

「唉呀，這就是卡斯提拉嗎？」

「比起在王都吃過的鬆餅還要美味呢。」

「這個白色的部分相當美味。」

「這種橙色的果乾實在太好吃了。究竟是什麼水果呢？」

「母親大人，我還想再吃一點。」

——似乎比普通的卡斯特拉更受迷宮都市貴婦人們的歡迎。

「唉呀呀，大家都被潘德拉剛勳爵的糕點迷住了呢。」

「看各位似乎都很滿意，我也就放心了。」

原本已經吃慣了美食的貴婦人們專注地享用著自己所製作的糕點，那景象看起來非常賞心悅目。即使明白是技能的功勞我也不禁會被激發出自尊心。

而看似比我更為自豪的便是太守夫人了。其得意洋洋的程度甚至自稱為卡斯特拉的第一人。

待場面平靜下來之際，我便前往各桌進行問候。

大多數人都保持著善意，在稱讚卡斯特拉的同時不經意向我確認與太守夫人為何交情如此之好。

其中也有人講話帶刺，這些貴婦人似乎都對於被我揭發惡行之後垮台的帥哥貴族索凱爾抱持著好感。

話雖如此，之後聽其他的貴婦人們解釋，我才得知這些人好像都是老家或夫家從索凱爾那裡收受過好處或者投資過索凱爾，幾乎沒有涉及男女關係。

乘著還沒被他們真正遷怒之前，我準備帶些合適的禮物前往進行和解。

雖然他們每一個都是下級貴族，只要拜託太守夫人的話就可以一次搞定，但與其被上面施壓還是雙方都和樂融融比較好呢。

「聽說潘德拉剛勳爵正在施捨平民呢。」

某桌的話題中提到了今天才剛開始進行的賑濟活動。

「是的，我希望能多少降低一些飢餓的人，使他們成為迷宮都市的勞動力。」

「唉呀——並不是出於慈悲嗎？」

「其中當然也有慈悲的因素，但若過度飢餓而不能工作，就無法為希嘉王國貢獻力量了。」

這種說法雖然有些居心不良，但要是太強調自己慈悲為懷的話很可能會有大批人聚集過來要求施捨呢。

「說到這個，那些貧民居住的地方好像發生了火災呢。」

一名貴婦人拋出了這樣的話題。

「唉呀，真可怕。」

「我從屋子裡也看到黑煙了。」

「據說起火的原因是某些人準備在都市內飼養被分類在魔物的油史萊姆哦。」

哦——是這樣嗎——等等，才過不到半天時間，消息未免太靈通了吧？

雖然對方可能只是看到黑煙好奇而調查一下罷了。

「您很清楚呢。」

「因為我的丈夫負責統領衛兵呀——」

據她表示，當初是先掌握了「有人準備在市內非法飼養油史萊姆」的情報，原本預計要在今明兩天鎖定地點後進行揭發的。

我在賑濟活動時見到的綠貴族，很有可能就是專程前往貧民區確認吧。

「我派了家裡的傭人前去查看，結果聽說被赤鐵探索者們打倒之後的桃色史萊姆居然再生而且發動了攻擊哦。」

「唉呀，好可怕。史萊姆本來就具備那樣的性質呢。」

——再生？

「大概是打倒的時候並未破壞核心吧。」

「核心？」

「是的，就是史萊姆的弱點。只要破壞那裡，牠就會自我毀滅，最終化為普通的液體。」

我說出了在聖留市的迷宮探索時從莉薩那裡聽來關於史萊姆的知識。

說不定真有具備再生能力的史萊姆存在，但賽利維拉迷宮上層的油史萊姆並沒有那樣的種族固有能力，所以我應該沒有搞錯才對。

「佐藤先生，請到這裡來。」

結束了向貴婦人們的問候之際，我在不斷招手的米提雅公主邀請下前往了孩子們聚集的那一桌。

這裡除了米提雅公主，還聚集了剛才杜卡利准男爵家的梅莉安小姐、太守三男蓋利茲以及他的友人們這些我從迷宮救出來的成員。

至於太守夫人的女兒，三女歌娜小姐和四女席娜小姐應該是初次見到。

「就坐在這裡吶。」

「那麼，我就失禮了——」

我選擇坐在將沙發空出一人份空間並拍了拍椅面的米提雅公主旁邊。

整體形成了坐在我身旁另一側的是太守三女歌娜小姐和四女席娜小姐，對面則是蓋利茲的配置。

四女席娜小姐從前是處於「哥布林病：慢性」和「瘴氣中毒：慢性」的狀態，但如今後者已經變成了「瘴氣中毒：輕度」。

這恐怕是米提雅公主用「淨化的氣息」治療奏效了吧。

根據我手邊的資料，「哥布林病」好像是一種缺乏維他命的生活習慣病，所以應該推薦她改善飲食生活而非使用儲倉裡的「萬能藥」才對。

「潘德拉剛士爵，前些日子承蒙您將我們救出險境，實在不知該如何感謝才好。」

坐在蓋利茲身旁看似處事圓融的帥哥少年這麼開口並行了一個最上級的貴公子禮之後，包括蓋利茲在內的其他孩子們也紛紛出言向我道謝。

一般來說，身為上級貴族子弟的他們沒有必要如此對待我這個最下級貴族。頂多只需要慰勞一句「感謝支援」就很夠了。

儘管很有可能是他們的父母這樣吩咐的，不過這時還是從善意的角度出發當作是「他們的父母教得好」吧。

「今天的糕點是你帶來的嗎？」

「是的，沒有錯。」

長得像母親的三女歌娜小姐，在吃完糕點後要求侍餐的少女再拿一盤，然後態度有些高傲地這麼詢問我。

「實在是相當美味呢——」

歌娜小姐推開幫忙擦拭嘴角的侍女小姐，繼續說了下去：

「——所以，把廚師交出來吧。」

「您的意思是？」

「真是的！太遲鈍了！就是我們家要聘用他！」

這孩子到底在說些什麼。

「非常抱歉，您的要求恕難從命。」

「為什麼？」

「因為今天的卡斯特拉正是我烤的。」

雖然半數是露露做的，但據實以告好像會讓事情變得複雜，所以就這麼告知了。

「胡……胡說——」

「歌娜小姐。」

原本在後方觀望的侍女小姐，此時迅速靠近歌娜小姐的耳邊輕聲說出「奇蹟般的廚師」和「您母親大人的吩咐」之類的幾句話。

「——我為自己的失言道歉。若你能把剛才的話當成耳邊風，我會很高興的。」

表情有些蒼白的歌娜小姐讓我感到在意，但原因可能是扮演監督角色的侍女小姐所說的那些話，所以我便乖乖點頭了。

至於她的妹妹或許是吃東西速度較慢，如今才吃了一半而已。

即使如此，從那專心望著卡斯特拉不斷將叉子送到嘴邊的模樣看來，她應該相當滿意沒有錯。就像個小動物一般，實在非常可愛。

「潘德拉剛士爵，你今天沒有帶著那把自豪的劍嗎？」

蓋利茲望向我的腰間這麼問道。

「是的——」

我正準備表示攜帶武器參加茶會未免太不解風情，但見到他和同伴們都將自己的劍放在沙發的側桌上，於是又把這句話吞了回去。

「我們聽米提雅殿下說過，士爵大人的祕銀劍十分漂亮，真想親眼目睹……」

梅莉安小姐一臉遺憾地喃喃道。

其他少年們也看似很可惜的樣子。

「下次參加茶會時，我一定會攜帶的。」

我這麼開出空頭支票，藉此安慰沮喪的少年少女們。

藉著這個話題，我在少年少女們的要求下開始講述迷宮裡的探索經歷。

「區域之主有那麼大嗎？」

「後……後來打倒了嗎？」

「才三十級左右的程度，就算面對其眷屬一樣會被打得落花流水哦。」

我亦虛亦實地講述著，隱瞞了至今打倒了兩隻以上「區域之主」的事實。

「真希望有一天我也可以打倒『區域之主』，然後進一步成為擊敗『樓層之主』的英雄之一。」

蓋利茲說出了這樣的夢想。

「不對哦，蓋利茲。不是希望，而是要做到。」

「我們根本就辦不到啊～」

「吵死了，魯拉姆。別破壞我們的鬥志！」

青春期少年們特有的那種「夢想著未來的豪情」真是令人炫目。

他們的爵位繼承順位較低，所以好像期望以探索者的身分出人頭地。

但令我在意的是，幾人卻看不出鍛鍊過身體的樣子，就連具備看似魔法使技能的也僅有一人而已。

這時候，入口方向的桌子傳來了女性的驚呼聲。

「——是傑利爾大人哦！」

「今天並沒有穿著華麗的鎧甲呢。」

「是不是變瘦一些了呢？」

出現在茶會會場的是赤鐵探索者傑利爾准男爵。

「抱歉我遲到了，亞西念侯爵夫人。」

他似乎是以姓氏來稱呼太守夫人。

「無妨哦。『區域之主』的討伐行動還順利嗎？」

「是的，多虧有侯爵夫人您的後援，昨晚已經順利討伐成功了。」

——咦？之前看到他們在準備討伐事宜，已經是一個星期前的事情了哦？

儘管如此，對此懷有疑問的似乎僅有我一人——

「這麼快？真不愧是『赤龍的咆哮』呢。」

「竟然不到一個月就能打倒，真是太出色了。」

「幸好傑利爾大人的臉蛋沒有受傷。」

——貴婦人之間展開了這樣的對話。

「不愧是傑利爾先生吶。佐藤先生，我們一起過去道賀吧。」

我被米提雅公主牽著手，走向貴婦人們所形成的人牆。

所幸太守夫人對我說了一句「潘德拉剛勳爵也過來這裡吧」，使得我擠開人群時並未被當作色情狂。

「嗨，是你啊——能獲邀參加侯爵夫人的茶會，實在是不簡單呢。」

傑利爾先生似乎還記得我，主動空出自己身旁的位置邀請我過去。

「傑利爾先生，你今天沒帶著祕銀劍過來嗎？」

「好久不見了，米提雅殿下。都怪我學藝不精，武器已經在『區域之主』的戰鬥中斷掉了。」

面對米提雅公主的問題，傑利爾先生自嘲般地回答。

「什麼！以傑利爾先生的身手竟然也會讓劍折斷！『區域之主』的身體想必擁有堅固的甲殼在保護著吶。」

「是的，甚至連強韌的祕銀合金材質戰鎧也無法貫穿。」

若是五十級的甲蟲，擁有那種硬度的確不足為奇。

況且高階的魔物會在體表架起好幾層魔法性質的防護罩，所以硬度比起外觀更為堅硬。
「不過，接下來不是要挑戰比『區域之主』更強的『樓層之主』嗎？替換的武器是否來得及準備？」
「我已經託了關係正在尋找，但實在很難覓得名劍——」
話說到一半之際，傑利爾先生的目光停留在我身上。
——妖精劍可不行哦？
儘管認為對方不可能聽到我這樣的心聲，但他最後還是略微甩甩頭並望向了太守夫人。
「侯爵夫人，可以請您幫忙協尋嗎？」
「是的，當然可以——艾瑪和王都的武器商人們應該都有往來，我就試著問問看能否找到祕銀劍或魔劍吧。」
她口中的艾瑪就是艾瑪．立頓伯爵夫人，以前聽說過對方在王都門閥貴族中是個相當有影響力的人。
「佐藤先生，你借給拉普娜的焰之魔劍，是否能轉借給傑利爾先生呢？」
米提雅公主低聲向我問道。
說到這個，我好像把無用武之地的試作魔劍一直借給了岩石騎士拉普娜小姐。
畢竟那是第三代魔劍的試作品，所以也不能隨便送給他人呢。

「——焰之魔劍？請……請務必讓我見識！」

明明是悄悄話，耳尖的傑利爾先生卻猛然產生了興趣。

「可以嗎？」

見我點頭同意，米提雅公主便叫來了站在牆邊等候的岩石騎士。

米提雅公主解釋完事情經過後，對方隨即將用布包裹起來的劍遞給我。

「潘德拉剛勳爵，抱歉這麼晚才歸還。」

「妳沒有了佩劍不要緊嗎？」

「別看這是普通的鐵劍，也算是頗有來歷的傳家寶。」

岩石騎士將掛在腰後方的單手劍舉到我的面前。

由於對方的體格之故，我一直誤會了那是短劍。

「很出色的劍，在在散發著歷史氣息呢。」

「嗯，長度有點短，不過在四百年前的雅人戰爭中，當時的——」

我對這把傳家寶的來歷很感興趣，但時機稍微不湊巧了一點。

因為從剛才開始，傑利爾先生就目不轉睛地盯著被包裹在布裡的魔劍。

「拉普娜，待會再說吧。」

「是！失禮了。」

聽到米提雅公主這麼說，岩石騎士立刻閉上嘴巴退下一步。

我見狀後向岩石騎士安慰道：「下次有機會請務必講給我聽。」

「——請您欣賞。」

我這麼說完後便解開布塊，將劍遞給傑利爾先生。

「是青銅材質嗎……」

拔出魔劍後的傑利爾先生露出些許失望的表情。

由於外表並未鍍上祕銀，其鋒利程度和物理攻擊力還是有些低呢。

「別被外觀欺騙了，可以試著注入魔力看看。」

見到這樣的傑利爾先生，岩石騎士出言建議道。

「魔力？——這……這是！」

傑利爾先生一注入魔力，薄薄的光刃便籠罩魔劍，在其上方噴發出火焰來。

「呀啊啊啊啊。」

「劍冒出火焰了！」

周圍的女性們發出了吃驚的尖叫。

「——好驚人的魔力傳導性。」

傑利爾先生彷彿被焰之魔劍深深吸引住，完全沒聽到女性們的這些聲音。

伴隨著他夢囈般的喃喃自語，魔劍上出現了散發強烈光輝的魔刃。

「竟能這麼輕易施展出魔刃……」

「您察覺到了嗎？」

「嗯嗯，全身都充滿了力量。」

傑利爾先生點頭同意岩石騎士的說法。

畢竟這把魔劍擁有著身體強化和銳刃，甚至還兼具了賦予持有者活力的精力回復機能。

「想不到古代孚魯帝國時代的魔劍居然是如此厲害之物！」

清爽系帥哥風格的傑利爾先生，此時彷彿熱血系主角一般迸發出了熱烈的感情。

用來作為素體的迷宮出產青銅劍的確是孚魯帝國時代之物，不過內在卻是我自製的試作品——不過這種話我實在不敢說出口。

「潘德拉剛勳爵！能不能將這把魔劍讓給我呢？我會準備你所要求的任何報酬。所以——」

「不好意思，這把劍不能出讓。」

儘管沒能迎合對方實在很抱歉，不過這把劍是祕密技術的結晶所以我並不打算賣給他人。

「請你務必改變心意。」

傑利爾先生似乎無意放棄的樣子。

——真是傷腦筋。

「潘德拉剛勳爵，不然就在討伐『樓層之主』的期間暫時借他如何吶？」

對雙方毫無交集的對話看不下去，米提雅公主於是提出了這樣的折衷方案。

「說得也是，這樣一來就無所謂了。您覺得怎麼樣呢，傑利爾先生？」

「可……可是，面對『樓層之主』的戰鬥相當慘烈。既然身處在最前線戰鬥，我無法保證能將這把魔劍完好歸還。」

即使折斷或是融掉也沒有關係。

最怕的就是被人拿去切片並研究其性能的祕密了。

「無所謂。劍本來就是這樣的東西。」

「這把劍不是對你很重要嗎？」

「是很重要。最起碼並不是可以用金錢買賣的。」

「那麼，又是為什麼？」

未能理解我的價值觀，傑利爾先生感到了困惑。

還是稍微藉助詐術技能修飾得像樣一點好了。

「劍在戰鬥中損壞，是那把劍本身的命運。倘若使用者的身手太差還另當別論，但像傑利爾先生這樣的達人也會把劍弄斷的話，相信那把劍也沒有任何怨言了。所以請您不用顧慮盡情戰鬥，發揮出這把劍的真正價值吧。」

「潘德拉剛勳爵，你對於劍的美學，我傑利爾已經牢記在心了。我會讓你見識到足以為這把劍自豪的戰鬥。」

——啊？

「還請你務必參加我們討伐『樓層之主』的戰鬥。」

「哦哦！真了不起吶！」

對於傑利爾先生突如其來的建議，包括米提雅公主在內的女性們都出聲歡呼。

「原本我們不會讓未參加過『區域之主』戰的成員中途加入，但這次就容我鄭重邀請你擔任『赤龍的咆哮』臨時成員吧。」

不不，用那種彷彿氣派招待的表情提出邀請實在讓我很困擾。

能待在最佳的位置觀戰固然很愉快，不過要是在「樓層之主」戰當中有人快要喪命，我就很有可能被迫冒著身分暴露的危險出手營救了。

換成是遠處有人戰死的話我也只會冒出「真是一場激戰呢」的感想，然而我還不至於冷血到忍心眼睜睜看著眼前有人即將死去而置之不理。

雖然很對不起頂著閃閃發亮的眼神向上望來的米提雅公主，不過還是拒絕這項建議好了。

「這個建議很誘人，但我並不希望這樣的特殊待遇影響了討伐隊的團結。等討伐完畢後再告訴我經過就很夠了。」

「是、是嗎……」

看樣子，傑利爾先生似乎沒料到我會拒絕，一臉猝不及防的樣子回答道。

「說是先付點頭期款有些不妥，不過可以先講述一下你們討伐『區域之主』時的事情嗎？」

「嗯嗯，這點小事我非常樂意——」

在我這麼拋出話題後，傑利爾先生便從準備階段開始依序講述了「區域之主」的討伐經過。

「好感性的聲音。」

「簡直就像置身於戰場一般，情境都浮現在腦中了吶。」

傑利爾先生朗讀的水準好像很不錯，中間夾雜著巧妙的情景和心理描寫，使得聽眾彷彿身歷其境。

據他講述，為了要打倒會飛的「區域之主」翁硬甲蟲，他們特地將其引誘至沒有空間可供展開翅膀的陷阱通道裡，而且還利用土魔法讓通道的地板傾斜，以便能攻擊到裝甲薄弱的腹部。

這些工程好像是乘大家一點一點削弱其餘魔物的期間，以土魔法使為主的分遣隊負責實施的。

儘管是遊戲當中不可能辦到的攻略法，而且又非常不起眼，但我認為總比魯莽地進攻正面而白白損失要來得好太多。

「原來還有那種方法可以消滅甲蟲嗎！」

「本公主對土魔法另眼相看了吶。」

拜傑利爾先生傑出的朗讀技巧所賜，無論蓋利茲或米提雅公主似乎都相當滿意。

就這樣，雖然後半段變成了傑利爾先生的個人秀，不過愉快的茶會也順利落幕，我接著在太守夫人的邀請之下轉移場地至太守一家的私人客廳裡。

「覺得累了嗎？」

「不會，度過了一段相當愉快的時光。」

「是嗎，你覺得開心的話就太好了。」

在場的人有我和太守夫人，以及杜卡利准男爵、准男爵夫人在內的幾位貴婦人們。

至於太守好像帶著綠貴族前往視察火災現場了。

根據地圖情報，太守正出現在同性戀取向的高級妓院裡，不過這想必是錯覺吧。

「唉呀，是義式冰淇淋。」

「今天是葡萄的義式冰淇淋。」

見到端上來的冰點，貴婦人們露出了笑容。

由於最近天氣有點熱，所以我也很開心。

我在太守夫人推薦下吃了一口，涼爽的寒氣和高雅的甜味在口中融化開來。

「這種炎熱的天氣，果然還是要吃冰點呢。」

我這麼說完後，才發現有點在否定自己的意味。

下一次乾脆就帶冰淇淋當作禮物好了。

「呵呵，潘德拉剛勳爵對於義式冰淇淋也不怎麼驚訝呢。」

太守夫人有些遺憾地微笑道。

見到那樣的微笑，不禁讓我想起在聖留市和魔法冰潔娜一起享用的麥芽漿糖。

我真是不夠成熟。像這種場合應該要裝作大吃一驚才對。

「潘德拉剛士爵的房子裡也有冷凍魔法裝置嗎？」

「真不愧是『奇蹟般的廚師』呢。」

別說是冷藏，就算是迷宮都市的貴族們好像也很少人擁有冷凍的魔法裝置。

大概是因為昂貴的冰石消耗甚鉅吧。

至於我們家是因為我的「冰結」魔法可以製作出冰塊來降低消耗，所以情況比較不一樣。

「話說回來，福祉事業進行得還順利嗎？」

「是的，賑濟活動吸引了許多人前來，私立育幼院方面的改建工程也已經展開。近期準備要面試院長的候選人。」

我向為我操心的太守夫人報告了進度。

「是嗎……要是人手不夠的話我還想派遣傭人過去，看樣子沒有必要了呢。」

太守夫人看起來有些遺憾。

對方不僅當日下達許可又代為確保賑濟活動的場地，這樣就已經很夠了。倘若再要求些什麼，總覺得會太過於依賴對方呢。

薯類和豆子的素材如今雖然是我和同伴們在負責採集，不過只要成功外包的話，接下來把我們家的女僕們和鄰居的主婦階層僱用為鐘點人員應該就能維持了。

這麼一來，我們想必又會像以前一樣，恢復至可以盡情探索迷宮的狀況了。

「您已經提供相當充裕的援助了。」

「有什麼需要就隨時說一聲吧。」

「謝謝您。」

我向這位可靠的支援者低頭致謝。

就這樣，與太守夫人及其好友們深入交流了好一會後，我便主動告辭了。

經由女僕小姐的帶領，我前往露露所等待的房間。

「主人！」

和露露同時在場的太守夫人家女僕小姐們向我微微點頭致意。

「我立刻去準備馬車。」

「嗯嗯，謝謝妳。跟她們打完招呼後我們就回去吧。」

「是的！」

從露露的表情看來，她跟女僕小姐們好像相處得很不錯。

「士爵大人，本次謝謝您帶來這麼棒的糕點。」

「非常美味！」

「蜂蜜亮晶晶的，吃掉太可惜了。」

女僕小姐們面帶笑容陳述著感想。

露露出發前所製作的蜜餞，就是發放給女僕小姐們之用。

在公都時也是一樣，傭人之間的關係網實在不容小看，所以我就抱著先行投資的想法奢侈地發放了大量使用砂糖和蜂蜜的蜜餞。

之所以沒有選擇卡斯特拉，則是聽從了亞里沙必須主從有別的建議。

「妳們喜歡就好。希望大家今後也能和我們家的女僕們融洽相處。」

「是的，請包在我們身上！」

下次來的時候得牢記不能少了美味的糕點。

我朝著前來目送我們的女僕小姐們揮揮手，就這樣離開了太守公館。

和平的日常

「我是佐藤。雖然有過打工和在公司工作的受僱經歷，但我卻從沒來有自行僱用他人的經驗。少數人的話倒還頗為簡單，不過人一旦變多就會相當辛苦了。」

「我是蘿吉。」

「我是亞妮。」

「兩人組合起來就是蘿吉亞妮～」

對於有些緊張地自我介紹的兩位新人女僕，亞里沙加入了充滿昭和風味的打岔。

「等……等一下，亞里沙！」

「亞里沙，好過分！」

「啊哈哈，抱歉抱歉，我只是想緩和一下氣氛——」

在淚眼汪汪發脾氣的兩人面前，我做出了將拳頭「砰咚」一聲砸在亞里沙頭上的鐵拳制裁舉動。

「哇啊啊啊。」

不理會誇張喊痛的亞里沙，我事先對兩人致歉道：「亞里沙她失禮了。」

「不，怎麼會。少爺您不用道歉。」

「太惶恐了。」

「一點也沒錯。妳們兩人都要認清自己的立場。」

針對惶恐的兩人，米提露娜小姐的拳頭則是落向了她們。

「面對亞里沙小姐時，要叫亞里沙大人或亞里沙小姐，而士爵大人就要稱呼為老爺。」

「「是的，米提露娜小姐。」」

這麼回答的兩人又迎接了拳頭。

「至於我就叫作女僕長。知道了嗎？」

「「是的，女僕長！」」

米提露娜小姐似乎是個相當斯巴達教育的人。

從窗戶口探出臉來的女僕小女孩們都憂心忡忡地望著蘿吉和亞妮。

「那麼，再次請妳們多指教了。」

「是的！我會向露露──露露小姐學習，做出美味的料理！」

「我也會努力成為不遜於露露小姐的廚師！」

聽到我隨口的問候，她們都回以熱切的內容。

「嗯，我很期待美味的料理哦。露露，這些孩子就拜託妳了。」

「是的，主人。」

儘管好像把事情都丟給她而感到不好意思，不過露露卻是很開心地接受了。

◆

「今天妳們下午做了些什麼呢？」

吃晚餐的時候，我一邊這麼詢問大家。

「修行～？」

「在空地練習空揮和躲避石頭喲。」

面對我的問題，小玉和波奇不斷搖晃著叉子和尾巴同時回答。

「請您放心，主人。魔刃和瞬動之類的稀有技能都隱藏起來了。」

莉薩訓斥了不規矩的兩人，然後這麼補充道。

我不經意轉回目光，見到兩人一副很想被誇獎的樣子望向這邊，我於是稱讚她們「很了不起哦」。

「明天也會努力喲！」

「系！」

感覺這兩人幹勁十足，但我偶爾也希望讓他們去玩耍而不是一味修行。

「我先去僱用蘿吉亞妮，然後就一直在設計給育幼院孩子們的衣服。」

亞里沙一臉充實地告知：「就是短褲哦。」

——唔，別擺出那種彷彿完成了一項重要工作的表情好嗎。

「我和蜜雅一起去挑選了育幼院設置用的樂器——這麼告知道。」

「嗯，豎琴和木琴。」

「沒有鋼琴嗎？」

育幼院或者應該說幼稚園和小學比較適合鋼琴或風琴吧。

「姆？」

蜜雅聽了我的問題後納悶地傾頭。

「難道是這邊沒有鋼琴這種東西嗎？」

正如亞里沙所言，我手邊的資料裡並沒有鋼琴。

說到這個，在公都到處參加茶會的時候，好像也不曾見過鋼琴類的樂器吧。

——奇怪？

不知為何，竟然有符合風琴的搜尋結果。

而且還是管風琴。

就記錄在之前公都的地下拍賣會所獲得的筆記裡。

話雖如此，也僅有大略的構造而非詳細的設計圖。

很遺憾，看來光是這些情報是不可能製作出來的。

無論如何，真希望裡面也能記載普通鋼琴的製作法。

「哦——露露妳跟太守城的女僕們相處得很融洽嗎？」

「嗯，大家都是很好的人哦。」

和亞里沙交談的時候，平常總是恭恭敬敬的露露也換上了姊妹般的隨意感。

「她們都穿什麼樣的衣服？」

「算是普通的連衣裙和圍裙吧？」

「這時候就要向她們啟蒙女僕裝才行哦！怎麼樣，主人也這麼認為吧？」

聽了露露的回答，亞里沙的雙眼猛然發亮。

「說得也是呢，亞里沙。」

「也順便推廣一下胸罩和內褲的最新流行款式吧。」

「適可而止吧。」

為了防止亞里沙引發文化災害，我於是稍微告誡了一下。

不過的確，相較於這個世界毫不性感的內衣，我還是較喜歡現代日本的風格呢。

◆

「——職員由我自行決定真的好嗎？」

「是的，沒有關係。」

隔天，結束早上的賑濟活動後，我在房子的接待室裡和米提露娜小姐介紹給我的老婦人進行會面。

她此行是前來面試新設立的私立育幼院院長的職位。

試著交談後，我發現對方是個非常有教養的人，見到身為亞人奴隸的小玉和波奇也不改變態度，似乎並沒有種族歧視的想法，所以就直接決定錄取了。

而我如今把私立育幼院的職員錄用權完全交給了她。

「責任相當重大呢。」

「用不著那麼如臨大敵哦。」

見到壓力有些沉重的院長，我笑著這麼安慰道。

「不過，除了職員的錄用權，甚至連營運費用的裁決權都交給我——」

「請放心。我們會強制規定記帳、安排財務審計，每年也會進行幾次視察。」

同桌的亞里沙像個幹練祕書般補充道。

或許是扮裝成祕書的緣故，她不知什麼時候戴上了附鍊子的三角眼鏡，手裡抱著夾在活頁資料夾裡的檔案。

「審計和視察嗎？」

「是的，這在我的故鄉是相當尋常的程序。」

院長看起來有點不高興。

「請不要誤會了。這麼做並不是懷疑您會舞弊或者虐待。」

「那麼，又是為了什麼？」

「我們都很信賴院長。」

頂著凜然的表情，亞里沙事先這麼提醒道。

「不過，那些不了解院長的外人就不這麼認為了。所以，這是為了讓育幼院外面的人知道育幼院裡並未發生舞弊或虐待的事實。」

「說得也是呢。」

做的事情都一樣，但僅換了一個表達方式，院長似乎就接受亞里沙的說法了。

「那麼，在育幼院的工程結束前，我會找好幾名正式的職員和打雜的人。」

「好的，拜託妳了。」

我將預備金親手交給對方，然後結束了會面。

回去之前還帶她前往私立育幼院的工地現場，為她引見了負責木工的木匠師傅，所以今後關於工程的磋商事宜應該基本上可以交給她處理了。

◆

「今天孩子們的人數很少呢。」

錄用了院長的隔天，在結束早晨的賑濟活動並回到房子後，亞里沙便冒出了這麼一句話。

「果然還是因為那個吧。」

「主人也這麼認為？」

不知為何，今天的賑濟活動竟然有綠貴族前來幫忙。

儘管對方實際上只是站在工作人員的區域裡，頂著笑咪咪的表情什麼也沒有做，但可以見到孩子們一看到他就露出厭惡表情調頭離開的身影。

想必是綠貴族的詭異笑容和化妝令她們害怕吧？

「主人和那位先生的交情很好嗎？」

「不，反倒是算疏遠的吧？」

我這麼回答露露的問題。

「既然這樣，就把他趕走吧。」

「贊同亞里沙——這麼告知道。那個個體存在時，幼生體們會感到不安，導致可愛點數減少——這麼報告道。」

就連娜娜似乎也是排除派。

「知道了，我會想辦法的。」

畢竟雙方的貴族階級不同，無法將他硬生生趕走。

況且，他的這種行動究竟出於何種企圖，實在讓我有些在意呢。

「兩天後有太守夫人的茶會，屆時我會試著請對方居中斡旋哦。」

聽我這麼說完，亞里沙和娜娜都露出理解的表情。

對了——

「我有事要拜託亞里沙和娜娜妳們，可以嗎？」

「陪睡？」

「不是。」

我可沒有和小女孩做那種事情的嗜好。

「麻煩妳們去向左鄰右舍的太太們問一下，說要招募賑濟活動的短期打工人員。」

「ＯＫ——！」

「是的，主人。」

綠貴族是以「人手不足」為由過來幫忙的，所以我打算先破壞掉這個理由。

「要僱用多少人才好呢？」

「我想想。預算最多每個人每次三枚銅幣，五個——不，就僱用到那個工作人員專用的場地擠不下為止吧。」

「好——那麼僱用十五個人應該就夠了呢。」

亞里沙這麼說畢，便帶著娜娜離開了房子。

「有事做？」

「這個嘛——」

蜜雅的詢問讓我思索了一下。

「妳可以帶小玉和波奇她們到房子周圍去探險一下嗎？」

「嗯。」

耍。

放任獸娘們的話她們就會自己開始訓練，所以我決定以護衛蜜雅為藉口好讓她們出去玩

「至於莉薩和露露，就拜託妳們到市場跑腿了。」

「知道了。」

「要買些什麼才好呢？」

「盡量挑選各種類的葉菜或根菜。能順便調查一下市場行情的話更好。」

這主要是為了育幼院的飲食和賑濟活動在收集情報。

我親手將裝有幾枚銀幣零錢的小袋子交給莉薩。

「可以自己買些零食來吃無妨哦。」

「咦，可是——」

「這是為了研究口味哦。既然要成為廚師，就必須知道當地的口味才行呢。」

我隨便找了個藉口以鼓勵個性客套的露露。

畢竟要是不找理由的話，露露和莉薩兩人就會因為體諒我而不敢花錢呢。

真希望她們偶爾也能主動買零食吃或是血拚一下以養精蓄銳。

「對了對了，不光是蔬菜料理，肉類料理也幫我調查一下吧。」

「是的，知道了。」

莉薩一臉正經地點頭。

至於她的音調聽起來比平時略微高揚，包裹橙色鱗片的尾巴也不斷在地板上碰撞這件事，我就當作沒察覺到好了。

目送著開心的兩人出門後，我便前往書房準備轉移至蔦之館。

◆

「蕾莉莉爾，大家的狀況怎麼樣？」

我來到了「蔦之館」，探視因火災而身受瀕死重傷的少女們狀況如何。

「依然是讓她們繼續睡覺。」

「還在睡嗎？」

蕾莉莉爾帶我前往的房間裡，五名少女還處於「睡眠」狀態。

「是的，家庭魔法『沉睡之沙』只要未從外部喚醒就會繼續睡下去。」

簡直就像是童話故事裡會出現的魔法。

「要喚醒嗎？」

「不，在那之前我先處理一下要事吧。」

我在蕾莉莉爾的陪伴下前往地下研究所。

這是為了要製作庫羅的變裝用面具。

當然，說是面具卻並非假面具。

難得報出了不同於面具勇者無名的假名，要是用同樣的假面具隱藏面貌的話就沒意義了，所以我打算製作在治療蒂法麗莎她們時所發現的「變裝面具」。

「蕾莉莉爾，幫我把藥液裝進培養槽裡。」

「是！」

乘著蕾莉莉爾動作俐落地幫忙準備的期間，我按照儲倉內的資料逐一設定器材。

「佐藤大人，方便請教一下您要製作什麼嗎？」

就在操作器材之際，蕾莉莉爾用出奇恭敬的口吻這麼詢問道。

「是用來變裝的活體面具哦。」

就類似怪盜作品裡的那種可以撕下來的變裝面具。

在精靈們的製作法當中，恰好有個名叫「變裝假面」的魔法道具，但製作起來不僅麻煩，我自己也可以用光魔法「幻覺」來做到同樣的事情，所以這次就選擇了這種簡單的東西。

畢竟像這類普通的變裝，實在令我覺得有些浪漫呢。

今天我打算製作庫羅專用的臉，以及戴在無名的面具底下所使用的假臉。後者是當有人懷疑無名的真實身分就是我的時候，可以讓對方隱約覺得臉不一樣。

「佐藤大人，培養槽有變化了。」

蕾莉莉爾告訴我，培養槽當中作為變裝面具材料的白膜已經完成，於是我便專心處理那邊。

「嗯，就像製作3DCG時的臉部貼圖一樣困難……」

牢騷發到一半，我發現並沒有必要以平面來製作。

我改為操作游刃有餘的「理力之線」，將面具轉為臉的實際形狀後逐漸立體成形。

「無名底下的臉，用女性臉蛋應該不錯吧？」

我腦中浮現同伴們和熟人的臉龐，但以實際存在的人物相貌為藍本挺不妙的。

畢竟要是有人長得和自己一樣，就會給那個人帶來麻煩了。

還是絕對不會出現在這個世界的人臉比較合適吧。

我將無名的臉挑選為原來世界裡認識的人臉——而且還是一張用不著看就能回想起來，令我非常熟悉的臉。

「——好像太過美化了點。」

我試著使用了青梅竹馬的臉，但又修改成比原版大概可愛了三成左右。

無名面具底下的臉，這樣子應該沒問題了吧。

「至於庫羅就用男性臉蛋好了。」

藉這個機會，相貌乾脆就設計成不會使人聯想到我的男子氣概角色吧。

我回憶著好萊塢的動作明星，一邊將第二副面具成形。

『關鍵人物要加上特徵啊！』

在原來世界裡，監督兼企劃的肥仔經常對設計師們說的一句話浮現在我的腦中。

在呈現該角色時，似乎要加上立刻就能令人聯想到的特徵才會讓人印象深刻。

「特徵嗎——」

雖然很常見，不過加上臉頰的明顯傷痕和改變左右眼的顏色應該很有用。

「接著就是把眉頭和頭髮換成罕見的顏色吧？」

這麼喃喃自語著所製作出來的變裝面具完成度相當高，就跟電影的特效化妝一樣毫無突兀之處。

我順便再利用蒂法麗莎剪下來的頭髮，嘗試戴上了白色假髮。

彩色玻璃製成的變色片為紅色和藍色，看起來就像是昭和時代的３Ｄ眼鏡。

「嗯，很有特色。」

試著著裝後感覺實在很不錯。

我又更進一步準備了遮掩上半部臉的面具，營造出只露出一半臉頰傷痕的視覺。

相較於一開始就完全曝光，這種若隱若現的部分比較讓人產生異於佐藤的印象，所以凡是看到的人應該都會想像面具底下的臉是除了我以外的其他人。

只不過，全身照了鏡子後，卻似乎有種格格不入的感覺。

「造型和這個國家的人族有些不同呢？」

「嗯嗯，是我故鄉那裡的人的相貌。」

我這麼回答蕾莉莉爾，一邊探尋異樣感的原因。

「肩寬和身高好像不太夠吧？」

以男性來說，我纖瘦的身體跟外國藝人的臉蛋配不起來。

就用裝有墊肩的衣服和增高十五公分左右的鞋子來掩飾好了。

我於是決定將這張臉和頭髮作為「庫羅」的標準打扮。

至於假扮成庫羅時的個性和說話方式，應該直接使用這名外國藝人在電影中飾演過的殺手角色語氣就行了。記得是個高傲自大且態度粗魯的角色才對。

雖然比想像中更不起眼，不過這方面之後就請喜歡角色扮演的亞里沙幫忙指導一番吧。

我查看紀錄，發現不知不覺中已經獲得了稱號。

V獲得技能「變裝」。
V獲得稱號「怪人」。
V獲得稱號「變裝名人」。

這個「變裝」技能來得有點晚，大概是這次的變裝面具滿足了出現條件吧。
由於好像會很常用，所以我便事先將技能點數分配至最大值並將其開啟。

◆

「蕾莉莉爾，拜託妳了。」
庫羅的打扮準備完成之際，我便動身進行本次來「蔦之館」的目的，也就是查看「在火災中受到瀕死重傷的少女們」狀況如何。
「了解。■　〈覺醒〉。」
拜託蕾莉莉爾解除睡眠後，少女們很快就醒來了。
「這……這裡是？」
「是哪裡？」

「我記得——起火了！」

甦醒的少女們不斷觸摸著臉，拉起衣服確認自己的皮膚。

一開始就受了嚴重燒傷的紅髮妮爾和銀髮美少女蒂法麗莎則是呆呆望著天花板，一點也沒有要確認身體的樣子。

這兩人頂著死魚般的眼神，就彷彿已經放棄了人生一樣。

「眼睛……看得見？」

不久，一臉呆滯的蒂法麗莎忽然將手伸向自己的右眼。

黯淡的眼睛也恢復了光輝。

「怎麼回事？」

「照照鏡子吧。」

我將手鏡遞到她面前，對方在露出剎那間的厭惡表情後，便睜大眼睛望著自己在鏡中的模樣吃驚不已。

她不停觸摸自己的頭髮和臉，接著猛然拉開被子並脫下衣服。

——真美。

即使是看慣了超級貌美的露露，對方的美麗裸體也不禁讓我看呆了。

我在波爾艾南之森已經有雅潔小姐這位意中人所以還不要緊，但若是在認識雅潔小姐前就遇見蒂法麗莎，她又再年長個幾歲的話，我說不定會就此愛上她吧。

「蒂法小姐？」

發現紅髮妮爾正在用吃驚的目光望著映入眼簾的蒂法麗莎，我便將新的手鏡遞給對方。

「怎……怎怎怎怎……怎麼會！那麼嚴重的燒傷居然好了啦？」

妮爾似乎是很罕見的小嘍囉語氣。

彷彿在表現驚訝，她部分的頭髮也猛然翹起。

這就是人稱呆毛的東西，不過卻出奇地適合她。

「哦哦哦哦哦哦，我的身體也痊癒了啦！」

脫下衣服的妮爾，見到自己的皮膚後發出了驚呼聲。

——所以說，為何要全部脫掉？

見全身赤裸的妮爾張開雙腿開始確認燒傷痕跡，我於是轉身向後移開了視線。

不過，這邊也有裸體的蒂法麗莎正在檢查身體當中。

無論朝向哪一邊眼前都充滿了皮膚色，所以我決定在她們冷靜下來前先在室外等待。

「——妳們也該冷靜點了吧。」

過了好一會，室內傳來蕾莉莉爾的大音量。

大概是等得不耐煩了吧。

「竟然讓使用了貴重藥品治療妳們的庫羅大人空等著，妳們以為自己是誰！」

看來她還記得我的吩咐，要在她們的面前稱呼我為庫羅。

我在等到蕾莉莉爾前來叫我之後便返回室內。

——咦？

不知為何，所有人都跪拜在地板上等候著。

「「「庫羅大人，謝謝您。」」」

看樣子，她們已經從蕾莉莉爾口中得知是我治療了所有人。

「身體沒覺得不適嗎？」

面對我的問題，少女們都抬起臉來點頭。

「妳們的主人好像死了。如果有家可歸，我就送妳們回去吧。」

聽了我這句話，少女們只是面面相覷並未回答。

奴隸在這個國家是屬於財產的一部分，所以其親屬或許有權繼承，不過讓經歷了九死一生的她們恢復自由應該也不會遭到什麼報應吧。

當然，倘若有人出面主張要繼承她們的所有權，我一樣會代為支付現金就是了。

「怎麼了？」

幾人先是觸摸著自己的衣服和床鋪，似乎在確認些什麼，最終默默地交換目光。

「我……我有鑑定技能。我可以幫上主人的忙，所以請主人收留我。」

「我……我只有裁縫技能，可……可是什麼事情都願意做，所以請讓我成為主人的奴隸。」

「我會寫字！而且還會算數，請讓我服侍主人吧。」

其中一人下定決心走下床鋪，趴在地板這麼叫道，剩下的兩人也同樣跪拜強調希望成為我的奴隸。

「都拚了命在爭取好的待遇呢。」

蕾莉莉爾輕蔑的發言讓我理解了她們的意圖。

我固然同情她們的境遇，也有意協助她們恢復平民身分，但我並不需要奴隸。

「「「求求您！」」」

「我不需要什麼奴隸。」

我這麼說完後三人便僵住表情垂下腦袋。

「那邊的兩個人，妳們不懇求嗎？」

「無論是不是當奴隸，我都願意報答讓我身體恢復原狀的庫羅大人啦。」

從妮爾如今的發言和確認燒傷痊癒時的過度反應來看，她似乎在這次的火災前就已經遭受過燒傷了。

「我對自己的臉和身體毫無自信，所以也沒有信心能在夜晚的服侍中滿足主人，不過我會使用生活魔法啦！絕對可以幫上您的忙啦！」

生活魔法確實很方便沒錯。

妮爾僅有個位數的等級所以魔力量看來很少，不過就算不用特意成為奴隸應該也有能力輕鬆餬口才對。

「我也是。我在列瑟烏伯爵領的城堡裡當過書記官。技能雖然只有『紋章學』和『命名』所以派不上用場，但文件的整理或是會計文件都可以包在我身上。我會發揮其他人三倍的工作能力。」

蒂法麗莎說出了工作狂般的優點。

話說回來──「命名」技能嗎？

剛好，就請她稍微協助一下吧。

「妳叫蒂法麗莎是嗎？我有點事情要找妳。之後我會讓蕾莉莉爾過去叫妳，就到我的私人房間來吧。」

「是……是的。」

蒂法麗莎有些緊張地點頭。

名。

妮爾看似不滿地喃喃唸著：「果然還是看臉蛋嗎？」

很遺憾，妳猜錯了。我的目的是蒂法麗莎的「命名」技能，準備讓她對我附加各類的假

「我暫時會留妳們在這棟屋子裡，倘若對就職沒有頭緒，之後再將妳們自己的需求告訴蕾莉莉爾吧。我會盡量託關係幫忙找的。」

畢竟要是趕她們出去而被人糟蹋，我會睡得不安穩呢。

起碼得要照顧她們到重新就職為止。

「庫羅大人，請等一下啦。」

妮爾舉起一隻手這麼說道。

「我和蒂法麗莎都是犯罪奴隸，所以必須有國王的特赦才能獲釋啦。要是被庫羅大人拋棄，我們可能就要在礦坑裡從早到晚服侍礦山奴隸了啦。」

妮爾淚眼汪汪地傾訴著。

蒂法麗莎的臉色也很蒼白。

「居然是犯罪奴隸，妳們到底做了什麼？」

蕾莉莉爾詢問起兩人。

「我們只是稍微拒絕了毛手毛腳的領主大人而已啦。」

「不僅闖進浴室，還下藥或乘睡覺的時候偷襲，強行對不願意的女性做出逼迫的行為，這種事情根本不能算是『稍微』。」

整理一下妮爾和蒂法麗莎的說法，好像是她們拒絕了列瑟烏伯爵的性騷擾行為後就被視為叛亂，背部遭到烙印且貶為奴隸。

「除了按下烙印，那個變態還會燒燙我和蒂法小姐的身體呢。」

妮爾事不關己地這麼說道。

僅僅是被拒絕就要燒燙少女們的身體，這種領主真是令人感受到封建社會的黑暗。

對於如此不法橫行的列瑟烏伯爵領，我決定還是不要靠近。

「看來遭遇很悲慘呢……」

回想著蒂法麗莎遍布全身的燒傷痕跡，我喃喃說出同情之語。

像這種時候連一句安慰的話都說不出來，我實在痛恨自己匱乏的語彙。

「不，我的身體本來就有很多燒傷。是繼母不喜歡我的高傲表情，所以在小時候燙傷的。」

察覺我的目光，蒂法麗莎冷眼這麼訂正道。

看樣子，蒂法麗莎似乎是個不幸的少女。

「是嗎。從今以後妳就連同過去的不幸一併過著幸福的日子吧。」

憑藉經我修復過後的美貌，她想必會有絡繹不絕的求婚者，所以應該能找到適合她自己的理想對象才對。

「——是的。」

對於這麼喃喃回答的蒂法麗莎，我撫摸完她的頭髮後便離開房間。

原本還打算讓她立刻在其他房間施展命名技能，但我不希望隨意使喚回想起討厭的過去後陷入情緒消沉的她，所以決定夜裡再過來一趟。

總之，先來詢問看看平民區的負責人，有沒有人擁有她們的繼承權好了。

畢竟倘若存在，為了能合法釋放她們，我就必須和對方交涉購買事宜了呢。

「那些孩子暫時拜託妳照顧了。」

「是的，庫羅大人。」

我這麼拜託蕾莉莉爾，然後以庫羅的姿態前往平民區。

◆

——那麼，負責人要怎麼才能找到呢？

雖然已經來到了平民區，但這或許太沒計畫性了點。

「嗨，這位白髮小兄弟，你很陌生啊。來這裡幹什麼啊？」

上來問話的這個小混混我很眼熟。

對方就是之前平民區起火的時候，聲稱自己負責管理這一帶的男人。

「你叫泥鰍史考畢吧？我有事情要問你。」

「──啊？少直呼我的名字！我又不認識你。」

糟糕，我認識這傢伙時好像是以佐藤的面貌出現吧。

我從懷裡取出裝有幾枚金幣的小袋子，丟給史考畢。

「錢還不少呢……你要幹嘛？」

「我需要情報。」

「情報？」

「沒錯。我在找人。」

我針對從蒂法麗莎她們口中聽來的前主人情報進行詢問。

「──那傢伙已經死了哦。」

「知道他有任何親戚嗎？」

「你要討債嗎？」

「不，正好相反。我欠那傢伙一筆錢。如果有親戚在，我想把錢還給對方。」

由於怕對方包庇藏匿親戚，我便試著這麼說。

「別說是家人，那傢伙應該連情婦或朋友也沒有半個。」

「這樣啊——」

既然沒有繼承人，待在這裡就沒意義了。

我正準備離開之際，史考畢繼續說出了令我在意的情報。

「況且，就算有的話也絕對不會出面哦。」

「怎麼說？」

「前陣子引起火災的正是那個傢伙啊。」

居然聽到了意外的情報。

「他不是奴隸商人嗎？」

「正確來說是萬事通屋——不，是個見錢眼開的大白痴。」

據史考畢的說法，大白痴原本計劃用廚餘飼養油史萊姆以開創新事業，結果卻不小心引發了火災。

這麼做固然很有眼光，但選在不耐火的房屋密集座落的平民區進行，實在有些缺乏危機管理的意識。

「這是他的奠儀。多出來的錢就發給那些房子被燒掉的人吧。」

我從道具箱取出裝有大約五十枚金幣的袋子，丟給了史考畢。

儘管我沒有必要代替大白痴出錢，但總覺得自己好像掠奪了原本屬於對方資產的那些奴隸，所以我便拿出了符合她們市場行情的金額。

這純粹只是在自我滿足，因此我無意去確認史考畢是否公平分配了這些錢。

史考畢查看袋子裡面後「咻——」地吹了一聲口哨。

「再見了。」

我這麼告知，然後離開了現場。

◆

「今天探險了很多地方喲！」

「還畫了畫～？」

享用著晚餐的馬鈴薯燉肉，我一邊傾聽小玉、波奇和蜜雅三人在房子附近的小巷子裡探險的情形。

小玉將探索過的地方繪製成觀光景點般的地圖。

畫功比之前又進步許多，到了專家也為之汗顏的程度。

「畫得很好呢。很厲害哦，小玉。」

「嘿嘿～？」

見到被我撫摸腦袋後面露笑容的小玉，被激起對抗心的波奇在自己掛於椅子上的妖精背包裡「沙沙」地開始翻找起來。

「這個、這個，還有這個也是禮物喲。」

波奇從妖精背包取出形狀怪異的堅果和漂亮的石頭擺放在桌上。

「波奇，現在是吃飯時間。等吃完再送禮物吧。」

「……是喲。」

莉薩委婉地叮嚀後，波奇儘管沮喪但仍乖乖將禮物收回背包裡。

「吃飯很重要喲。」

「系系～」

波奇和小玉兩人舉著愛用的湯匙和叉子，開始動手享用馬鈴薯燉肉。

或許是為了教導蘿吉和亞妮，各種味道的馬鈴薯燉肉裝在碗裡擺滿了整桌，不禁讓人有種「真是夠了！」的感想。

聽說除了蒟蒻以外都是用迷宮都市出產的素材來製作的。

好像還大量使用了從隔壁牧場買來的賽利維拉牛筋肉，其分量連愛吃肉的獸娘們也能接受。

著。

「美味。」

獸娘們吃光馬鈴薯燉肉裡面的肉後，剩下的馬鈴薯、蘿蔔和蒟蒻則是由蜜雅大口地吃著。

可能是今天跟小玉和波奇一起探險的緣故，她的食慾比平時更為旺盛。

「蜜雅妳也很盡興嗎？」

「嗯，演奏會。」

「蜜雅在池塘旁邊演奏音樂，就有很多老爺爺老奶奶過來喲。」

「拿到了點心～？」

確認地圖後，我發現在農地附近有個小池子，應該就是那裡了吧。

看來在探險之餘，她們也和當地的人們和樂相處呢。

「露露妳們買到了什麼稀奇的東西嗎？」

「是的！」

露露頂著耀眼般的笑容點頭。

「我嘗試用在甜點上。」

飯後的甜點是看似將切細的葡萄乾灑在上面的優格。

「是椰棗呢。」

僅吃了一口，亞里沙就看出了類似葡萄乾的東西是什麼。

「這個叫『椰棗』嗎？店裡的人都叫它『棗椰』哦？」

「兩者都對哦。椰棗就是棗椰樹的果實。」

有些酸酸的優格和椰棗的甜味十分契合。直接吃大概也很美味，所以很適合當作下酒菜的樣子。

據說這種椰棗價格雖高，卻是一下子就會被探索者們買走的夢幻食品。

不僅如此，交貨的商家是從迷宮都市西邊沙漠的另一端前來行商的「沙漠之民」，所以每隔幾個月好像只會出現在店面一次。

享受完甜點後，我便前往廚房確認露露她們的戰利品。

「我們找到了好幾種罕見的蔬菜。」

露露表示購買了白細蘿蔔和紫色的蓮藕等食材。

「另外還有很多使用蒜苗和韭菜來製作炒青菜的店家。」

「肉類料理很多呢。」

接下來我請她們出示肉類。

「種類還不少呢。」

「這還是只購買了無庫存肉類的情況下哦？」

露露有些傻眼地這麼告知。

看來迷宮都市的肉類實在五花八門。

「佐藤，瘴氣。」

「——真的有。」

正如拉扯我衣袖的蜜雅所言，露露和莉薩買來的肉類附著有瘴氣。

之前在露天攤販看到的輕食也是一樣，迷宮都市的肉舖好像完全沒去除掉瘴氣的樣子。

「咦？莫非是危險的肉嗎？」

「真是對不起，主人。我們先試吃過後才精心挑選出了美味的肉類，想不到竟然是那種危險的東西！」

「這點小事不要緊哦。」

我急忙制止了焦急的露露和向我謝罪的莉薩。

「長期食用或許會有負面影響，但只要不是身體太過虛弱或是病人，就算吃了也沒問題哦。」

迷宮都市大多數人們瘴氣中毒的理由，或許就是因為魔物肉未去除瘴氣呢。

下次參加茶會的時候，再跟太守夫人商量一下好了。

「有瘴氣難道會好吃喲？」

「是嗎～？」

聽了波奇傾頭的喃喃自語，小玉便抬頭望向莉薩這麼詢問。

「我不清楚，不過這些肉每一種都很美味哦？」

莉薩有些為難地回答。

——嗯，說不定她從來就沒有考慮過味道方面吧。

「我做一下實驗吧。」

我俐落地將約五種肉類分別切出兩小塊，將其中的一半用聖碑精確地去除瘴氣，然後以加熱用魔法道具燒烤。

以炭火燒烤比較美味但準備起來很麻煩，於是我就簡單處理了。

「好香～？」

「肉果然很棒喲。」

晚餐明明就應該填飽肚子的小玉和波奇，在聞到烤肉的香味後一副快要流口水的樣子。

稍後再把去除瘴氣後的肉給她們好了。

「等一下喲！」

就在我準備將肉送入嘴裡之際，波奇制止了我的手。

真有那麼想吃嗎？

「試毒～？」

「確認安全是波奇們的工作喲。」

小玉和波奇這麼主張道。

這又不是毒，不過……嗯，也好。

「那麼，麻煩妳們試毒了。」

「系～」

「是喲。」

小玉和波奇笑容滿面地大口吃肉。

每一次的咀嚼都讓波奇的尾巴有節奏地起舞，小玉的尾巴也可以見到感動的起伏在傳遞著。

就在關注著已經完全忘記試毒一事而滿臉幸福的兩人之際，察覺我目光的波奇先「咳咳」地清了喉嚨之後傾著頭辯解道：「不……不是這樣喲？」

「好，多虧兩人偉大的犧牲才得以確認安全，大家就來一起品嚐吧。」

我這麼說道，然後按照人數烤了肉。

瘴氣稍後再用聖碑消除就行了。只要是在消化前都沒問題才對。

那麼，關於味道方面——

「總覺得兩種都差不多呢。」

「是這樣嗎？有瘴氣的肉硬了一些，感覺得到苦味或澀味之類的東西。」

我雖然吃不出來，但立志成為廚師的露露卻似乎能夠辨別。

「會苦，可是充滿力量～？」

「有點硬，可是感覺湧出力量了喲。」

「我也吃不出苦味，但就像波奇說的，覺得體內稍微湧現了力量。」

獸娘們好像每人也有不同的感受。

「嗯～狀態值的確稍微增加了呢。」

亞里沙聞言確認了自己的角色狀態值後這麼喃喃道。

「是這樣嗎？」

「嗯，雖然跟火魔法或身體強化技能相比只有誤差般的增加。」

既然味道不變，僅有微增的話就沒必要冒險食用了呢。

在公都舉行唐揚祭的時候，亞里沙好像說過攝取之後的力量值和耐力值會在一定時間內提升一成左右吧。

站在能力提升的角度，食用鯨魚肉料理或許會比較好。

至於剩下的肉我決定全用聖碑消除瘴氣後收納至冷藏庫，作為明天晚餐的材料。
當然，既然吃了充滿瘴氣的肉，我也讓所有人沐浴了聖碑的藍光。

「亞里沙，打工人員都僱好了嗎？」
與在客廳休息的蜜雅和娜娜會合後，我向亞里沙問起人才招募的報告。
「嗯嗯，僱用了很多人。每人兩枚銅幣，總共是十七個人哦。」
比預計的人數要多但沒有問題。
「隔壁鄰居好像幫忙進行了交涉，所以唯獨那個人是給一枚大銅幣。」
「嗯嗯，知道了。」
有人願意幫忙招募實在令我安心。
「主人。」
快步走來的娜娜向我提出了問題。
「我從婦人們那裡聽到了幼生體生產的事情。」
有種很不安穩的感覺。
「就是裸體同眠可以生孩子的情報——」
「想得美——！」

「嗯，阻止。」

看準娜娜放在衣服下襬的手，亞里沙和蜜雅以電光石火般的速度將其抓住。

在兩人鐵壁雙人組的活躍下，娜娜的手僅到了露出可愛肚臍的程度就停止了。

「詢問妨礙的理由。」

「結婚前不行哦！不知羞恥哦！娜娜沒有跟佐藤結婚，所以不能生孩子。懂了嗎？一定懂了吧？所以，不能引誘哦？絕對不行！」

模樣焦急的蜜雅罕見地用長句子訓斥娜娜。

「主人不想要我的孩子嗎——這麼詢問道。」

娜娜如往常一樣面無表情，卻又有些性感流露地這麼發問。

真是個非常難回答的問題。

儘管我完全未將對方考慮為生孩子的對象，但這種事情直接說出來，就算是娜娜應該也會受傷，所以得想個說詞才行。

「我先！還有露露的孩子要更早生！」

「亞……亞里沙妳真是的……」

「姆，未婚夫妻。父母公認。」

亞里沙進來插嘴，露露染紅臉頰，眼睛變成三角狀的蜜雅則是在對抗亞里沙。

「小玉也要～？」

「波奇也要喲。」

小玉和波奇這時也加入，但這兩人大概不太了解。

乘這個機會，我決定順勢蒙混過去。

「娜娜，不用那麼心急，過一陣子就會有很多孩子來育幼院了哦。」

「主人！一陣子是幾天——這麼詢問道。」

娜娜上鉤了。

「距離育幼院的建築完工大約還有一個小月——就是十天左右，至於收容孩子們大概是屆時再過幾天之後吧？」

我的回答讓娜娜默默地露出飽受震撼的表情。

看樣子，似乎比她預期中還要漫長。

「耐心等就會很快的。」

「是的，主人。」

我拍了拍有些無精打采的娜娜肩膀，然後告訴大家趕快去洗澡。

「唉呀？主人你呢？」

「我還有點事情要辦，就用生活魔法解決吧。」

「咦～」

這麼告知完亞里沙，我便前往書房。

◆

「呼，比預期中晚了許多。」

再度以庫羅的姿態返回「蔦之館」後，我前往「蔦之館」裡面讓人幫忙準備好的私人房間兼研究室。

中途見到蕾莉莉爾，我便請她叫蒂法麗莎過來。

「哦？」

不知為何，除了地燈之外房間裡完全沒有開燈。

但有了天窗射入的滿月月光和夜視技能所以視野良好。

不過，被叫來房間裡的蒂法麗莎可能會害怕，於是我便打開主選單的魔法欄準備使用「魔燈」魔法。

「……庫羅大人。」

我中斷主選單操作，將目光望向端莊地敲響房門後走進房間裡的蒂法麗莎。

「之前說過稍後再找妳過來，抱歉我來晚了——」

——咦？

不知為何，蒂法麗莎居然是類似薄紗女用睡衣般的嫵媚打扮。

而且好像也沒穿內衣的樣子。

在她身後關起來的門另一端，可聽到妮爾傳來「蒂法小姐，加油啦！」的聲援。

看樣子，好像是我表達方式有誤而讓她誤會了。

——輕盈的聲響沙沙響起。

就在我陷入自我厭惡而頭疼不已的期間，事態仍在進行中。

蒂法麗莎的腳邊掉落著她剛才所穿的薄紗衣服，天窗映入的月光為她美麗的肢體增添了神祕的魅力。

那些許低俯的側臉，被略微鬆散狂野造型的捲髮遮蓋住。

——哦，不好。

儘管只有一瞬間，我卻看得入迷了。

「穿上吧——」

我從道具箱取出一件風格粗獷的外套披在蒂法麗莎身上。

待對方穿好後我便使用了術理魔法「魔燈」。

「我的表達方式好像有誤。叫妳過來並不是為了強迫妳上床。」

有這方面需要的時候，我就會去妓院拜託專業的大姊姊哦。

「那……那麼是為了什麼？」

「我需要用到妳的技能。」

我這麼回答蒂法麗莎紅著臉的詢問。

或許是回答得不好，蒂法麗莎的臉上失去了表情。

——總覺得自己好像傷了對方的少女之心，不過安慰她的任務還是交給紅髮妮爾或是她未來的戀人好了。

「蒂法麗莎，對我附加新的名字吧。」

「是的，請問要附加什麼樣的名字呢？」

對方頂著看不出感情的靜謐眼神這麼詢問後，我便隨便舉了地球上的偉人名字。

「庫羅大人，無論附加了多少名字，除了最後的名字之外都會毫無意義，這樣也沒關係嗎？」

「嗯嗯，無妨。」

蒂法麗莎點了點頭，然後用沉著安詳的聲音詠唱出命名的咒語。

「■■　命名。『特里斯梅吉斯特』。」

這是我在公都發放光石裝飾品時順便散布的製作者名字，記得在原來的世界應該是個著名的鍊金術士才對。

命名結束後的蒂法麗莎一臉疑惑地傾頭。

「主人，真對不起。剛才的命名可能失敗了。」

為了證實表情困惑的她所告知的內容，我打開了主選單。

的確，交流欄的名字還是庫羅。為保險起見又確認角色狀態欄的名字選擇項目，發現確實增加了「特里斯梅吉斯特」這個名字。

「我也只是聽過相關的傳聞，據說由力量強大者所賦予的名字，是無法在之後被覆蓋的。」

對此毫不知情的蒂法麗莎告訴我命名失敗的條件。

由於庫羅這個名字是黑龍赫伊隆幫我取的，所以一般才無法將其覆蓋吧。

「失敗也沒關係，妳就命名下一個名字吧。」

「是……是的，既然您這麼說……」

話中聽來似乎有些不服氣，但她隨即恢復平穩的情緒持續機械式地為我命名。

在「命名」完第三個名字之際，蒂法麗莎表示魔力已經耗盡，我於是用術理魔法「魔力轉讓」進行補充，最終一邊讓她附加了總共十種左右的名字。

當然，不光是「亞里斯多德」和「赫菲斯托斯」這類重要的名字，其中還夾雜著將商人和鍛冶屋改為日語發音的「亞金多」和「卡賈」這些拋棄式的名字。

「謝謝妳。」

「不……不客氣，能幫上一些忙我很高興。」

儘管這麼堅強地回答，蒂法麗莎看起來卻有些全身發軟。

「累了嗎？」

「不……不會，我還很有精神。」

畢竟一直不斷在命名和補充魔力呢。

在我吩咐完必須保密後，便命令蒂法麗莎回去房間休息。

「蒂……蒂法小姐，已經結束了嗎？」

紅髮妮爾似乎一直在外面等著，可以聽到她關心蒂法麗莎的聲音。

從光點數量來看，其他少女們也在一起。

「走得這麼東倒西歪的，究竟玩了什麼花樣啦？」

對此誤會的妮爾傳來了這麼詢問的呼喊聲。

那檔事不可能在這麼短的時間內辦完吧？

妮爾的發言讓我有些傻眼，但她特地為了友人在昏暗走廊上等待的舉動，使我感到些許的暖意。

話雖如此，這樣的感受立刻就煙消霧散了。

「接下來換我了啦！」

面對口中這麼說著以半裸姿態衝進來的妮爾，我在門邊將她一百八十度反轉之後送回了房間外。

「——咦？放置ＰＬＡＹ？難度這麼高的玩法我還是第一次，等一下啦。」

儘管聽到了妮爾的這番抱怨，我仍輕鬆忽略直接往內部的轉移鏡走去。

「「「庫羅大人，如果只有一個人覺得不滿意，我們四個一起陪您！」」」

包括妮爾在內的四位少女們，這次連門也不敲地衝了進來。

我不禁想抱頭呻吟，但這樣不符合庫羅的形象所以就忍著了。

——對了。

「剛才也對蒂法麗莎說過了，我並不打算強迫妳們上床。」

「不，我是自願的——」

「那不重要，我有事情要問妳們。」

我搶先一步打斷了妮爾的多嘴。

「總之妳們先換好衣服到客廳集合。」

「「「……是……是的。」」」

讓看似有些不服氣的四人退下後，我便前往客廳。

少女們過了好一會聚集在客廳裡，我於是開始打聽起火時的狀況。

「我們在地下室餵食的時候，油史萊姆就突然失控了。」

「平常明明都很乖巧，那個時候卻全身劇烈起伏，從桶子裡逃走了。」

計算少女和裁縫少女這麼說道。

似乎是從地下室逃脫的油史萊姆在樓上引起火災，使得她們被困在地下室。

「庫羅大人！」

妮爾呼喚我的名字後站了起來。

「在她們兩人要逃過來之前，我看到了奇怪的桃色史萊姆啦！」

「啊啊，就是妮爾妳大叫的那個時候吧。」

聽了紅髮妮爾的敘述，鑑定少女點頭同意道。

說到這個，在救出她們的建築物裡遇到的史萊姆好像是粉紅的核心吧。

根據她們的說法，油史萊姆原本是土黃色的。

「有沒有什麼可疑人物或是做出可疑行動的人？」

我的問題讓少女們面面相覷。

「會去那裡的每個人本來就相當可疑了啦。」

妮爾的發言使得其他少女們也一臉同意地點頭。

「我不知道這算不算可疑——」

蒂法麗莎忐忑地開口道。

「好像有個全身綠色服裝打扮的中年男性偶爾會來拜訪主人。」

「是個會用奇怪語尾『焉』的人呢。」

真是個意外的人物——不，或許不怎麼意外吧。

倘若是懸疑劇，似乎就會出現這麼一個用來誤導觀眾的人物。

「知道那個人是來做什麼的嗎？」

面對我的問題，少女們再度面面相覷。

據她們說並未做些什麼，總是笑咪咪地和前主人閒聊過後就回去了。

光是聽到這裡，不禁會讓人認為他和前主人是朋友關係，但蒂法麗莎她們的看法似乎卻又不像是朋友的感覺。

「起火的那一天也來過嗎？」

「不，當天完全沒有——」

「我看到了。」

蒂法麗莎打斷了鑑定少女的發言。

「他並沒有來拜訪主人，可是我從窗戶看到他在建築物附近走來走去。」

「那是什麼時候的事？」

「就在妮爾大叫看到桃色史萊姆的不久前。」

我按時間順序，整理了蒂法麗莎在內的少女們提供的證詞。

・綠貴族屢次造訪，和她們的主人會面。

・蒂法麗莎見到綠貴族的不久後，妮爾就發現了粉紅色史萊姆。

・總是性情溫馴的油史萊姆突然失控逃脫。

・油史萊姆被什麼東西點燃，然後發生了大火。

——大致就是這樣。

按照我不可靠的推理，應該是「綠貴族教唆油史萊姆所討厭的粉紅色史萊姆，使其引發油史萊姆的失控並釀成火災」……怎麼說也不可能吧。

綠貴族會引發大火的意義不明，況且根本用不著他特地去直接出手，讓手下去做還比較簡單。

若我是推理劇的主角，或許會試著說出在火災現場的目擊證詞並詢問對方理由，然而我並沒有無端插手麻煩事的嗜好。

如果有機會我會試著套一下對方的話，但遺憾的是除了能夠滿足我的好奇心之外完全沒有什麼好處。

果然，基本上還是要「君子不立於危牆之下」呢。

◆

「——盛……盛況空前焉。」

不知道是出於主婦的威力，抑或是充滿脂肪力的體積所致，綠貴族最終未能進入賑濟現場的工作人員區而喃喃自語著。

「早安，波布提瑪大人。」

「潘德拉剛勳爵，早安焉。」

我繞到他的背後，面帶笑容打起招呼。

「我現在要去視察火災現場，波布提瑪大人也一併同行如何？」

「放著賑濟活動不管無妨焉？」

「是的，有了這麼多人，應該用不著我這個貴族幫忙了吧。」

我意有所指地暗示不需要綠貴族的幫忙，實施了犧牲自己以將他帶離這個現場的計策。

這樣一來孩子們應該也能放心前來了。

「重建速度比想像中還快呢。」

許多房子因為可燃性的灰泥部分燒掉而崩塌，但半數以上似乎都還保留了原形。

我們走在路上，小心不去不妨礙那些全身黑漆漆的勞動者。

見到我和綠貴族的服裝，人們時而皺眉時而對地面吐口水，但綠貴族卻並未對此出言斥責，反倒始終都很愉快地笑咪咪關注著。

他的表情還是一樣很不協調，令人看不出真實的想法。

「——看來有很多房子的屋頂都燒掉了焉。」

正如綠貴族所言，各家的屋頂有九成都已經沒了。

想必是因為用來作為屋頂的草，乾燥起來要花不少時間吧。

迷宮都市不太下雨，但根據風向不同有時會有大沙漠的沙子越過西方山脈飛來，所以沒了屋頂並非就無所謂。

就這樣子視察的途中，綠貴族停下腳步仰望著一處沒有燒光的建築物。

「這一帶有許多房子倒塌，不過這裡似乎沒事焉。」

那裡就是我救出蒂法麗莎等人的建築物。

「波布提瑪大人認識房子的主人嗎？」

「怎麼可能焉。我在這種地方根本就沒認識的人焉。」

我試著不經意拋出話題，但對方即刻就否定了。

儘管看來不像在裝傻，不過畢竟原本是在太守夫人亞西念侯爵家的諜報機關長年服務的人物，對方要讓我看不出來應該輕而易舉才對。

倘若一直追問而打草驚蛇也不妥，我於是就在此放棄追究了。

畢竟我也不是什麼司法機關的人或正義使者呢。

在亞里沙用「遠話」傳來賑濟活動和服務活動已經完成之際，我也結束了以視察為名義的綠貴族排除行動，轉身準備返回賑濟活動的廣場。

「已經結束了焉？」

「是的，視察進行得相當充分了。」

「那麼，我也要回太守公館了焉。」

我當場告別綠貴族，帶著如釋重負般的心情走在路上。

「太淡的東西也變得挺濃了焉。桃色的泡芙果然是好東西焉。」

綠貴族自身後傳來的喃喃自語讓我不禁回頭，但他已經消失在平民區的人群中而看不見了。

讓人聽不明白的喃喃自語，不知為何卻像疙瘩一般深植在我的心裡。

◆

「好，今天的工作結束。接下來是自由時間。」

我這麼向同伴們宣布，然後催促大家趕快去玩耍。

賑濟活動器具已經由米提露娜小姐她們運走，所以並沒有什麼事要做。

「小玉和波奇妳們今天也要探險嗎？」

「系～？」

「波奇今天也要畫地圖喲。」

或許是要對抗昨天的小玉，波奇從妖精背包取出畫畫本這麼宣告。

「這個樣子好像很難畫畫呢。妳們帶著小畫板過去好了。」

我透過萬納背包從儲倉取出兩塊板子，以「萬能工具」魔法鑽洞後裝上固定紙張的金屬固定具和掛在脖子上的繩子，製作出了波奇和小玉專用的畫板。

「耶～」

「謝謝喲！」

「感謝～？」

收下畫板的小玉和波奇雀躍地歡呼道。

「來比賽喲！」

「小玉，不會輸～？」

波奇和小玉一走拿著畫板跑了出去。

看來是要比賽哪一方能畫出出色的地圖。

「遇到困擾的事情就要大聲呼叫哦！」

「系～」

「是喲！」

我這麼呼喊後，兩人僅轉過腦袋回答，然後便大動作揮著手跑掉了。

「我要教蘿吉和亞妮做菜，所以先回房子了。」

「嗯，演奏會。」

露露返回房子，至於蜜雅似乎要在昨天的池畔為老人們舉辦演奏會。

「莉薩妳呢？今天也要做市場調查嗎？」

「不，怎麼可以浪費——」

「這不是浪費哦。調查什麼樣的東西在迷宮都市比較暢銷是很重要的呢。」

我這麼說完後，將裝有數枚銀幣的小袋子交給莉薩。

以她的表現，就算給幾枚金幣當零用錢也不為過，但金幣似乎會讓她感到惶恐，所以在習慣買東西之前我就一直給她價值低於銀幣的貨幣。

送走了莉薩，最後就只剩下娜娜和亞里沙。

「主人，想要糖果——這麼告知道。」

娜娜罕見的要求讓我取出糖果交給她。

「不是一顆，需要很多——這麼懇求道。」

「很多？」

「亞里沙提供了情報，表示用甜食誘惑最能獲得幼生體的歡迎。」

我瞥了亞里沙一眼，只見她默默擺出了一個抱歉的姿勢。

看她既然好像在反省，這次應該就不用處罰了吧。

「之前用蟻蜜和步竹砂糖製作的糖果還剩下很多，妳就拿去吧。」

「主人，感謝。」

帶著裝有大約一百顆糖果的袋子，娜娜得意洋洋地往公會方向走去。

「這樣好嗎？發放那麼昂貴的糖果。」

「沒關係，那些材料都還有大量庫存哦。」

換成以前是頗為貴重的東西，但自從在砂糖的一大產地魔導王國拉拉基建立關係之後，就不是那麼需要慎重保管的物品了。
畢竟只要連續使用空間魔法「歸還轉移」就可立即前往魔法王國拉拉基，高品質的砂糖在產地購買的話也只要希嘉王國十分之一的價格而已。
那麼，我該做些什麼才好呢？
選擇有很多，但果然還是魔物素材的勞作最好了吧？
「主人，我們去約會吧！」
抱住我手臂的亞里沙，像貓咪一樣來回磨蹭著臉頰。
一副完全不認為會被拒絕的無防備表情。
——沒辦法。深夜再來享受勞作樂趣好了。
「那麼，要到處去看看迷宮都市的魔法道具嗎？」
「ＯＫ！既然這樣，蘿吉跟我說過一條販賣稀有珍品的小巷，就去那裡好了！」
在情緒高昂的亞里沙帶領之下，我們走在中堅探索者闊步的蜿蜒小巷裡。
「哦——這種亂烘烘的氣氛很不錯呢。」
這裡林立著許多所謂「鰻魚窩」一般開口狹小但前後細長的店家。
「對吧——好像還有許多罕見珍品，我非常期待哦。」

亞里沙指著自己的眼睛得意一笑。

她的意思大概是叫我用鑑定技能找出稀有珍品吧。

雖然覺得有些犯規，不過偶爾為之也無妨呢。

「你看你看，這個戒指是不是挺棒的？」

亞里沙拿起一只裝飾過度的黃銅戒指讓我欣賞。

白色不透明的石頭上刻有剛力的符文。

「那可是戴在手指上就能提升武器威力的魔法戒指！平時都賣一百二十枚金幣，不過——」

好貴！

再怎麼說，刻有區區一道符文的黃銅戒指也不值這種價錢。

即使再黑心頂多也是幾枚金幣就行了吧。

根據市場行情技能，範圍在一到六枚銀幣之間。

「——為紀念邂逅這位看來前途無量的少爺，今天就特別算妳十五枚金幣吧。」

「只增加三點力量值呢。」

不知什麼時候已經戴上戒指的亞里沙，在取下的同時這麼嘀咕。

那種微妙的數值，還不如一邊吃鯨魚肉唐揚一邊戰鬥的效果要好。

「最多三枚銀幣我就考慮。」

「嘖！連魔法戒指的價值都搞不懂的小伙子滾回去吧！」

或許是判斷做不成生意，對方彷彿要灑鹽一般怒氣沖沖地將我們趕出店裡。

下一家店則是擺放有漆黑刀刃的彎刀。

「那把劍好像很強！」

我抓住了亞里沙正要伸向劍的手。

「不行哦，亞里沙。」

「咦？有什麼危險嗎？」

「嗯嗯，那個被詛咒了。」

雖然不知道是什麼樣的詛咒，但瘴氣視的視野中可見附著在彎刀上詭異蠕動的瘴氣。

其他像傘架一般的場所還擺放著好幾把破爛的劍，木箱裡則是有使用了迷宮蟻牙的中古蟻牙鎚和鉤爪短劍正在清倉大拍賣。

「沒有什麼太感興趣的東西呢。」

「說得也是。」

其隔壁好像是中古防具店。

「好臭！」

「這個就有點不行了呢。」

「一聞到這種臭味，就會覺得穿舊的劍道服好聞多了呢。」

使用了飛龍皮的硬皮甲儘管具備相當的性能，但以前的持有者體臭太強烈所以一靠近就會令人想要嘔吐。

「偽萬靈藥和貴得嚇人的劣質魔法藥……豈止是玉石混淆，幾乎都是石頭了嘛。」

面對忿忿不平的亞里沙，我將在路上店家購買的貝利亞水遞給她。

「唉呀？想不到挺爽口的，真好喝。」

「感覺就像是稀釋的蘆薈汁吧？」

這樣一來要是冰涼的話會更好喝，但在冷藏庫不普及的異世界裡可以說是相當奢侈了吧。

我從儲倉裡悄悄取出冰塊拋入自己和亞里沙的杯子裡。

「謝謝。」

「不客氣。」

對於小聲道謝的亞里沙，我也小聲回應道。

喝著冰涼之後更為好喝的貝利亞水，我們一邊逛著周圍的店鋪。

「哦！是稀有珍品。」

「咦？那裡那裡？」

耳尖聽到我這麼低語的亞里沙，隨即雙眼發亮地詢問。

「是這個哦。」

「這把鏽跡斑斑的大劍？」

「嗯嗯，乍看是生鏽的黃銅大劍——其實卻是魔劍哦。」

唯獨最後一句我是在亞里沙的耳邊輕聲說出。

「我可以拿一下嗎？」

「啊啊，無妨，不過弄髒了手可別抱怨啊，少爺。」

徵求了老闆的同意後，我便舉起生鏽大劍試著注入魔力。

「魔力的傳導路徑好像已經斷裂，所以無法直接使用吧？」

若是注入魔力強行清理，總覺得應該可以讓路徑復活，不過大劍很可能會從內部破裂所以我還是就此打住。

「老闆，這把劍多少錢？」

「三枚金幣。先聲明，這個並非黃金而是黃銅哦。還有，要提鍊成金屬原料的話也得另外花錢啊。」

這裡的老闆實在很好心。

順帶一提，市場行情為三枚銀幣到十枚金幣之間，所以三枚金幣應該是折扣後的合理價格了。

這麼沉重的話僅僅黃銅的原料就值五枚金幣才對，但融掉並處理至可以使用還要花不少錢，因此才會放在這裡任其生鏽吧。

「兩枚金幣行嗎？」

面對亞里沙的殺價，老闆將目光望向我進行確認。

我並沒有讀心術，不過對方應該是在確認我是否有意用這個價格購買吧。

我從懷裡的錢包中取出兩枚金幣向對方出示。

「賣了！」

從我手中一把搶走金幣的老闆，用一塊破布包裹生鏽大劍並交給了我。

說不定，他認為兩枚金幣就已經是暴利了吧。

「我還會再來買的。」

「哦哦！非常歡迎啊！」

以笑容回應笑盈盈的老闆之後，我們便一臉正經地離開店內。

然後忍著笑意，在路上拐個彎走進小巷裡和亞里沙面對面大笑起來。

「啊——真好笑。那個老闆一定把主人當成冤大頭了哦。」

「有什麼關係呢？雙方都有賺到啊。」

老闆用兩枚金幣賣出了生鏽大劍而心滿意足，我們則是以以兩枚金幣買到了魔劍而大為滿足，可以說是雙贏的局面吧。

除鏽作業使用「蔦之館」的設備就能很快完成，若要讓魔力路徑復活，也只要製作專用的空間魔法，再請亞里沙施展就可立即修復了才對。

查看紀錄後，我發現獲得了「鑑定家」和「古物商」這些稱號。

「呼——笑死我了。」

「那麼，我們去看下一家店吧——」

我向亞里沙這麼提議的時候——

「主人————————！」

順風耳技能捕捉到了向我求助的細微聲音。

這個聲音是波奇。

「主人，怎麼了嗎？」

對於亞里沙的發問，我伸出一隻手讓她閉上嘴巴。

在豎耳傾聽的同時我一邊操作地圖，顯示出波奇的現在位置。

找到了。

波奇就位於平民區倖免於火災的一處角落。

「亞里沙，波奇有危險。妳先到附近的店裡等我。」

「啊……嗯，知道了。」

亞里沙聽了我的話之後點頭答應。

確認著周遭沒有其他人，我一邊將身體滑入陰暗處。

然後迅速套上黑色外套，在外套底下變身為庫羅的模樣。

「——波奇有困難——救命——」

接連不斷傳來的聲音讓我腿部使出全力跳躍至高空，朝著波奇所在的方向發動了閃驅。

——我現在就過去，波奇！

潘德拉剛育幼院

「我是佐藤，曾經聽說過虐待或者家暴，若是周遭無人察覺就不會曝光。即使是現代日本那樣社會福祉發達的國家想必也有看不見的黑暗處。倘若是在異世界——」

「——找到了！」

跳躍起來還不到一秒鐘的時間裡，我便抵達了波奇所在場所的上空。

那裡是昏暗的外牆塔陰暗處，但波奇平安無事。

波奇的前方有兩名手持長棍的男人，不過他們都將棍子抱在手臂裡改用手掌摀住耳朵。

看起來並不像是我所擔心的，被壞人纏住而一觸即發的危急狀況。

我在稍遠處的無人小巷裡用閃驅落地，然後使用「隱形」技能和「密探」技能並以縮地離開現場。

選了個沒有人影的場所，我藉助快速更衣技能變回了佐藤的模樣。

「主人————！」

然後在留意不觸發瞬動的情況下，衝到了朝著天空全力呼喊的波奇面前。

「怎麼了，波奇？」

「主人！」

波奇認出我的模樣後眼睛為之一亮。

「妳被這些傢伙欺負了嗎？」

「不是！這些人是衛兵先生喲。」

仔細一看，雖然穿得有些邋遢，但的確是迷宮都市賽利維拉的衛兵服裝。

「喂，你從哪冒出來的——」

厲聲伸手想要抓住我衣領的衛兵，卻被另一名衛兵用棍子敲了一下。

乍看敲得很輕但卻似乎非常疼痛的樣子，只見被打的衛兵按住腦袋忍耐著淚水和哀嚎。

「不好意思，潘德拉剛士爵大人。我的同事失禮了。」

「不，我才算是失禮。」

看樣子，打人的衛兵因為認識我，所以出手阻止了同事對貴族出言不遜的舉動。

儘管手法粗暴，但應該算是為同事著想的行為吧。

「主人，趕快來這裡喲。很小的孩子們快死翹翹了喲！」

波奇拉著我的手試圖把我拖到昏暗的陰影處。

看樣子，暗處裡似乎有幾名比波奇還小的小孩子。

「——你幹什麼？」

「我才想問你呢。你不知道對方是誰嗎？」

身後的衛兵們正在起內訌，不過看來並不重要，於是我便先走到孩子們的身旁。

其中一名孩子見到我的身影後僅微微動了嘴巴，但好像完全沒有力氣出聲或移動身體了。

裡面有兩人腿部骨折，患部已經變為紅黑色且長滿了小蟲。

根據ＡＲ顯示，孩子們的狀態變成了「骨折」、「飢餓：重度」和「脫水症狀」。

「請救救這些孩子喲。」

「不用擔心，我會幫他們的。」

我用力點頭，藉此讓一臉擔憂的波奇放下心來。

我先從魔法欄裡使用生活魔法「驅除害蟲」來趕走小蟲。

「哇啊啊！蟲……蟲子！」

後方傳來衛兵們的騷動聲。

看樣子，他們正待在稍遠處查看這邊的狀況。

我從萬納背包取出藥瓶，準備在體力回復藥之前先讓他們喝下能量飲料。

從雷達上的光點移動，可以得知衛兵靠了過來。

「士爵大人，您在做什麼？國法基本上是禁止安樂死的。」

「不是這樣哦。這只是補充營養的魔法藥。」

一名衛兵前來對我提出忠告。

我自己示範性喝了一口後，對方便告知「失禮了」然後退開。

「來，喝下吧。」

我這麼低語，讓孩子們各喝下一口能量飲料，然後再依序讓他們喝水。

由於看起來不要緊，這次我便讓他們喝下灌水魔法藥以回復體力。

「動了喲！」

「嗯嗯，接下來就交給米提露娜照顧吧。我要帶走這些孩子，需要什麼手續嗎？」

我向衛兵問道

「不，我們會代為向上司報告，您可以直接帶走沒有問題。不嫌棄的話，我們也來幫忙吧？」

態度實在很親切。

大概是太守夫人事先向衛兵們或是他們的上司吩咐過了吧。

「不，不用麻煩了。」

望著從大街方向跑過來的莉薩和小玉，我一邊這麼告知衛兵們。

她們兩人想必都是聽到波奇的呼喊而正在憂心尋找中吧。

「波奇～」

「小玉！莉薩也一起喲！」

「波奇，妳沒有受傷吧？」

等待擔心波奇的兩人平靜下來的期間，我利用「遠話」魔法向亞里沙說明狀況。

「──事情就是這樣，我已經保護了波奇所發現的那些瀕死小孩。」

『咦──那不是很嚴重嗎！我也隨便找個巷子先用轉移回去好了。』

「抱歉了，亞里沙。」

『沒關係啦！之後麻煩用物理方式來補償我哦～』

總覺得可以看見亞里沙對我眨眼睛的舉動。

在這之後，我和獸娘們分工合作，將孩子們帶回了屋子。

◆

「娜娜妳也把小孩撿回來了？」

「幼生體必須保護——這麼告知道。」

一回到房子前面，就看到先一步回來的亞里沙正在和娜娜交談。

娜娜還帶著許多的小孩子。

「我回來了。」

「歡迎回來，主人——就是這些孩子吧。」

亞里沙來到我們抱著的孩子身邊，憂心忡忡地觀察著。

「快點快點，床鋪已經準備好了，快讓他們躺下來吧。」

亞里沙催促我們進入屋子。

「那個人。」

「嗯，之前在一起。」

「——幼生體？」

我轉頭望向身後，只見原本和娜娜一起的孩子們都紛紛跑光了。

雖然不知道發生什麼事，不過小孩子總是善變的，況且私立育幼院還要一段時間才會運作，所以到那個時候再重新聚集就行了。

總而言之，我們先將保護的孩子們帶進房子，讓他們躺在客廳的床上。

「話說回來，傷勢很嚴重呢。」

見到孩子們的骨折痕跡和變形的手腳，亞里沙皺起眉頭說道。

「嗯嗯，我要進行有些隱密性的治療，不要讓任何人進來。」

「知道了。」

讓獸娘們負責守門後，我便開始對孩子們手腳的扭曲施以細心的魔力治癒。

之前我曾對在這棟房子的馬廄裡倒地不起的孩子們——也就是屋子裡的女僕小女孩們進行過同樣的治療。

——說到這個。

那些孩子也受了和這些孩子一樣的傷。

究竟是什麼人對年幼的孩子們做出如此殘忍的暴力行為呢？

就在思考這些事的期間，孩子們的手腳在我的魔力治癒下變回了正常的形狀。

「很厲害呢——是魔法？」

「不，是名叫『魔力治癒』的技能哦。」

我這麼回答亞里沙的問題。

「哦——我也學習看看好了——呃！」

亞里沙這麼嘀咕後，頓時瞠目結舌。

好像是因為比起普通魔法技能需要更多的點數。

「以單一技能來說也高得太離譜了。主人要是老學習那種趣味性技能，以後會後悔的哦。」

「謝謝，我會牢記妳的忠告。」

雖然很對不起替我操心的亞里沙，但我無論學習任何技能都只需要一點所以沒有問題。

當然，我無意胡亂浪費就是了。

「穿綠色衣服的男人？」

我拜託米提露娜小姐照顧我所保護的孩子們，然後針對在女僕小女孩們當中，在營救時腳已經骨折的孩子詢問其原因。

「嗯，我在路邊睡覺時，就被奇怪的男人踩了。」

看樣子，綠貴族波布提瑪顧問好像在暗中虐待流浪兒童們。

「我也被『綠色』踢了一腳。」

「好討厭那個『焉』。」

其他的女僕小女孩們也補充了類似的發言。

所謂「綠色」和「焉」，似乎就是孩子們之間對於綠貴族的俗稱。

「主人，請賜死虐待者！」

娜娜頂著無表情握緊拳頭氣勢洶洶地說道。

「虐待，不可以～？」

「是喲！不可以欺負小孩子喲！」

小玉和波奇也氣呼呼的。

感覺她們並非聯想到了以前的自己，而是純粹這麼認為。

「主人，那個人不是高等貴族嗎？我認為您沒有必要為了孩子們而蒙受不利。」

「是啊，莉薩小姐說得很對哦。」

正義感強烈的亞里沙，罕見地同意了這番消極主義的建議。

「不過，得來的力量，當然就要用在保護弱者上哦！」

亞里沙以凜然的表情這麼宣告之後，孩子們便對她投以稱讚的眼神，紛紛用小手啪啪地鼓掌起來。

——嗯嗯，這才是亞里沙。

「主人！」

我苦笑之際，娜娜猛然將身體湊過來傾訴。

「知道了。我會想辦法的。」

所以，請不要把胸部擠壓過來好嗎。

總之，明天下午我會獲邀參加太守夫人的茶會，所以我打算參加時順便向綠貴族確認真偽，如果屬實就警告一下對方。

對方身為高階貴族的一員，很難想像他會把我這個最下級貴族的話聽進去，因此屆時可能會藉助一下太守夫人的威勢，而被借用威勢的老虎應該也會毫不吝惜地借我使用才對。

當然，在這之前我準備先探詢能否用綠貴族想要的東西作為交換條件。

◆

就這樣，當天深夜——

「我本來不敢相信，原來謠言是事實嗎。」

我從後方出聲，叫住了看準睡在小巷裡的孩子準備抬起腳踩踏的綠貴族。

儘管今天純粹是為了確認謠言的真偽，但最終還是不忍心拋棄孩子們所以下意識行動了。

「潘德拉剛勳爵真擅於隱藏蹤跡焉。」

憑藉他的技能組成，在我使用了技能等級最大的隱形系技能之後應該無法察覺到蹤跡，但即使發現我從黑暗中現身，對方依舊完全不吃驚的樣子。

「——什麼！」

當著我的面，綠貴族沒有任何預備動作或是猶豫就踐踏了孩子的腳。

劈啪的硬物聲和孩子的哀嚎頓時響起。

「你做什麼！」

我推開綠貴族，幫骨折的孩子接好骨頭後強行灌下魔法藥。

睡在這個孩子旁邊的其他孩子們被慘叫聲吵醒，一哄而散地逃向了暗處。

「那才是我要問的焉。突然把人推開，實在有失紳士風度焉。」

綠貴族用毫無罪惡感的語氣抗議道。

——這傢伙到底在說什麼？

「把睡覺中的孩子腳骨踩碎，你難道沒有任何感覺嗎？」

面對我本能的抗議，綠貴族卻是笑容以對。

「我只是在夜晚散步罷了焉。不小心踩到路上掉落的垃圾純屬偶然焉。是把垃圾丟在路上的人不對焉。」

望著在我懷中發抖的孩子，綠貴族露出了充滿愉悅的笑容。

見到那副笑容的瞬間，我感覺到彷彿目睹了人形怪物般的噁心感。

我抱著一絲希望在AR顯示確認他的詳細角色狀態，遺憾的是並沒有被魔族附身的跡象。

儘管很難相信，但這似乎就是他的原本的狀態了。

「恐怖、憎惡，對自己無法理解之物的畏懼，這真是美味極了焉。」

綠貴族仰望月亮這麼笑道。

那傢伙的發言，讓我想起了製作出聖留市迷宮的下級魔族台詞。

「簡直就像是魔族的口吻呢。」

「這次竟然把人說成了魔族焉？潘德拉剛勳爵還是多接受一些貴族方面的教育會比較好焉。」

綠貴族用告誡年輕人的長者般語氣這麼說道。

我剛才確實是失言了。

對於比自己地位高出許多的貴族，這可說是最侮辱性的痛罵。

就算被剝奪名譽貴族的爵位也無話可說。

「嗯，罷了焉。今晚是個美好的月夜，實在很適合散步焉。」

「波布提瑪先生——」

我叫住了準備繼續行凶的綠貴族。

「潘德拉剛勳爵也想一起散步焉？」

「是的，我也陪同吧。」

我讓骨折痊癒的孩子逃到小巷的另一端，然後跟綠貴族一起散步。

當然，這是為了在行凶前讓孩子們逃離綠貴族的路線。

實行起來真是非常辛苦。

對方有時會聲稱「那裡感覺得到嘆息和恐懼焉」並突然改變路線，走進他的體型看似進不去的細小巷子裡，接著又表示「還是回去好了焉」然後假裝折返，卻一邊以假動作走在圍牆上。

而每一次，我都會繞到他前頭讓孩子們移動，有時還會利用地圖和「理力之手」將孩子們藏在屋頂上以度過危機。

總覺得，綠貴族好像在享受著我這番慌張的舉動。

但總不能因為這樣就中途放棄了。

綠貴族的散步一直持續到黎明時分，我也一樣陪同到了最後。

「潘德拉剛勳爵的困惑和焦躁也相當美味焉。」

最後這麼笑了一句，綠貴族便返回了自己的公館。

這次勉強應付得來，但那樣的行徑我可沒時間每晚都陪同。

「沒辦法，只好去狐假虎威了。」

我比預定時間提早，毫無預警地前往了太守的房子。
雖然很不好意思，但今天的賑濟活動就拜託同伴們和米提露娜小姐等人好了。

◆

「潘德拉剛勳爵，怎麼了嗎？茶會下午才開始哦？」
太守夫人笑盈盈地迎接了未經預約就造訪的我。
我為突如其來的訪問致歉，然後將昨晚的事情和太守夫人商量。
對方的回答是——
「波布提瑪還真令人傷腦筋呢。」
——好輕描淡寫的一句話。
對於貴族來說，比平民還要低賤的流浪兒童們似乎用這麼一句話就了事了。
「這對身為慈善家的潘德拉剛勳爵實在很難啟齒，但貴族就算傷害了平民，只要他們不提出控訴，就不會遭到任何懲罰。更何況，不具備市民權的流浪兒童們就連控訴也無法提出。」
將我整個人摟過去的太守夫人，用開導孩子般的口吻說道。

「我會囑咐波布提瑪『停止行凶』，但這麼做無法保證波布提瑪真的會停止行凶。」

彷彿哄著孩子般撫摸著我的頭髮，太守夫人繼續說了下去。

「不，波布提瑪想必不會罷手吧。」

語氣中帶著確信。

「倘若你希望，我至少可以將他逐出迷宮都市之外哦？」

「不，那麼做的話——」

「——什麼問題也沒有解決，對吧。」

太守夫人打斷了我的話。

她的眼睛注視著我。

「有一個方法，難道你沒有發現嗎？」

太守夫人用老師般的口吻說道。

——方法？

若是有那種方法，自己就不會一大早過來拜託了。

至於暗殺綠貴族則不在討論範圍之內

「你應該已經知道了才對吧？」

太守夫人的圓臉浮現笑意，卻不說出答案。

——我已經知道了？

為了回應太守夫人所出的謎題，我試著回想著她剛才說過的話，並一邊回顧昨天發生的事情。

「——啊！」

「看來你已經發現了呢。」

我向一臉滿足的太守夫人道謝並告知即將缺席茶會，然後便趕回了房子。

◆

「各位，請聽我說！」

不光是同伴們，我還召集了米提露娜小姐她們這些女僕以及負責屋子警備工作的沙珈帝國武士雙人組，告知綠貴族昨晚的行凶和希望幫助孩子們的想法。

「有作戰計畫了吧？」

「當然。」

我用力點頭同意亞里沙的發言。

「因為他們待在路上才會被綠貴族踩踏。又因為沒有具備市民權的監護人所以也無法提出控訴。」

太守夫人是這麼說的。

「既然如此，只要不讓他們躺在路上就行了。然後，由我這個貴族來擔任監護人即可。」

如今想想實在是太簡單了。

畢竟我本來就打算將迷宮都市的流浪兒童們全部收容至育幼院裡，所以如今只是提早一些罷了。

「從現在起，展開『流浪兒童招集大作戰』！」

口號為：「讓受虐兒童歸零！」

「系系～」

「收到喲！」

「知道了。我們這就前去回收孩子們。」

「主人，我也和莉薩她們同行──這麼告知道。」

獸娘們和娜娜搶先這麼宣布，在獲得我的許可後便向外衝去。

「我跟蜜雅也前往回收組吧。」

「嗯，行動。」

「那麼，我和米提露娜小姐負責準備食物和換洗衣物給招集來的孩子們。」

亞里沙、蜜雅和露露也立即展開行動。

「外出採購請包在我和卡吉羅大人身上。」

「借用一下馬車。綾女，起碼讓我負責駕車吧。」

武士雙人組這麼表示，然後便駕駛載貨馬車出門了。

在窗戶外，可以見到亞里沙正在向空地裡等待工作的孩子們說話。

看樣子，好像要使用人海戰術。

至於我則是請女僕小女孩們幫忙，在育幼院建設預定地的院子裡搭起許多帳棚。

儘管環境和睡在路上沒有多大差別，但對方踩了睡在用地內的孩子們之後，想必就沒辦法使用昨天那種藉口了吧。

◆

「——嗯。」

招集率比想像中還要差。

明明就快到中午，卻還不滿三十個人。

包括亞里沙僱用的孩子們在內也只有五十人左右。

「露露，這裡交給妳們。我也去勸說一下。」

「主人，我也一起陪同。」

有蘿吉和亞妮幫忙做菜，更有女僕小女孩們負責供餐和打雜。

所以把這裡交給米提露娜小姐她們應該不要緊吧。

「知道了。就一起去吧。」

我和露露一起徒步走到街上。

「總覺得他們好像在躲避我們呢？」

「露露妳也這麼認為？」

不知為何，坐在路肩的孩子們一見到我們，就匆匆混入人群當中不見了。

原本以為賑濟活動會讓他們多少提升些好感度，但感覺似乎反而下降了。

「主人……」

在西公會前，面無表情的娜娜看似很沮喪地站在那裡。

其周圍出現了奇妙的空白地帶。

「狀況怎麼樣？」

「遭到幼生體的躲避——這麼告知道。」

嗯，娜娜也是嗎。

「我有什麼奇怪的地方——這麼詢問道。」

「不，一點也不會奇怪哦。」

我這麼回答看似不安的娜娜。

總覺得，原因應該出在我們之外才對。

「主人～？」

小玉的聲音讓我回頭，只見獸娘們從人群的另一端現身。

「好像非常非常奇怪喲！」

波奇一臉嚴肅地傾訴的模樣相當可愛。

為了解內容，我將目光轉向莉薩催促下文。

「我跟小玉和波奇一起到處勸說孩子們前往育幼院，不過——」

「孩子們都逃掉了喲。」

「謎～？」

莉薩說到一半，小玉和波奇彷彿在表示「不能理解」一般都將眉毛皺得像圓圈後傾著腦袋。

「如果是害怕我的長相而逃跑還能理解……」

「沒這回事哦。」

聽我這麼訂正後，莉薩略微紅了臉。

敵對的壞人會害怕莉薩還能理解，但小孩子們根本就不可能會害怕。

「對了，妳說到處勸說孩子們，結果怎麼樣了？」

「是的，一開始的反應頗佳，但有孩子看到我們後露出厭惡表情並講了悄悄話，所有人就急忙逃跑了。」

「一哄而散～？」

「都從圍牆那邊和牆壁的縫隙跑掉了喲。」

這種反應就跟看到我們的孩子們一樣。

「知道他們在竊竊私語什麼嗎？」

「綠色～？」

「他們說了『焉』喲。」

說到「焉」，就是綠貴族波布提瑪的代名詞了。

原因不清楚，但孩子們應該是以綠貴族為由在躲避我們的吧。

——難道是因為我跟波布提瑪都是貴族階級的關係？

「啊——找到了找到了！主人！」

亞里沙帶著一開始帶走的小女孩們跑回來，站在人群的另一端朝我大動作揮手。

於是我們便從公會前移動，和亞里沙會合。

「看來這邊也一樣呢。」

「亞里沙妳們也是嗎？」

「是啊，真是受夠了。」

亞里沙聳聳肩膀嘆息道。

「知道是什麼原因嗎？」

「嗯嗯，我正想回房子裡告訴大家這件事哦。」

不愧是亞里沙，動作真快。

「好像有些人在對孩子們散布空穴來風的謠言哦。」

亞里沙收集而來的謠言——

「年輕貴族跟『焉』是好朋友。」

「綠貴族跟年輕貴族是喜歡拷問的變態。」

「年輕貴族之所以施捨，是為了要收集當作活祭品的笨小孩。」

——都是這些毫無根據的內容。

況且，我什麼時候跟綠貴族是好朋友了？

那麼，該怎麼辦才好呢——

「要先把散播謠言的人抓起來嗎？」

「不行哦。畢竟直接散布謠言的人是那些孩子們。」

「那麼，那些孩子是從誰口中聽來的——」

「我本來也打算問個清楚，可是他們卻始終強調『會被主人和波布提瑪殺掉，所以不能說』。」

真是傷腦筋。

畢竟不能對孩子們動粗，而且即使違反他們的意志強制帶去育幼院，要是乘晚上逃走被綠貴族襲擊的話就毫無意義了。

我們正在頭疼之際，有人主動出聲了。

「嗨，這位貴族大人，遇到什麼困難了嗎？」

這個有些可疑的聲音讓我回頭，只見有個眼熟的小混混男人站在那裡。

是昨天我以庫羅的面貌遇見，名叫「泥蠍史考畢」的平民區負責人。

「是史考畢嗎？」

「你還記得我真是太好了。」

史考畢用挖苦般的表情聳聳肩膀笑道。

「我有情報要告訴你。」

我遞出銀幣作為情報費，但史考畢卻用手掌推回。

「今天的情報免費。就當作是前陣子的答謝吧。」

原來如此，似乎是這樣一來就互不相欠的意思。

「知道了。那麼是什麼情報？」

「不知是出於什麼目的，『沙鼠』和『溝蛙』的成員好像到處在對小鬼們散播你的壞話哦。」

史考畢所說的壞話，基本上就和亞里沙收集而來的謠言一致。

「他們為何要這麼做？」

「我說過了，『不知是出於什麼目的』。不過畢竟是『沙鼠』和『溝蛙』的成員，所以大概是收了某人的錢吧。至於是誰下的命令就無從追查了。」

我腦中浮現綠貴族的身影。

如今索凱爾不在，迷宮都市裡會設計我的人物已經別無他想了。

「史考畢，我有事想要拜託，你能答應嗎？」

「嗯嗯，畢竟我還欠你人情啊。」

我將錢交給對方，拜託他幫忙收買「沙鼠」和「溝蛙」。

順便還決定請他動員其他的組織，散布「我和綠貴族是好朋友的資訊有誤，而我的育幼院會保護大家不受綠貴族傷害」的消息。

畢竟機會難得，就讓我利用一下綠貴族在孩子們之間的惡名好了。

在散布的時候，基本上也讓他們避免使用「綠貴族」或「波布提瑪」而是「綠色」這句黑話。

為避免之後被鑽漏洞，所以我稍微顧及到了這方面細節。

◆

「都聚集過來了呢。」

當天的傍晚時分，整個迷宮都市的流浪兒童們都集結了。

委託史考畢他們進行的情報操作相當有效，從太陽開始西下之際，孩子們集結的進度便呈加速度般增長。

原本在入口處猶豫的孩子們，也被露露等人準備的晚餐香味吸引而鑽入門中。

最後，光是育幼院的庭院還不夠，就連隔壁的空地上也增加了帳棚，然後用魔法建立的臨時圍牆圍繞起來。

圍牆則是我出錢請西公會裡看起來閒暇的土魔法使探索者幫忙架設的。

儘管是單薄脆弱的牆壁，但探索者回去後我又用土魔法偷偷補強過，所以即使被大砲直接命中應該也能擋住。

這樣一來，起碼就能阻止綠貴族的散步了才對。

「呼～真是辛苦呢。」

陷入疲勞模式的亞里沙，整個人倚靠在我的大腿上訴說著自己的辛苦。

「姆，有罪。」

「才一下子有什麼關係嘛。偶爾也要補充一下主人元素啊。」

蜜雅的「有罪」宣言，似乎也對今天的亞里沙無效。

我對「主人元素」這種神祕物質並無頭緒，但偶爾就讓她任性一下好了。

「那麼，究竟有多辛苦呢？」

「有些孩子硬是說不肯去『焉』的同伴貴族那裡哦。」

「同伴？」

「你想，『焉』之前在賑濟攤位裡出現過，而且隔天為了把『焉』趕出賑濟廣場，主人不是還約他一起去視察平民區嗎？」

啊啊，這麼說來確實有這回事。

「廣場上很多孩子都看到了，所以有不少孩子都以為主人跟『焉』是同伴哦。」

那些親眼目睹的孩子們，就算接受了史考畢他們的情報操作，好像仍頑固地拒絕前來育幼院。

如今想想，綠貴族的那種行動可以說是針對本次的伏筆吧。

儘管我自己也認為太過陰謀論了。

「不過，真虧妳還能把那些孩子帶過來呢。」

「不是我，是那群孩子幫忙說服的哦。」

亞里沙的目光盡頭處，是和育幼院的孩子們正在說說笑笑的女僕小女孩們。

「似乎是因為她們拚命強調主人使用昂貴的藥品治好了快要死掉的自己，之後還僱用為女僕讓她們工作，所以才會成功的。」

「那麼，得順便獎勵一下那些孩子才行呢。」

「既然這樣，就煮漢堡排給她們吃吧。」

「漢堡排？」

「嗯，她們自從聽了小玉和波奇的描述後就一直很想嚐嚐看。」

「這個小意思哦。」

既然機會難得，為了紀念育幼院開設，乾脆就請所有孩子們享用好了。

不過今天應該有許多孩子的腸胃虛弱，所以得先觀察情況再說呢。

「對了，你在製作什麼呢？」

「嗯嗯，是名牌的試作品哦。」

我試著設計成一眼就能看出是育幼院的孩子。

名牌的材料則是選擇了金剛魚的鱗片。

大小剛好，而且又有大量庫存，更重要的是堅硬且難以破損。

我在這種鱗片的表面刻上院童的名字以及潘德拉剛育幼院的標記，背面則是刻有「招福」、「健康」、「家內安全」這三種符文。

儘管效果不如魔法道具，卻是我盼望院童們的健康和幸福而製作的。

儘管金剛魚的鱗片頗為昂貴，不過能刻上三種符文且大小適中的素材，除此之外也想不到別的。

外側我塗上了白色塗料，所以應該不會輕易被察覺才是。

院童的數量有些多，但我在早上之前就能把名牌準備好。

聽著為了讓孩子們睡得安穩而由蜜雅演奏的搖籃曲，我一邊觀察雷達以確認有無不速之客前來，就這樣過了一晚。

＞獲得稱號「監護人」。

＞獲得稱號「幼兒的守護者」。

前往公會

「我是佐藤。我很喜歡『一波未平一波又起』的突發事件型西洋電影，但可以的話真希望只在故事裡發生就好。現實中還是和平最棒了。」

「但願世界和平。」

望著升向黎明天空的咖啡熱氣，我同時這麼喃喃道。

儘管整夜戒備著綠貴族及其手下的闖入，但這晚就彷彿在嘲笑我的警戒一般安穩無事。

就連幫我泡了這杯咖啡的露露，也已經和米提露娜小姐開始準備今天的賑濟活動以及為育幼院保護的孩子們提供早餐。

「那麼，雖然很想幫忙一下——」

遺憾的是，現在廚房的大小容不下那麼多人。

我將喝完的杯子收納至儲倉，然後變身為庫羅的模樣執行「歸還轉移」以便借用「蔦之館」的廚房。

「早安，庫羅大人。」

「早安，蕾莉莉爾。」

不愧是家庭妖精棕精靈。

雖然是一大清早，看起來卻已經整齊換好衣服正開始準備早餐了。

「蕾莉莉爾，不好意思，可以讓我使用廚房嗎？」

「有什麼需要的話，請儘管吩咐我就是！」

蕾莉莉爾用拳頭敲了自己平坦的胸膛。

「我只是想製作一下料理，應該說是玉米片才對。」

我從儲倉取出「步玉蜀黍」這種巨大玉米型魔物的穎果，然後用術理魔法「萬能工具」和「理力模具」魔法去除堅硬的外皮，將其中的果實搗碎磨成粉。

這種以「理力模具」形成的密閉容器可從透明外壁看到搗碎狀況，真是有趣呢。

「哇哇！看著看著就變成粉末了！到底是怎麼辦到的，佐藤大人？」

吃驚的蕾莉莉爾語無倫次，居然從庫羅把我叫成了佐藤。

「這只是在魔法製作而成的容器中轉動刀片，將果實粉碎而已哦。」

為了轉動萬能工具魔法所製作的刀刃，我使用了術理魔法「理力之手」。

就在這麼交談的期間裡，二十公斤左右的玉米粉已經完成，我於是將粉末轉移至大袋子裡，改裝入下一批玉米以大量生產玉米粉。

藉助平行思考技能，我在生產玉米粉的同時一邊搓揉玉米粉，藉此製作玉米片的麵團。

「蕾莉莉爾，不好意思，麻煩妳將麵團的表面烤得脆脆的。」

我將拉成薄片的麵團擺放在烤盤上，接下來就交給蕾莉莉爾。

畢竟就算有了平行思考技能，在控制已經發動的三種魔法同時還要發動其他魔法實在太麻煩了。

「知道了！」

不久，玉米烤熟的香味瀰漫在廚房內。

「庫羅大人，這樣子可以嗎？」

「嗯嗯，恰到好處。」

我用手捏起略微烘烤後變得脆脆的麵團放入口中。

口感很棒，但味道很淡。

「揉麵皮的時候，是不是加入砂糖或牛奶會比較好呢？」

「我立刻去拿。」

制止了準備跑去食物庫的蕾莉莉爾，我透過道具箱取出了砂糖和牛奶。

在這之後，經由蕾莉莉爾的協助，我完成了好幾種的玉米片。

「之後要淋上牛奶食用的話，還是原味的比較好吧？」

「既然要當主食，我也覺得這樣吃比較不會膩。」

主婦力過人的家庭妖精都這麼說，我於是大量生產了原味的玉米片，然後返回了房子。

當然，對於提供協助的蕾莉莉爾，我也贈送了玉米片和剩餘的玉米粉給她。

◆

「久違的玉米片太好吃了～」

「脆脆的～」

「跟牛奶搭配非常棒喲！」

「嗯，新口感。」

我試著將帶回來的玉米片放進早餐裡，結果讓年少組讚不絕口。

「很新奇的口感呢。跟炸餃子不同，似乎可以用在許多地方。」

「除了加牛奶食用，放進聖代裡面也很美味哦。」

面對認真分析的露露，亞里沙提供了建議。

「在烘烤麵團之前，先加入碎肉乾怎麼樣呢？」

「Nice idea～？」

「那樣絕對、絕對很美味喲！」

聽到喜歡吃肉的莉薩這麼提議，同樣愛吃肉的小玉和波奇舉起雙手贊成道。

嗯，雖然沒人這麼想過，但似乎會很美味沒錯。

「主人！幼生體們也很滿意──這麼告知道。」

「娜娜妳也吃了嗎？」

「是的，主人！對幼生體進行了『啊～嗯』──這麼告知道。」

娜娜的表情還是一樣平板，但總覺得肌膚有些容光煥發的樣子。

「──老爺，有您的信。」

用完餐之際，米提露娜小姐遞給我幾封信和拆信刀。

我拆開封蠟閱讀內容。

「是誰是誰？」

「是太守夫人和公會寄來的。」

前者表達了對我的關懷，以及告知我為了讓孩子們在法律上隸屬於私立育幼院而準備派遣官員過來。

至於後者──

「上面說叫我前去領取之前逮捕迷賊們的獎金。」

上次進入迷宮時，我們在救出米提雅公主等人之際順便逮捕了迷賊們。

那個時候因為要應付找我麻煩的索凱爾而身心疲憊，所以把一切都交給公會處理而還未做筆錄。

不過，同行的貴族子弟護衛們應該已經代我做過了筆錄才對。

「這次因為還抓到了懸賞要犯迷賊王魯達曼，好像會獎勵很多錢呢。」

帶著漫畫中彷彿眼睛會變成金錢符號的表情，亞里沙笑呵呵地開心道。

「通緝單上寫著一百枚金幣——這麼報告道。」

「嗚哇——那真是太棒了！」

聽了娜娜的情報，亞里沙舉起拳頭歡呼道。

「妳有什麼想要的東西嗎？」

自己應該已經提供了必要的東西才對，但亞里沙一向都對支出過多感到在意，所以很可能只是出於客氣而沒有主動要求罷了。

「我並沒什麼想要的哦。比起這個，就算是一條緞帶也好，我更希望主人可以給育幼院的女孩子們購買飾品。至於男孩子們——應該食物就可以了吧？」

「的確，她們沒有太多需要打扮的場合，緞帶或許不錯呢。」

至於男生應該是帥氣的圍巾或腰帶就行了吧？
這方面等和育幼院的院長商量過後再決定好了。
「唉呀？還有一封哦？」
亞里沙撿起掉落在地板的信。
「咦？新人探索者講習會？」
瀏覽了信中內容，亞里沙發出奇怪的聲音不解地傾頭。
「好像是叫主人參加每個月舉辦一次的講習會呢。」
亞里沙將快速瀏覽過的內容告知同伴們，一面把這封信遞給我。
「講習會好像是五天後，所以在那之後我們再繼續迷宮探索吧。」
這一般好像是獲得青銅證時就會參加的講習會。
「真沒辦法——反正幫忙育幼院的事情暫時就夠忙了呢。」
「嗯嗯，抱歉了。」
「沒關係啦！」
聽我這麼說，亞里沙露出男子漢般的笑容擦了擦鼻子下方。
「Of course～？」
「波奇總是很努力喲！」

「嗯，勤勉。」

繼亞里沙之後，小玉、波奇和蜜雅也宣布要幫忙。

儘管我一直都希望孩子們盡量去玩耍，但總是不如人意呢。

◆

「露露妳今天也要教蘿吉和亞妮做菜嗎？」

早上的賑濟活動之後，我乘坐露露駕駛的馬車前往西公會。

「是的，今天還打算教那些要求學習薯泥丸子和豆泥丸子的人。」

「就是剛才那些人吧。」

在剛才的賑濟活動中出現了面貌粗獷的青年和中年男性，央求要學習薯泥丸子和豆泥丸子的製作方法。

那原本就不是什麼需要祕密的料理，若能讓支撐起新人探索者的料理變得更美味，我自然沒有意見，所以就選擇教他們了。

當然，並非免費，而是以提供一個月的賑濟活動勞動力作為條件。

由於主菜預計每個月都會變更，所以似乎能確保接下來的廚師。

目前光靠鐘點的主婦們就幾乎足以維持，因此這樣一來，賑濟事業可說不用我們直接作業就能自行運作了。

「讓我來指導專業的廚師，真的沒關係嗎？」

「就跟妳在教蘿吉和亞妮她們一樣哦。」

面對一臉凝重的露露，我告訴她不用擔心。

這時，視野角落的雷達上出現了代表敵人的光點。

——是誰？

我判斷街上應該不至於出現魔物並打開地圖查看後，得知光點是迷賊王魯達曼與那些幹部。

自從逮捕他們之後已經過了好幾天，對方似乎還對我懷有明確敵意的樣子。

「主人，怎麼了嗎？」

「不，沒什麼。」

我以笑容掩飾露露的發問，然後繼續閒聊下去。

不久，馬車抵達了西公會的正門前。

「那麼，我在停車場等候您。」

「我會盡快把事情辦完的哦。」

笑著目送露露離開後，我收斂起表情。

畢竟代表不怎麼友好的人物光點在雷達上還另有他人。

「唉呀？潘德拉剛勳爵也來公會辦事焉？」

「是的，處理一些瑣事。」

「原來如此焉。昨天你似乎將我散步路線上的垃圾清掃了一番，潘德拉剛勳爵還真是個勤勞的人焉。」

「服務活動也是賑濟事業的一部分哦。」

綠貴族兜著圈子指責我保護了流浪兒童一事，所以我便隨口岔開話題。

賑濟活動是相當於對方上司的太守夫婦允許的，所以無法隨便對此否定，只見他笑咪咪的表情變得宛如能樂面具一般生硬。

「波布提瑪先生是來公會處理公事的嗎？」

「夜晚的散步已經失去刺激感，我於是過來拷問——審問那些迷賊焉。」

再度恢復盈盈笑容的綠貴族將不知從哪取出的馬鞭弄彎，同時更加深了笑容。

「審問迷賊嗎？」

「——好奇焉？」

我店頭承認綠貴族的反問後，對方笑了一下「充滿好奇心是件好事焉」然後告知我詳情。

他認為「私造魔人藥的索凱爾，其背後很可能隱藏著王都的大貴族」，所以正在獨自進行調查以取得證據。

「充滿好奇心的潘德拉剛勳爵，難道不想知道那位貴族的名字焉？」

加深笑容這麼詢問的綠貴族，其表情看起來就像引誘人進入陷阱的惡魔。

「不，我並不想——」

畢竟俗話說得好，君子不立於危牆之下。

我無意被捲入王都門閥貴族們的政爭當中。

「這個回答真是無趣焉。」

綠貴族彷彿索然無味地這麼喃喃道，然後就像對我失去了興趣一般揮揮手，踩著輕快的步伐走進建築物裡了。

◆

「遊行嗎？」

在職員帶領下來到公會長辦公室，老公會長對我提出了這個突如其來的計畫。

「是啊，畢竟你們抓到了讓探索者們和迷宮方面軍頭疼不已的魯達曼及其幹部。在公開處決那些傢伙前，我準備向全迷宮都市介紹你們這群立下偉大功績的人。」

「不，這種事情我就敬謝不敏了。」

亞里沙大概會很開心，但我並不想參加這一類的活動。

遊行本身只是難為情而已，但這次好像還要在最前排欣賞接下來的公開處決呢。

我對變態或血腥類的東西一向很沒有辦法。

「喂喂，再低調也該有個限度吧。」

見我堅決推辭，從椅子上起身的公會長投來了彷彿看待不成材孫子的目光。

「所謂的名譽貴族得在這種場合下宣揚功績，否則是很難成為永世貴族的哦？」

「不，我並未特別希望成為永世貴族。」

不好意思，畢竟我沒有出人頭地的欲望。

況且若是想要當國王，還不如隨便找個魔物的領域或沒有主人的都市核進行壓制要來得快。

公會長大大地嘆出一口氣。

「你還真是奇怪呢。一旦出人頭地成為永世貴族，不僅可以飽嚐美味的飯菜和美酒，還能從下等貴族或特許商人那裡娶到貌美如花的妻子哦？」

我目前已經能盡情享用美味飯菜和美酒，至於好幾個妻子就敬謝不敏了。

只要波爾艾南之森的高等精靈，心愛的雅潔小姐一人願意嫁給我的話就已經很足夠了。

總覺得腦中浮現出了氣憤的亞里沙和蜜雅以及露露悲傷的模樣，但我輕輕甩頭將其連同罪惡感一併拋至意識之外。

「算了，也罷。既然你本人不喜歡就沒辦法了。」

公會長聳聳肩膀重新坐回椅子。

「在公開處決的最前排幫你留個座位——這也不用了嗎？」

「是的。」

觀察我的表情後公會長納悶地這麼詢問，我於是用力點頭同意。

「那可是難得一見的場面哦？」

「不好意思——」

我在公都時也曾無視過，但在沒什麼娛樂的異世界裡，重刑犯的公開處決似乎是屬於娛樂之一呢。

就連殺人犯也會以犯罪奴隸的身分被判強制勞動的希嘉王國裡，所謂的公開處決好像並不常見。

「真是的，你這傢伙古怪到極點了。最起碼還願意領取獎金吧？」

「是的，我會收下。關於魯達曼的獎金，請您分一半給諾羅克王國的騎士拉普娜小姐。」

我的腦中浮現了岩石般剛毅的女騎士拉普娜的身影。

最終抓住迷賊王魯達曼的人儘管是我，但在這之前一直與對方奮戰的人卻是她。

「那位拉普娜小姐可是說過，她只是被你救了一命，所以要把獎金全交給你哦？」

「那麼，等我見到她本人時再親手轉交好了。」

以岩石騎士一本正經的個性來說很有可能會拒絕收下現金，所以我還是準備一把大劍用來代替她斷掉的愛劍吧。

贈送魔劍的話太過昂貴，鐵劍又很難施展魔刃，所以製作以青銅或魔物素材為基礎的大劍應該很合適。

我正在思考這些事情之際，耳邊傳來了含蓄的敲門聲。

「——公會長。」

「進來吧。」

走進來的是公會長的祕書官烏夏娜，和另一名覆著兜帽、中小學生年紀的女孩。

女孩取下兜帽後，露出了纖細髮質的青綠色短髮。

「呃，賽貝爾凱雅。」

「太沒禮貌了哦。莉莉安。」

「別用那個名字叫我！」

心想著酒宴的時候再來挖苦公會長這個出奇可愛的名字，我於是將目光投向被稱為賽貝爾凱雅的女孩。

她的頭髮顏色和比人族略尖一些的耳朵顯示了她的種族。

沒錯，她和蜜雅一樣是精靈。

只不過，並非蜜雅所屬的波爾艾南氏族，似乎是喜歡做研究的布拉伊南氏族。

她的等級為四十三，擅長土魔法和森魔法。

話說回來，從酒席上的公會長口中聽到的賽貝爾凱雅小姐英勇事蹟來看，很難想像她會是這副可愛的容貌。

「波爾艾南的靜鈴？」

見到我掛在腰上不會出聲的鈴鐺，女孩一臉驚訝地望向我喃喃說著：「黑髮。」

『初次見面，黑髮的先生。我是布拉伊南之森的少女，莫貝利托亞和凱西露賽雅的女兒，名叫賽貝爾凱雅。』

『感謝您的介紹。我是希嘉王國穆諾男爵的家臣，佐藤·潘德拉剛名譽士爵。』

賽貝爾凱雅小姐用精靈語正式自我介紹，我對此也回以希嘉王國貴族的名號。

『……佐藤？』

口中這麼低語略微傾頭的賽貝爾凱雅小姐，意有所指地唸道：『第九柱的聖樹。』

——咦？

那是我在拯救世界各地的世界樹時，獲得高等精靈們授予的稱號。

我向高等精靈們透露了佐藤這個名字，但對於波爾艾南之森以外的精靈們應該是以紫髮戴面具的「勇者無名」之名流傳的才對。

這大概是賽貝爾凱雅小姐在套我的話吧。

幸好，多虧了無表情技能讓我沒有表現出來，所以只是表演出不解傾頭的動作將其忽略掉。

「怎麼，佐藤。你會說精靈語嗎？」

「是的，我在和同伴們旅行的時候學會了。」

是學會了技能。

「哦——話說賽貝爾凱雅居然主動自我介紹，真是稀奇。莫非是迷上了佐藤嗎？」

「我只是對他身上所佩帶的靜鈴表達敬意罷了。」

賽貝爾凱雅小姐以朋友之間相處般的隨意感冷冷回應公會長。

「妳回家鄉的事稍後再來聽妳講述，話說我的禮物還沒準備好嗎？」

「真是的，莉莉安妳也太愛喝酒了。」

「不是說別那麼稱呼我了嗎？」

——奇怪？

仔細一看，AR顯示的公會長名字並非莉莉安而是「謎」。

我無意在此吐槽，但這想必是屬於「靈魂名字」這類有趣的逸聞吧。

酒宴的時候，再來向賽貝爾凱雅小姐問問看好了。

「我是想拿布拉伊南的妖精葡萄酒來向佐藤炫耀一下哦。」

「向佐藤大人炫耀？」

「——大人？」

聽到賽貝爾凱雅小姐的問題裡對我加上敬稱，公會長皺起眉頭。

「賽貝爾凱雅，妳該不會吃了什麼不乾淨的東西吧？」

「太沒禮貌了哦，莉莉安。我就跟平常一樣。」

「唔，我跟妳認識那麼久，還是第一次聽到妳稱呼別人『大人』哦？」

兩人友好的對話，被烏夏娜祕書官打斷了。

「賽貝爾凱雅大人，抱歉打擾您的暢談。我可以先向公會長報告事情嗎？」

哦，要是偷聽到公會內部的事務，感覺好像會豎起麻煩上身的旗標呢。

「那麼，看來我的事情已經談完，就先失陪了。」

「請等一下，士爵大人。」

我本來打算順勢離開，但卻被烏夏娜祕書官制止了。

「這件事和士爵大人也有關係，請您務必一起聆聽。」

看樣子，我是沒辦法逃離烏夏娜祕書官了。

◆

「這地方還是一樣臭啊。」

公會長捏著鼻子抱怨道。

我和公會長等人，如今一起來到了公會的地牢裡。

迷賊王魯達曼答應向公會長說出祕密，卻不知為何開出了帶我一起過去的條件，於是我就被迫來到這個地方了。

「這邊請。」

烏夏娜祕書官在前領路。

魯達曼就被關在地牢當中防守特別嚴密的一角。

儘管身處在牢固的鐵格子當中，他仍然被綁上了粗大的鍊條。根據ＡＲ顯示，那似乎是名為「封魔之鎖」的魔法道具。

大概是用來封鎖魯達曼一身蠻力的器具吧。

似乎是受過拷問般的審問，魯達曼的身體有許多新的傷口和快要痊癒的淤青。

「嘿嘿，來得很快嘛——」

察覺我們到來的魯達曼抬起臉來。

——畸形。

他面具底下的臉右半邊，是令人聯想到鋼鐵製魔鬼一般的畸形相貌。

「啊？老子吃了魔人藥後變成這張臉很稀奇嗎？」

魯達曼向上朝我瞪來。

看樣子，好像是魔人藥的副作用才把臉變成那個樣子。

真不愧是異世界裡的禁藥。

「好了，魯達曼。你說要把祕密告訴我們，究竟是怎麼改變了心意？」

公會長完全不把魯達曼的這副模樣放在眼裡，逕自對他發問。

魯達曼的畸形相貌浮現從容，頂著彷彿絲毫不感痛覺的高傲表情開口交涉：

「就是求你們饒我一命。」

「別異想天開了。你可是要被公開處決的哦。」

面對提出司法交易的魯達曼，公會長充耳不聞地斷然拒絕。

「那是理所當然的，不過要在那些垃圾貴族和乾乾淨淨的市民面前被當成笑柄，老子可絕對不幹。能不能把老子送到紫隊去？」

「你得好好回顧自己的罪行呢。」

所謂的笑柄，就是公會長剛才所說的公開處決了吧。

「紫隊是？」

聽到陌生的詞彙，我於是小聲詢問烏夏娜祕書官。

「就是王國軍內一支由犯罪奴隸組成的部隊俗稱。」

專門用於排除棘手的魔物或充當誘餌，似乎是消耗率相當高的著名部隊。

不理會在後方竊竊私語的我們，公會長和魯達曼持續在進行氣氛嚴肅的舌戰。

「你就在西門前的首級陳列台上展示那張醜陋的臉吧。」

「呃，老太婆根本無法溝通啊——」

請求被冷冰冰駁回的魯達曼轉而將目光望向我。

「怎麼樣？那位心地善良的貴族大人應該能實現這個心願吧？」

雖然不知道魯達曼為何會這麼認為，但我並沒有傾聽對方請求的理由。

「畢竟你沒有當場殺死我們這些迷賊，而是特地將我們生擒，想必一定很不喜歡讓別人死去吧？」

對方之所以連同公會長一起把我也叫來，似乎是為了利用我討厭殺人的心理。

他究竟是怎麼知道我人在公會裡的？

「我雖然討厭殺人，但無意否定惡人遭處決這件事。」

我這麼拒絕了魯達曼的訴求。

「那麼，我就告訴你會感興趣的情報好了。」

——感興趣的情報嗎。

若是綠貴族剛才提到的關於貴族之間權力鬥爭的相關話題我可敬謝不敏。

說到這個，這裡見不到之前聲稱要審問迷賊的綠貴族，我透過地圖確認對方已經離開了西公會。以審問來說未免也太快了。

莫非是被烏夏娜祕書官或賽貝爾凱雅小姐趕走了嗎？

「如果是索凱爾幕後的黑手，我可不感興趣哦。」

「嘖——」

我的話讓魯達曼嘖了一聲。

看樣子，他想用來交換的情報就是那個。

像這樣的司法協商真希望他去找綠貴族談判呢。

「既然這樣，還有另一個情報。」

咂舌後的魯達曼，這次信心滿滿地繼續說道。

「為了栽種破滅草和自滅莖，我們把好幾個女人關在迷宮的某個角落。」

——你說什麼？

最壞的想像在我腦中掠過。

地牢裡響起劈啪聲。

看來我下意識握爛了鐵格子。

「好可怕好可怕。」

魯達曼冷汗直流，整個下巴往後仰。

「冷靜點，佐藤。」

「對不起，公會長。」

我深呼吸以平息暴躁的內心。

來到這個世界後精神值已經封頂的我，要讓內心平靜下來是相當容易的事。

儘管感到義憤填膺，但應該對魯達曼等人施以懲罰的人並不是我，而是被他們所害的那些女孩們的權利。

「先聲明，我們可沒有碰那些女人哦？」

「哈，見到眼前的女人，你們這些無法之徒怎麼可能什麼也沒做？」

大叫的魯達曼被公會長一聲喝住。

就連我也不相信對方的話。

「真的啊。女人這種東西不過是稍微玩一下，很快就壞掉了。」

魯達曼不把女性當人看待的發言令我感到不快。

「至少要像吃了魔人藥的肌肉男還有之前交手過的女騎士，玩起來才爽啊。」

再聽到魯達曼有如同性戀般的發言，我的怒氣消失了一些。

倘若他所言屬實，女性們目前尚未遭受性暴力的說法就有點可信度了。

無論是真是假，待這裡結束後我就立刻前往營救吧。

「更何況，他好像還說過『這些少女是勞動力，同時也是培育田地的肥料』吧？」

魯達曼彷彿回憶起某人的語氣這麼告知。

「那是什麼？」

「就是教老子怎麼栽種破滅草和自滅莖的黃衣魔法使所說的話。」

黃衣魔法使嗎……似乎又是新的人物了。

大概是幕後黑手的相關人士，不過真希望別再隨便增加謎團了。

「栽種？你剛才也這麼說過呢。」

公會長在意的重點似乎和我不同。

「單純只是發現叢生地而不將其採盡的話，根本就不算是栽種哦。」

「這點老子很清楚啊。根據黃衣的說法，少女們的恐懼和絕望好像能培育破滅草和自滅莖啊。」

倘若魯達曼說的都是真的，破滅草和自滅莖應該是吸收瘴氣生長的吧。

「公會長。」

「嗯嗯。」

烏夏娜祕書官和公會長交換視線後彼此點頭。

「你知道自己在說什麼嗎？」

「嗯嗯，當然知道。老子告訴你們那些人在哪裡，條件是——」

「你不用公開處決了。」

聽了公會長的話，魯達曼得意地露出猙獰笑容。

「既然這樣，就把老子送到紫隊——」

「我會把你化成灰燼的。在王都下達許可之前，你就在這裡盡情嘶吼吧。」

面對以為自己的要求能實現的魯達曼，公會長的冰冷發言將其推入了地獄。

「——妳……妳說什麼！那些女人裡面有貴族的姑娘啊！喂，那個貴族小伙子！快阻止老太婆啊！那可是王都上級貴族的女兒——」

魯達曼再度大吼大叫，但公會長卻頭也不回地離開了地牢。

「烏夏娜，別讓任何人進入地牢。還有，把魯達曼及其幹部都弄啞，讓他們不能說話。」

「是的，知道了。」

表情苦澀的公會長以不由分說的語氣命令道。

剛才栽種的內容真有那麼重要嗎？

「寄往王都的信——」

「我不會寫信的。這次的事絕不能洩漏出去。我會拜託太守使用都市核間通信。」

記得都市核的存在應該是機密才對，公會長卻隨便就洩漏了。

「佐藤。」

「是。」

「發誓吧」

「啊？」

公會長抓住我的衣領再次告知：「發誓吧。」

「該發什麼誓才好呢？」

我詢問內容後，公會長才略微放鬆力道做出說明。

「你就發誓說，不會透露魔人藥的材料可以人工栽種，以及剛才聽到的栽種必須條件的事情。」

「知道了。我向王祖大和大人及潘德拉剛家的家名發誓，不會將這兩者的內容告訴他人。」

雖然還不知道其中的重要性，但既然不是特別排斥的內容我就乖乖發誓了。

原以為烏夏娜小姐會繼我之後發誓，不過她身為平民所以稍後好像會以「契約」技能進行束縛。

「公會長，關於被迷賊囚禁的那些人——」

「忘掉吧。」

公會長簡短回應我的問題。

「要見死不救嗎？」

面對我有些帶刺的質問，公會長反過來狠狠瞪了我一眼。

「你以為我喜歡見死不救？」

「那麼，為何又——」

「迷賊的根據地在迷宮深處，而且是為躲避迷宮方面軍的追查而處於第一級危險地帶的深處。你覺得有辦法從那種地方救出好幾名還不知道是否四肢健全的俘虜嗎？」

我有「歸還轉移」所以能輕鬆辦到，但對普通的救援部隊來說的確是困難的任務。

「更何況……」

公會長欲言又止。

——還有什麼顧慮？

「就是剛才的栽種一事。」

「魔人藥？」

「沒錯。如果不知道自己在種植什麼還無所謂。可是，倘若俘虜們知道自己種植的是什麼東西，希嘉王國大概會考慮將她們一併滅口吧。」

看樣子，魯達曼剛才的發言似乎比我想像中的還要危險。

表情苦澀咬牙切齒的公會長，大概也真的很想救出俘虜們。

之後我們不再交談，就這樣帶著沉重的心情返回地上。

通往地牢的階梯則是被術理魔法封鎖，還配置了公會的高等級職員來站崗。

我在公會的櫃臺處領取了逮捕魯達曼及迷賊們的獎金，來到陽光刺眼的屋外。

「果然，還是陽光最舒服了呢。」

我伸了個懶腰後邁出步伐。

好，就來動身解救那些被關在迷賊根據地的人們吧，

消滅迷賊

「我是佐藤。『發現一隻就當作有三十隻』」這句話是在形容蟑螂，不過盜賊這類人物的繁殖力似乎也很旺盛。真希望有專門對付盜賊系的硼酸丸子和蟑螂屋呢。」

「那麼，先用地圖尋找迷賊的根據地吧──」

轉移至迷宮別墅後，我首先變身為庫羅，然後以地圖搜尋調查迷賊的據點。

大型據點有四處。中小型的據點則似乎有十處以上。

在距離迷賊王魯達曼被捕的場所最近的據點旁邊，有一個僅關著非迷賊女性們的大房間。

從位置來看，好像必須先消滅掉迷賊才行。

我查詢地圖上的路線，一邊用空間魔法「眺望」來確認重點地區。

「很棘手呢。」

路線比想像中還要錯綜複雜，屬於難以入侵卻容易逃脫的格局。

具體來說，就是有好幾個地方在逃跑的時候僅需要跳下高低差或滑下斜坡，但入侵時卻會造成相當麻煩的阻礙。

的確，這樣一來也難怪迷宮方面軍會抓不完所有的迷賊了。

倘若採取正面進攻的戰法，在那種堅不可摧的城堡般地形下，乘著派出斷後的手下應戰的期間，對方就會從好幾個逃脫口一哄而散地逃出去了。

「──我會飛所以倒是沒有關係。」

我在迷宮別墅關閉地圖，往距離最近的一塊刻印板位置進行「歸還轉移」。

這裡是下一次準備用來讓同伴們提升等級的半淹水區域一角。

從這裡出發的話，走之前救出迷宮方面軍人員的區域是最快的路徑。

我在地圖上對移動路線進行標記，藉由讓標記可視化之後當作導航設備開始高速移動。

移動中遭遇的魔物，我盡可能地無視對方直接穿過去。

穿過兩個區域後，我被初次遭遇的魔物激發了好奇心，但仍舊忍痛避開交戰。

「哦哦！天然的魔巨人。」

明明是沒有關節的平坦外觀，卻能正常行走並朝我這邊揮下拳頭。

我以輕快的步伐閃避攻擊，欣賞著聚集而來的各種魔巨人並穿越其中。

有許多都是泥土和石頭材質，但其中也有看似可以挪用為青銅或鐵素材的個體。甚至還有水晶材質，但遺憾的是好像並沒有銀或金材質。
只要搜尋地圖或許就可以發現，不過先等到營救作戰結束後再說吧。
我使用縮地穿過了各式各樣的魔巨人揮下的拳頭所形成的拱門，就這樣離開了魔巨人區域。

「差不多快抵達迷賊區了嗎——」
我以天驅飛越高低差和裂縫，逐步接近至有迷賊站哨的場所。
將斥候系技能全數開啟後，我便用縮地在通道上靜靜地前進。
——沒有人？
雷達上明明出現代表迷賊的光點，該場所卻沒有半個人。
——不，有人。
對方靠著逼真的保護色和迷宮牆壁融為一體了。
我利用縮地衝到那傢伙的面前，搶在對方察覺之前迅速讓其昏倒。
或許是昏迷後就會解除保護色，對方露出幾近灰色的皮膚。
保護色似乎無法覆蓋至衣服，因此這傢伙是全裸的。
我對男人的裸體沒有興趣，所以就隨便用破布蓋起來將其綑綁。

話雖如此，即使對方是女人，我的口味也不至於重到能夠對長得像變色龍一樣的異性產生性趣。

這傢伙大概也跟魯達曼一樣，是因為魔人藥的副作用而改變了相貌吧。

我用「理力之手」讓抓到的迷賊飄浮起來以便運送。

雖然也可以放著不管，但我實在不想之後折返時看到被魔物啃得亂七八糟的血腥屍體，所以就做出了這個決定。

畢竟再怎麼說，每抓到一個人就設置刻印板進行「歸還轉移」也太麻煩了。

「哦！這次是陷阱區嗎——」

「察覺陷阱」技能告訴我，接下來的通道上有好幾處陷阱。

然後，這些陷阱的後方，有個看似很弱的迷賊在通道中央打瞌睡。

其實這個迷賊也是陷阱之一。

他的前方有經他馴服過後名為牆史萊姆的透明魔物在埋伏著。

以前玩過的名作桌上ＲＰＧ當中，我曾經看過這種魔物。

倘若雷達上沒有出現光點，我在利用天驅接近準備擒拿迷賊時或許就會撞上牆史萊姆了。

「那麼，把時間耗在這種地方也太浪費了。」

我用「理力之手」從迷賊的背部將其推向牆史萊姆並埋入其中。

當然，陷入恐慌的迷賊就在牆史萊姆的黏液中掙扎著。

我乘機以天驅飛越陷阱通道，用小石子擊穿了向我伸出觸手的牆史萊姆核心。

緊接著又從儲倉取出雷杖，將牆史萊姆的屍體連同迷賊一併感電使其喪失戰力。

「——嗚哦！」

在史萊姆的屍體中不斷痙攣的迷賊，全身都被黏液搞得黏答答。

由於直接毆打以癱瘓對方似乎會弄髒衣服，我於是將運到這裡的變色龍迷賊一個腦袋地撞過去使其昏迷，然後用「理力之手」綑綁迷賊。

「這傢伙的相貌也是畸形的嗎……」

這個迷賊的長相也不一般，頭部的上半部分被昏暗的水色結晶所覆蓋著。

因魔人藥的副作用而改變容貌的人似乎出奇地多。

接下來，我直接橫跨有「區域之主」級魔物遊蕩的迴廊，並以縮地穿越有毒蟲和影小鬼潛伏視野不良的細小通道，抵達了有如山城般感覺的迷賊前線基地。

「從這裡開始似乎是重頭戲了。」

看似在站哨的兩個男人肩扛著弓正在說說笑笑。

把守在這座前線基地的迷賊約有十人，除了一人是三十幾級，其餘統統是二十級以下。

要確實壓制的對象，應該就是具備「疾走」和「穿越惡路」技能的傳令兵了。

話雖如此，要是打鬥的聲響傳到根據地就沒有意義了。

我透過地圖確認情報之後，猶豫著是否要用空間魔法「眺望」進行目視確認，但最終還是未執行就關閉了魔法欄。

因為我擔心偷襲前很可能會被感覺敏銳的迷賊發現。

我將使用「理力之手」扛著的變色龍男和史萊姆男擱置在原地，自己以閃驅衝到站哨的人面前。

「——咦！」

「——你！」

在兩人發出有意義的語句之前，我擊出掌底使他們昏迷。

前線基地似乎沒有牆壁，從下方可以看到那些看不見的迷賊們有何動靜。

我見到感覺靈敏的迷賊發現了我，正雙腳出力準備頭也不回地逃跑。

——休想跑掉哦？

我用縮地衝到迷賊前方，迅速癱瘓了擁有「疾走」技能的兔人迷賊。

「什麼——」

緊接著又以行雲流水般的步伐擊沉了將手伸向武器的其他迷賊們。

其中有人在我一擊命中的瞬間便全身紅光四散。

根據AR顯示，那是名為「魔身附加」支援效果，似乎是過度攝取魔人藥的人們所特有的狀態。

「組長！」

——哦？

原本應該昏倒的迷賊，如今卻撐起上半身這麼大叫。

我對超乎我預期中耐打的迷賊發動追擊，這一次就確實讓他昏倒了。

由於對方是剛才紅光四散的其中一人，所以「魔身附加」不光是一種防護罩性質的東西，似乎還具備耐力提升或身體強化之類的效果。

對我而言只是要不要收斂實力的程度，但若是同等級的人遇上大概會很辛苦。

「陌生的面孔，是赤鐵探索者嗎？」

從遮蔽物的後方，出現一名大人物般從容不迫的三十幾歲半裸男人。

「大哥，餓狼丸。」

半裸男從出現在身後的全裸男手中，接過了黑色刀刃的長槍。

全裸男所說的餓狼丸，指的應該就是這把魔槍了。

「真是的，挑在老子興致正高的時候……別以為可以死個痛快啊。」

半裸男吃下看似魔人藥的藥丸，身體的表面便浮現紅色繩狀的魔法陣然後消失，雙臂逐漸被漆黑的鱗片覆蓋。

「魔裝——黑鱗。」

半裸男用帥氣表情這麼開口的同時，他額頭處的腫瘤延伸出來變成了兩根角。

實在是很中二病的招式名稱，但挺有黑暗英雄的風味相當帥氣。

「嘎哈哈哈，顫抖吧！這位可是迷賊王魯達曼大人的右手，魔戰士卡斯大人！」

全裸男用高傲的表情為我介紹半裸男。

——唔，那種事不重要，你還是快穿上衣服吧。

「來吧，暗器使。先聲明，麻痺毒之類的東西對老子無效哦？」

我是赤手空拳，但半裸男在看到同伴們瞬間倒地後似乎以為我藏了帶有麻痺毒的短劍。

「怎麼，害怕了嗎？」

揮動一下魔槍的半裸男以充滿威迫感的表情揚起下巴。

這傢伙除了「槍」技能和「瞬動」技能，還擁有「反擊」這種稀有技能。

所以，他似乎打算讓我先發動攻擊。

機會難得，我就試著將速度降低至對方可反擊的程度以學習這項技能好了。

我從儲倉取出廉價的短劍，以不觸發瞬動的速度邁出步伐，刺向了半裸男。

「——嘖。這個暗器使真有一套！」

儘管我已經放水許多，半裸男光是閃避似乎就無暇顧及其他而未能發動反擊。

沒辦法——我於是拋棄手中的短劍，用再刻意不過的打電話拳招呼對方。

「竟敢看不起人！餓狼魔貫擊！」

半裸男叫出招式名稱，同時釋放出反擊。

類似黑色霧氣的東西在槍周圍翻騰，宛如要挖穿一切的鑽頭般直逼而來。

——要是乖乖挨打好像會很痛。

我利用纏繞了魔力鎧的手撥開下一刻就要命中的槍，然後反手直接搧向半裸男的下巴。

籠罩男人身體的紅光碎裂了。

>獲得技能「反擊」。

好，獲得技能了。

「唔哦哦哦哦。」

半裸男發出粗野的哀嚎聲，但仍穩穩站在原地。

原以為剛才的一擊會讓對方昏迷，看來這傢伙還挺耐打的。

我用空著的手抓住男人的肩膀，以搧人的手不斷來回擺動直至對方昏迷為止。

「——噗啪啪啪啪。」

半裸男似乎想說些什麼，但臉頰遭到了連續打擊而無法正常說話，最後腫脹著臉昏過去了。

「放開大哥！」

剩下的全裸男舉起彎刀向我襲來。

這傢伙就是此處最後的迷賊了。

才剛開啟的「反擊」技能，告訴我避開彎刀之後發動反擊的時機為何。

按照技能的引導揮出拳頭後，我成功地以少於平時的力量讓對方昏倒了。

嗯，雖然只是誤差罷了。

「那麼，把這些傢伙全部帶走也很費事呢。」

環視著躺在地上的迷賊們，我這麼喃喃自語。

既然恰好有個地面裸露出來的場所，這裡在迷宮的結構上似乎也不會出現湧穴，所以就在此建造個臨時牢獄好了。

我綑綁好男人們，將其解除武裝後集中在有地面露出的場所。

就在準備從魔法欄選擇土魔法「土壁」之際，迷賊們當中傳出了嘶吼聲。

「我……我的史萊姆是最強的——————！」

原本應該是第二個被打倒的史萊姆男，居然早早就清醒過來襲向了我。

從他挾帶著紅黑光輝的模樣看來，大概是在不知不覺中喝了魔人藥。

綑綁他的繩子好像也被他手指生出的水晶風刃砍斷了。

「嘗嘗這個吧——————！」

「——嗯！」

史萊姆南從嘴巴和鼻子伸出黏液狀的觸手，讓我看了不禁發出怪叫。

「這是嚇人大賽嗎？」

這麼發牢騷時，ＡＲ在我的視野裡顯示黏液狀的觸手是一種名為「寄生史萊姆」的史萊姆。

從名稱來看，好像是讓史萊姆寄生在身上的樣子。

若擊昏對方的時候沒有用雷杖進行感電，這隻史萊姆或許就會跑出來反擊了呢。

由於不想跟這種黏答答的傢伙戰鬥，我於是用時常發動的「理力之手」抓住腿部讓對方摔倒。

然後搶在對方爬起來之前取出雷杖，連同對方的僕從史萊姆一併以電擊麻痺。

「別以為逃得掉！」

對於乘著我專心對付史萊姆男的空檔準備逃跑的變色龍男，我從儲倉取出石槍將其釘在牆上。

被魔人藥變成奇形怪狀的這些傢伙，自然回復速度似乎比一般還要快了不少。

「嘎啊啊啊啊。」

就連哀嚎聲都不像是人。

我用比上次更強的力道毆打變色龍男使其昏迷，然後施展土壁魔法將他跟其他的迷賊一併關起來。

即使是身懷蠻力、能力古怪的迷賊們，要摧毀厚達五公尺的土壁應該也不容易。

小小的透氣孔中，可以聽到由於耐打而提早醒來的半裸男在咒罵的聲音。

「稍後再來回收你們。乖乖待在裡面吧。」

我這麼告知，然後離開了迷賊的前線基地。

在這之後，我壓制了好幾處瞭望台，最後抵達了根據地。

從最初的歸還轉移算起一共耗費了三十分鐘——好像太花時間了點。

「粗心大意害死人呢。」

我悄悄靠近正在打哈欠的根據地哨兵並將其壓制。

快速確認地圖和根據地的地形之後，我確定了脫離路線以及前往被迷賊們囚禁的人們所在區域的通道。

「封鎖。」

我用土魔法「土壁」製作出堵塞四處通道的高大牆壁。

這個大房間的地面儘管沒有裸露，但只要注入平時三倍到五倍的魔力就能製作出牆壁了。

雖然比平時脆弱，不過我已經加厚所以應該沒有問題。

「什……什麼？」

「迷宮這傢伙，居然來真的了！」

「竟然是牆壁！」

無視於迷賊們慌張的發言，我利用閃驅猛攻中央的建築物以便堵住唯一往下的逃脫口。

——自在盾。

在猛烈撞上建築物的前一刻，我生出中級術理魔法「自在盾」以緩和衝擊。

我猛烈撞擊的牆壁就像保麗龍一樣脆裂四散，讓身處在轟隆聲和煙塵中的迷賊們陷入恐慌。

＞獲得稱號「強襲者」。

「敵……敵人來襲！」
「是其他的迷賊嗎！」
「不，這種事只有魔族能辦到！」
——誰是魔族啊。
哦，有個迷賊想要從逃脫口逃走了。
我利用縮地繞至那傢伙的前方，用力踩住對方準備抬起來的石蓋。
「判斷得不錯，不過似乎太遲了一點。」
「嘖！你這個戴面具的！」
迷賊抽出腰上的劍向我砍來。
黑色刀刃的單手劍挾帶紅黑光輝直逼而來。
「受詛咒的魔劍嗎——」
根據ＡＲ顯示，單手劍似乎是迷宮出產的魔劍。
ＡＲ並沒有顯示武器被詛咒的情報，但在瞬間切換的瘴氣視之下是漆黑一片，所以應該沒錯。

我利用從儲倉取出的廉價小劍撥開迷賊的魔劍。

「鏘」的一聲，我的小劍斷掉了。

果然，廉價品就是不耐用呢。

「剛才胡亂突擊結果裂開了嗎？」

見到我的小劍折斷，迷賊浮現嗜虐的笑容用討人厭的表情舔著單手劍。

如今我才發現，這傢伙的舌頭就像蛇一般尖端分叉。

仔細一看，手臂也比普通人還長。

「去死吧————！」

「納命來————！」

或許是看到同伴占了上風而脫離了恐慌，其他迷賊們也拉高破嗓子朝我襲來。

這些傢伙也是，手臂和腳有螃蟹一般甲殼覆蓋抑或是長出類似魔物的毛髮。

其中甚至有脖子以上完全是蛇的迷賊，但那是名為蛇頭人的一種獸人。

「嗚啊啊啊啊啊！」

「呃啊啊啊啊啊！」

面對四面八方襲來的迷賊，我以儲倉取出的石槍一併將其掃開。

雖然只是輕輕一掃，所有人卻都被轟到了牆邊。

「究……究竟從哪跑出來的？」

「嘖！是魔法使嗎！」

「完全沒有詠唱啊。那個是魔法道具。」

很遺憾，是特殊技能。

「你們幾個！快吃藥！不要留餘力！別讓這個戴面具的瘋子活著回去！」

見到攻擊受阻的同伴們，魔劍使迷賊這麼下達指示。

迷賊王魯達曼不在時的指揮者似乎就是這傢伙了。

「——很愜意嘛。吃了魔人藥後，我們甚至能打倒高出十級以上的對手啊。」

望著原本不知怎麼處理掉的魔人藥變得清潔溜溜，指揮者虛張聲勢般浮現笑容，露出了猶如獠牙的犬齒。

很抱歉，就算靠魔人藥提升十級，也只是零頭。

你還有兩百八十級要吃呢。

「唔哦哦哦哦。」

「來了來了來了——」

迷賊們紛紛吃光魔人藥，陷入了攝取過度狀態。

他們身上浮現出紅繩狀的魔法陣，然後就這樣被皮膚吸入，將他們的畸形外貌更加提升了一個階段。

手肘長角，上臂裂開變成刀刃，背部還伸出羽毛和翅膀。

就彷彿將魔物和人拼湊在一起的姿態。

「——真是畸形呢。」

「哼！沒吃過魔人藥的傢伙，可無法體會這種全能感啊。」

聽到我的自言自語，一名看似文雅男子的迷賊這麼叫道。

「迷賊王魯達曼的頭號戰士，赤劍加隆要上啦！」

「老子才是頭號戰士！黑劍亞西羅——必殺『甲斬劍』！」

「突然出招嗎！奧義『熔岩流三連刺』！」

舉著漆黑劍的指揮者和舉著紅色劍的文雅男子很有默契地這麼互道，同時施展出了必殺技。

有了魔人藥帶來的身體強化，劍速快得驚人。

指揮者是劈砍，文雅男子則似乎是突刺。

話雖如此，對於擁有「預判：對人戰」技能輔助的我來說，要閃避或迎擊都相當自在，不過此時為了挫敗迷賊們的內心所以我打算回敬必殺技。

——閃光六連擊。

這是以前在公都，沙珈帝國的勇者隼人傳授給我的必殺技。

閃光般的突刺閃動六道光輝後，被槍掠過極近距離的兩名迷賊便噴出血花被轟了出去。

迷賊們撞破建築物的牆壁飛到屋外，室內颳起的颶風則擊倒剩下的小嘍囉迷賊。

耐不住招式威力的石槍在我手中崩碎，緊接著建築物發出巨響崩塌了。

我用天驅逃向天空，從天花板附近環視迷賊們。

石槍分明就沒有沾到邊，僅餘波就有這麼大的威力。

真不愧是勇者親自傳授的呢。

儘管和最初的計畫有些不同，但屋外的迷賊們看似已經呆滯而動彈不得，於是我乘現在從魔法欄選擇了對人壓制用的「追蹤氣絕彈」。

AR顯示在視野裡的目標記號，陸陸續續鎖定了迷賊們。

「——發射。」

針對目瞪口呆地望著崩塌建築物的迷賊們，我從他們頭上招呼了好幾組最大一百二十發的「追蹤氣絕彈」。

可以見到被魔法子彈命中的迷賊接連昏倒，但散發著「魔身附加」紅光的傢伙卻沒有昏倒，要不就是昏倒後又立刻回復並躲進暗處。

過度攝取魔人藥的這些傢伙實在相當麻煩。

我放棄對人壓制用的「追蹤氣絕彈」，改為從魔法欄中使用對魔物壓制用的「短氣絕彈」。

看不見的砲彈傾盆而下，將迷賊和根據地的設備逐一擊碎。

挨了連堅硬甲蟲的甲殼都能粉碎的「短氣絕彈」後自然無法安然無恙，幾乎所有的迷賊都身受重傷昏迷了。

唯獨有一個迷賊靠著直覺和衝刺閃避了沒有追蹤機能的「短氣絕彈」，但立刻就被我的掌底打暈了。

「好，接下來是人質救出作戰了吧？」

將四十名左右的迷賊聚集在同一處綑綁之際，我這麼喃喃道。

或許是多少有些疲憊，我下意識恢復成佐藤的語氣，但沒有任何人聽到，所以應該無所謂吧。

我打開地圖再度確認位置。

遭綁架的人們似乎就被監禁在距離這裡數間房間之外的寬敞房間裡。

從那個方向有兩個光點正在接近中。

「啊？難道走錯路了？」

一個是迷賊男，另一個則是——

「放開我！你這無禮之徒！」

「不錯嘛，上級貴族的千金還挺倔強的。」

封鎖了通道的土牆另一邊傳來兩人的對話。

「乾脆就在這裡品嘗好了？」

「要是敢玷污我，就拿不到贖金了哦！」

「呵哈哈哈哈！」

「有什麼好笑的！」

「妳的父母早就已經拋棄妳囉？」

「不……不可能！」

「高貴的千金小姐露出這種表情實在是誘人啊。」

好像還挺悲慘的。

「你……你要做什麼！」

「嘿嘿嘿！乘魯達曼大哥不在的時候好好享受一下吧。」

聽到布料被撕破的聲音，我於是移掉土牆跳至兩人面前。

「是……是誰！我們的同伴裡可沒有白頭髮的！」

「面具？」

兩人見到我之後發出了驚呼聲。

現在的我是新作品「庫羅」的打扮，臉的上半部用白色面具遮掩著。

臉頰傷痕的下半部分則是從面具下方露出的感覺。

「去死吧！」

抽出刀子的迷賊向我襲來。

對方看似沒有使用魔人藥，所以我留意著綁架技能不殺死他們，而是使其痛暈過去。

「這樣一來，這一帶的迷賊似乎都解決了。」

回憶著庫羅這身相貌的電影原角色語氣，我一邊這麼模仿聲音。

「那……那個，感謝您伸出援手。」

擺脫了絕境的二十歲左右金髮女性按住袒露的胸膛一面向我道謝。

「我叫艾爾泰莉娜·隆多貝爾。父親是男爵，但祖父為在軍閥中擁有影響力的凱爾登侯爵，必定能提供超乎您期望的謝禮。」

或許是長期的俘虜生活，貴族少女的皮膚粗糙，污垢和味道等各方面都讓人受不了，但只要梳洗一下，應該會是個容貌華麗的美女。

我打開道具箱，遞出一塊布讓對方遮掩胸部。

「所以，可以請您將裡面被抓來的人們也一起帶走嗎？」

「謝禮就不必了。我本來就是前來營救被迷賊監禁的人們。」

對於並未要求帶著自己逃走而是希望解救所有人的貴族少女，我在留下好印象的同時一邊這麼點頭。

畢竟正常情況下這是無理的要求，但我換成我實施起來就毫無問題了呢。

「那……那個，方便請教您的名字嗎？」

「我是勇者無名的隨從庫羅。」

聽到貴族少女詢問名字，我便告知了剛才消滅迷賊時一邊思索出來的角色。

「勇……勇者大人的隨從？」

驚訝的少女身後，可以見到迷賊的手指動了一下。

還是先解決迷賊再說吧。

「稍待一會。」

「好……好的……」

見到我讓四十名迷賊飄浮在空中，貴族少女頓時目瞪口呆。

「什……什麼時候詠唱的？」

我的「順風耳」技能捕捉到了以平時不可能聽到的微弱音量喃喃自語的內容。

說到這個，無詠唱好像是勇者或轉生者獨有的密技吧。

至於庫羅，儘管我無意隱瞞能力，但有可能會被看出真實身分的情報還是不要存在比較好。

今後我決定要以古代語這一類的語言說出「浮遊」或「轉移」等詞彙，然後再以「幻影」魔法隨便製造一些效果，藉此宣稱我正在使用神代祕寶。

「可……可是，憑藉『理力之手』怎麼可能讓這麼多人浮起來……難道會是某種技能嗎？」

她並不具備魔法技能，卻對術理魔法知之甚詳的樣子。

「這是我主所賜予的神代祕寶效果。」

「——祕寶。」

聽我這麼說，貴族少女讚嘆般地喃喃道。

「我很快回來。不要移動，就待在這個房間裡。『轉移』。」

我將水壺塞給貴族少女，然後帶著迷賊們歸還轉移至迷宮內的其他廣場。

由於這裡是迷宮內泥土裸露且土魔法不會受阻礙的場所，因此我選擇了這裡作為迷賊們的臨時安置地點。

剛才製作牢獄的迷賊前線基地也是個好地方，但要將其他據點的迷賊全數關進去也太麻煩，於是選擇了寬敞的此處。

我把解除武裝的迷賊們放在牢獄預定地，用高至天花板的厚厚土壁將其關起來。

地面也用土牆加固過以防被人挖洞逃獄，所以就算擁有便利的技能或一身蠻力也無法在短短幾天內逃出才是。

基本上也有看似女性的迷賊存在，因此我也將男女分開來關。

畢竟使用土魔法「土壁」只是一瞬間的事，並沒有費太大工夫。

對於關在土牢裡的迷賊們我並未提供食物，但事先已經將裝有幾天份飲水的水桶一起放入，所以就算肚子餓也不會死才對。

——對了。

我利用空間魔法「遠話」，和「蔦之館」的蕾莉莉爾交談。

『蕾莉莉爾，再過一些時間，我會把遭迷賊監禁的人們帶過去。麻煩妳做好收容準備。』

『是的，佐藤大人！要準備單人房嗎？』

蕾莉莉爾的問題讓我思索了一下。

被監禁的人們應該都吃盡了苦頭，還是不要放任他們獨自一人好了。

『請妳先準備好幾個大房間和可供少數人使用的房間。』

『是的！知道了！我立刻就準備！』

蕾莉莉爾活力十足地欣然承諾。

我出言感謝對方，然後朝著貴族少女等待的迷賊根據地附近設置好的「刻印板」進行「歸還轉移」。

◆

「是……是誰！」

一進入根據地，手持菜刀的貴族少女便甩亂著金髮這麼盤問。

她似乎把迷賊們使用的菜刀拿來防身之用。

「讓妳久等了。」

「庫……庫羅大人。」

——大人？

「現在去救人吧。」

「是……是的。我來為您帶路。」

我抓住準備帶路的貴族少女肩膀讓她等一下。

「妳或許不喜歡被男性觸摸，就先忍耐一下吧。」

這麼宣布後，我便用公主抱的姿勢抱起貴族少女。

貴族少女全身抖了一下，但從紅通的臉頰和表情來看似乎並沒有排斥感。

「那……那個？」

「害怕的話就閉上眼睛吧。」

「好……好的！我是第一次，請溫柔一點——」

對於做出某誤會性發言的少女，為了安全起見我施展了「物理防禦附加」魔法，然後再以連續縮地高速移動至監禁場所。

話說回來，對方應該遭受過迷賊的折磨卻能像剛才一樣開玩笑，看來這孩子實在很有膽量。

我藉助地圖持續高速移動，僅僅數十秒便抵達了目的地。

「是這塊岩石的後面嗎？」

「系……是的……沒有錯。」

因高速移動而頭昏腦脹的貴族少女，口齒不清地這麼肯定道。

我移開堵塞住監禁場所和通道的鋼鐵支架和岩石，踏入了作為監禁場所的昏暗廣場內。

可以見到田地裡種植有看似黑顆粒的麥子和暗紅色果實的蕎麥般作物。

那似乎就是魔人藥的主要材料自滅莖和破滅草。說是自滅麥和破滅麥還比較符合其外觀。

遭監禁的人們，其居住區好像就在最深處。

「艾爾泰莉娜！」

「隊長！」

一進入廣場，紅髮及棕髮的少女們便抱住了一起前來的貴族少女。

這兩人是女性的探索者同伴，似乎都是貴族出身。

由於容易搞混，我就在腦中稱呼最初遇見的貴族少女為金髮貴族少女好了。

「我是來救妳們的。叫所有人到這裡集合。有什麼東西想從這裡攜帶出去也一併帶著無妨。」

少女們起先疑惑地望著我，但見到金髮貴族少女點頭後便發出歡呼聲。

起先遠遠觀望的人們，在聽到她們的聲音後也被吸引而來。

這個大房間裡似乎總共有四十三名女性。

不知為何，有六個人一直關在遠離居住區域的場所沒有出來。

「全員到齊了嗎？」

「還有四名藥師和一名鍊金術士。我讓波麗娜去叫人了，應該很快就回來。」

「是嗎。」

我向金髮貴族少女點點頭，轉身面對聚集而來的女性們。

「真的可以出去嗎？」

「可以回到家人的身邊。」

「我們竟然能得救……」

除了剛才的貴族少女們，其他人都是困惑大於歡喜的狀態。

對了，還是先提醒一下好了。

「接下來會讓妳們脫離至迷宮之外。」

我等待所有人理解之後繼續說了下去：

「不過，暫時不能立即將妳們送回家人身邊。」

女性們當中傳來驚呼和哭泣聲，於是我立刻說出下文：

「在釋放妳們之前，得先救出被抓到其他地方的人。妳們就忍耐個幾天吧。」

這句話其實半真半假。

因為擔心希嘉王國的高層知道她們在這裡「種植過魔人藥的材料」之後將所有人滅口，

所以我才需要時間擬定一下對策。

「我要直接轉移至地上的藏匿處了。」

「等……等等！」

「請等一下！」

肌肉發達的女性和金髮貴族少女制止了我。

「什麼事？」

「我派去找藥師的波麗娜還沒有回來。」

說到這個，的確有這麼一回事。

「別擔心。那邊我之後會來回收的。」

向金髮貴族少女這麼告知後，我轉而面向肌肉發達的少女。

「妳有何要事？」

「另一頭的拷問室裡有我的同伴和她們同伴的遺體。我希望起碼將他們的探索者證或遺髮帶回地上。」

我打開地圖確認拷問室的所在處。

中間的通道裡似乎遊蕩著具有麻痺毒和石化能力的危險魔物。

「前往拷問室的通道很危險。遺物我會代為回收的。」

「求求您！請帶我一起去。我想對同伴們說幾句悼念的話。」

本來想一人前往，但肌肉女提出無論如何都想前往的訴求，於是我決定讓步。

「知道了。不過，我只能帶兩個人過去。」

太多人的話保護起來也很麻煩呢。

「那麼，我和大姊頭一起去。」

當下自告奮勇的是金髮貴族少女。

肌肉女在俘虜們之間似乎被稱為「大姊頭」的樣子。

「知道了。那麼妳們兩人先等一下。」

我用「理力之手」抬起兩人以外的女性們和行李，透過「歸還轉移」轉移至地上的「蔦之館」。

「這……這裡是？」

「姊姊，是太陽！看到太陽了哦。」

「外面？真的是外面嗎？」

轉移至蔦之館的女性們仰望天空流淚道。

我將事情交給出來迎接的蕾莉莉爾之後便返回了迷宮。

◆

「這裡就是拷問室嗎？」

「是的，我也沒有來過，但這股血腥味是不會錯的。」

回到迷宮後，我帶著金髮貴族少女和大姊頭來到了拷問室。

話說回來……把照明換成火把大概是一大失策吧。

沾滿血跡的拷問器具、腐敗氣味，還有蒼蠅般小蟲聚集的洞口，這些血腥且恐怖的氣息，都被火把搖曳的火焰所形成的陰影突顯出來。

其證據就是——

∨獲得技能「狂氣抗性」。

——紀錄裡顯示了這樣的訊息。

我有些好奇它和精神抗性及恐懼抗性的差別，不過既然技能點數有大量的剩餘，我於是將技能分配至最大並且開啟，以治癒這種彷彿遭受了侵蝕的感覺。

「加魯茲、札哈娜、波德莉娜——這個人已經替你們報仇了哦。」

大姊頭俯視著洞底的遺體這麼喃喃自語。

我站在後方關注著其姿態而不去打擾她的道別。

「迷賊們一旦抓到男人，在發洩過性慾後就會讓對方選擇要成為同伴或接受拷問直至死亡為止。」

金髮貴族少女小聲地這麼告訴我。

據她說這個房間和田地房間有通風口相連，所以可以直接聽到這個房間的哀嚎聲。

真是的，迷賊們的低級嗜好實在令我作嘔。

「女性們會被送到那個房間裡被迫種植奇怪的植物，但每隔十多天，迷賊們都會現身並帶來新的女性，同時改為帶走一名女性。」

被帶走的女性，似乎也會在拷問室裡遭受和男性一樣至死方休的折磨。

光是聽到他們的哀嚎就已經痛苦萬分——

「但因為沒被選上就鬆了一口氣，我更恨透了這樣的自己。」

面對帶著哭腔這麼獨白的金髮貴族少女，我將她的腦袋抱在自己的胸前。

就在安撫著含糊哭泣的少女期間，大姊頭似乎已經完成了與死去同伴們的道別。

我制止了準備進入洞中回收同伴們探索者證的大姊頭。

然後用「理力之手」佯裝將洞中人骨和看似探索者證之物收納至道具箱，但實為伸出「理力之手」偷偷觸碰洞內深處，將其整個收納進儲倉。

畢竟我希望起碼能將他們埋葬在看得到太陽的地面墓地裡。

「庫羅大人，這個魔法陣是什麼呢？」

別過臉去擦拭淚水的金髮貴族少女，手指的方向有個裝飾著骷髏頭和人骨的不祥魔法陣。

我試著開啟瘴氣視後，得知存在著足以讓整個房間變暗的瘴氣，而且魔法陣本身似乎也建構成了不斷將瘴氣和詛咒揉合在一起的作用。

話說回來，在這麼濃的瘴氣之下，這些死於非命的遺骨沒有在洞中變成不死生物實在很不可思議。

恐怕是這個魔法陣在控制的緣故吧。

不斷翻閱記載有魔法陣的資料之際，我突然想到「如果有圖片搜尋就好了」。

——嗯？有符合結果？

看來儲倉好像還可以進行圖片搜尋的樣子。

「狂氣的增幅和擴散。似乎是用來增幅負面感情並將其大範圍擴散的裝置。」

透過在公都地下讓魔王復活的邪教徒「自由之翼」成員所持有的資料，我得知了這個事實。

根據資料記載，這好像是黃皮魔族傳授給他們祖先的魔法陣。

在那些人用來復活魔王的「邪念壺」和「咒怨瓶」完成之前，這個魔法陣似乎是用於培養讓魔王復活的土壤。

說不定，魯達曼口中的「黃衣魔法使」，實際上就跟黃皮魔族有所關係。

「要破壞嗎？」

「當然。」

難得在公都打倒了魔王，要是放任這種東西而導致再復活就麻煩了。

我用聖碑的藍光淨化了邪惡的魔法陣。

「藍色的聖光？」

「白髮的大人——庫羅大人原來真的是勇者大人的隨從呢。」

金髮貴族少女和大姊頭用讚賞和崇拜的眼神望著我。

不不，聖碑任何人都能使用啊。

雖然會發出藍光，只是因為我的聖碑用青液改造過罷了。

另外，我還有些想法，所以便將物理性破壞控制在最小狀態並離開了拷問室。

「——不想離開這裡？」

在金髮貴族少女帶我前往的小屋內，我從代表其他人的鍊金術士少女口中聽到了這番話。

另外，為了統整救出的人們，我已經先讓大姊頭跟其他少女們會合了。

真要說的話，本來我還打算把金髮貴族少女一併留在那裡，但她擔心派往藥師處的少女波麗娜的安危而硬是要跟著我過來。

「說說理由吧。」

「我是鍊金術士，而那些孩子們則是藥師公會的徒弟。」

這樣還是無法構成不離開的理由，我於是默默等待她的下文。

「我們一直在這裡被迫製作屍藥和魔人藥。」

我請她們出示製作完成的藥品，但無論屍藥或魔人藥都是相當低劣的品質。

大概是她們並不具備製作這些藥品的技能之故吧。

遺留在迷賊根據地的魔人藥也有品質不差的，所以魯達曼在向外界販賣材料並且購買成品的同時，自己也在進行私造的樣子。

「若是帶我們出去，在被冠上製作屍藥和魔人藥的罪名並且示眾之後，我們就會遭到公開處決了。」

既然如此，還不如在這種地方等死——鍊金術士和藥師少女們這麼傾訴道。

順帶一提，就算是聲稱被強迫製造禁藥，好像也沒有酌情量刑的餘地。

「只要逃到迷宮都市外面就行了。」

「不……」

少女們懊悔於自己的罪行，對逃出去自由生活一事似乎抱持的罪惡感。

「情況我明白了。我會替妳們考慮，不過先離開這裡再想吧。」

我不由分說地轉移至「蔦之館」。

要解決她們的內心掙扎，就等到我救出其他孩子並抓住所有迷賊後再說。

另外，這些孩子都確實知悉栽種的事實，所以我便吩咐蕾莉莉爾將她們收容在與其他少女們隔離開來的房間裡。

◆

「你是什麼東西！當老子是誰啊！」

「根本沒看過你。」

挨了對人壓制用「追蹤氣絕彈」的彈雨之後，仍活蹦亂跳襲來的迷賊被我打飛出去。

我將金髮貴族少女和藥師們送到「蔦之館」之後，便前往依序消滅其他的迷賊根據地。

這裡是最後一處有俘虜的據點了。

「還沒還沒——！」

或許是我放水太多，迷賊滿身鮮血地站了起來。

真是的，這些過度攝取魔人藥的傢伙要倒不倒的，實在很麻煩。

「趕快躺下吧。」

我用縮地衝進了高高舉起紅光大砍刀的迷賊懷裡。

比平時少放水一些出拳毆打後，我的手掌傳來了迷賊骨頭粉碎的不愉快觸感。

「呃啊啊啊啊。」

看樣子，這傢伙在我攻擊前，「魔身附加」的效果就已經耗盡了。

身受瀕死重傷的迷賊口吐鮮血在地上翻滾。

任憑對方死去也有些不舒服，我於是潑灑了在之前的迷賊據點裡抄出來的劣質魔法藥。

「別……別動！我會殺了這個人族女孩啊！」

最初倒下的迷賊忽然復活，把之前拿來發洩的女性當作人質並威脅我。

「呵哈哈哈哈。」

反覆遭到施暴的女性或許是已經神智不清，即使脖子被刀劃傷卻只是大聲笑著而沒有絲毫畏懼的樣子。

「真是的，我快受夠了。」

包括迷賊的韌性，還有他們的所作所為。

我曾好幾次幫助過被折磨至精神崩潰的人們，但唯獨這種事情我始終無法習慣。

感覺就彷彿有渣滓堆積在內心裡一樣。

「趕快丟掉武器！我……我可是認真的啊！」

迷賊的刀子更進一步傷害女性的脖子。

我無視於迷賊的威脅用縮地衝入，以不至於粉碎頭部的威力毆打對方。

迷賊拿著刀子的手被兩隻以上的「理力之手」按住所以動彈不得。

整個人飛出去的迷賊，以被固定的手為支點做出怪異的動作和傳來骨折聲，但我對此絲毫沒有湧上同情或憐憫。

聚集了這個據點的迷賊後，我用「歸還轉移」將他們帶到壓制最初的據點時製作的牢獄房間，統統丟進新的土壁牢獄裡。

多處林立的土壁牢獄裡不斷傳來迷賊們的怒吼聲，不過我並不理睬而是返回剛才的據點，解救被抓的人們。

「這裡的果實也零零星星的嗎……」

至今為止的迷賊據點裡，有半數都存在著栽種破滅草和自滅莖的田地。

然而，除了最初造訪的魯達曼所擁有的田地，其他的田裡半數以上的作物都已經枯死，即使還活著有大半也都未能結實。

說到他們與最初據點的差異，就是那個可疑的魔法陣。

那個魔法陣恐怕在魔人藥的栽種裡占了相當重要的因素。

「黃衣魔法使嗎——」

記得魯達曼就是這麼稱呼傳授自己栽種方法的那個人。

看來最好還是試著再見魯達曼一面，詢問這方面的詳情。

由於魯達曼收監的地牢已經被封鎖，所以潛入是最終手段，得要先把魔法陣相關的情報分享給公會長等人才行呢。

「……那……那個。」

一個猶豫不決的聲音吸引我回頭，只見那裡站著幾名疲憊得快要沒命的女性。

剛才持續大笑的女性，如今就彷彿屍體一般安靜。

「抱歉，我在想些事情。現在就帶妳們到安全的地方。」

聽我這麼說，女性們才終於略微露出了笑容。

「靠過來吧——『轉移』。」

我用「理力之手」抓住女性們，以「歸還轉移」魔法返回地上的「蔦之館」。

「——庫羅大人！」

一見到我，金髮貴族少女便發出驚呼聲跑了過來。

對方梳洗一番並化妝過後的臉龐看起來比真實年齡更為成熟。

儘管是廉價品，我仍事先給了貴族出身者除化妝品之外的禮服和鞋子。

實在是相當華麗的美女，不過與其說是女明星，更像是在商業界裡光彩奪目的那種知性美女。

「判若兩人了呢。」

「謝謝您的誇獎！」

她用耀眼般笑容爽朗回答。

倘若我再年輕一些，對方的態度可能會讓我誤以為她愛上我了。

在她身後則是有個不起眼的女性在等待著。

「庫羅大人，謝謝您也如此厚待我們這些平民。」

「有缺什麼東西嗎？」

「不，已經很夠了。」

她是名為波麗娜的搬運工女性，在最初的迷賊據點前去呼叫藥師們的那個人。

搬運工或探索者大多都是粗人，但從她恭敬的用語中可以感覺出沉穩和教養。

「庫羅大人，白開水。」

「嗯嗯，謝謝妳。」

我喝下波麗娜遞來的白開水潤潤喉嚨。

在白開水的熱氣另一端，可以見到大姊頭正關懷著我剛才從迷賊手裡救出的少女們並將她們帶往房間。

「呀哈哈哈哈。」

「冷靜點。很快就會讓妳解脫的。」

大姊頭對精神異常的少女做出聳動的發言，但這並非讓她安樂死，而是使用蕾莉莉爾的家庭魔法施以治療的意思。

在她之前也有幾名相同症狀的少女，在蕾莉莉爾施展的家庭魔法「傷心護理」和「精神修養」的幫助下似乎都獲得了心靈的平靜。

——真不愧是家庭妖精。

因其遠比想像中更為厲害的魔法，我出言稱讚了蕾莉莉爾，結果她就像個得意忘形的小孩一般神氣活現地挺起胸膛。

據蕾莉莉爾所言，魔法的效果只是暫時的，但我想也只能這樣了。

畢竟她們現在需要的是平靜和療癒。

由於蕾莉莉爾忙著護理患者，照顧那些救出的少女們就落到這三人——金髮貴族少女艾爾泰莉娜小姐、搬運工波麗娜以及被稱為大姊頭的肌肉發達探索者斯密娜——她們的頭上了。

金髮貴族少女擅於指揮他人，搬運工波麗娜很有聲望且擅長談判以及交涉，至於大姊頭的拿手絕活則是解決糾紛。

另外，我在火災中救出來的蒂法麗莎她們五人，如今正擔任蕾莉莉爾的助手以及負責與金髮貴族少女居中聯繫。

既然這些孩子無力維生的話，由我出資讓她們創立事業好像也挺有趣的。

「有沒有什麼東西不夠的？」

「那……那個……食物……」

金髮貴族少女有些含蓄地支支吾吾，我於是望向波麗娜催促下文。

「食物不夠。」

「既然這樣，我就先補充食物庫吧。」

說到這個我完全忘記了。

既映這裡原本只住了蕾莉莉爾一個人，而如今營救的少女們數量將近有兩百人，也難怪食物會儲備不足了。

另外，營救的少女們當中大多是探索者和搬運工，但也有少數藥師、鍊金術士、神官、士兵以及妓女等職種。

以身分來說是平民占據了壓倒性數量，有超過兩成是奴隸，貴族階級也比想像中還要多。

「有什麼想吃的東西嗎？」

「我們本來就過著啃雜草般的生活，只要是能吃的東西，就算有些許腐敗也沒有關係。」

面對我的問題，波麗娜頂著有些自嘲的笑容回答。

「那麼，我就放些有營養的食材。稍後再自行去確認吧。」

這棟「蔦之館」裡設有具備溫度管理機能的食物庫，所以我放入了稻米、蔬菜、用來補充維他命的甜食和幾棵山樹的黃橙果實，然後又各放了一塊以噸計算的鯨魚肉以及章魚型海魔的肉塊。

不過，在這之前我想確認一下事情。

「妳們知道迷賊讓妳們製作了什麼東西嗎？」

「是的，當初聽到同一據點的鍊金術士和藥師們在爭吵的內容……」

「就讀王立學院的時候，我曾經在藥草辭典裡看過。」

波麗娜和金髮貴族少女這麼回答。

她們很聰明，都沒有直接說出栽種的作物名稱。

「其他人也是嗎？」

「不，或許還有其他人偶然聽到，但除我之外應該只有鍊金術士和藥師們了。」

「我沒有告訴過其他人，所以恐怕沒人知道。」

嗯，似乎比想像中還要少。

「庫羅大人……」

大概是看我陷入沉思之後想像到自己黯淡的未來，波麗娜和金髮貴族少女的臉色很差。

「別露出那種表情。我並不打算拋下妳們不管。」

既然無論如何都要被滅口的話，我拜託精靈們在波爾艾南之森建立一個隱村並讓所有人移居那裡也是個辦法。

儘管好像有些太雞婆，不過要是中途不管她們的話實在會讓我睡不好呢。

「有件事要拜託妳們兩人。就算是在閒聊中也無妨，請妳們調查一下還有誰知道自己種植了什麼東西。」

類似間諜的行徑儘管對她們不好意思，但篩選出知情者是有其必要的。

若是能輕鬆得知真偽就簡單許多，不過據我所知只有審議官的判定可辦到。

如果救出的人當中有審議官就好了，然而卻不可能有那麼剛好的現實。

就在我拜託完兩人幫忙調查後，有個光點靠了過來。

「庫羅大人！有沒有我可以做的事情呢？奇怪？是嚴肅的話題嗎？」

走來的人是被暱稱為「大姊頭」的女探索者斯密娜小姐。

「斯密娜，妳知道迷賊叫妳們種植的東西是『加波麥』和『加波蕎麥』嗎？」

我藉助詐術技能，隨便捏造出了不會讓人聯想到自滅莖和破滅草的名稱，試著對大姊頭套話。

波麗娜和金髮貴族少女一瞬間露出驚訝的表情，但立刻就恢復正常了。

「哦——那些噁心的作物原來叫這個名稱啊。莫非跟超難吃的加波瓜是親戚？」

「嗯嗯，據說是迷賊們為了建立哥布林軍團而種植的。」

「哇——真會給人添麻煩呢。」

對方似乎相信了我藉助詐術技能捏造出來的說法。

看樣子，大姊頭並不知道自己種植的就是魔人藥的材料。

「這件事不方便讓太多人知情。此處談論就好。」

「啊，嗯嗯，知道了。」

儘管不清楚對方口風有多緊，但強調「此處談論」的事往往都會傳播開來。

況且，在和大姊頭交談的期間，還被經過走廊看似嘴巴不牢的少女聽到了，所以到了明天必定會變得人盡皆知。

就連那些不知道自己製作了什麼的人，聽到這件事想必也會滿足好奇心吧。

畢竟就算是粗糙的假情報，人們一旦知道之後就會變得很有可信度呢。

「對了，庫羅大人，有沒有什麼工作要做呢？」

「嗯，工作嗎——」

對於要求從事雜務的大姊頭，我便決定拜託她重新修護在迷賊據點回收的道具及裝備。之後可以拿來送給失去裝備的人，或者賣掉後當作購買新裝備的費用也不錯。

我在中庭的角落處透過道具箱取出了各類物品之後，大姊頭也把那些有空閒的少女們聚集了過來。

「好臭。」

「味道的確很重——『除臭』。」

我對充滿惡臭的破銅爛鐵施展了魔法。

「好厲害——！庫羅大人真了不起！」

大姊頭等人見到沒有臭味的鎧甲和道具類物品後誇張地歡呼道。

「那些迷賊的裝備比想像中好呢。」

「是甲蟲的甲殼鎧和迷宮土龜的大盾，甚至還有螳螂鎧哦。」

「武器也很驚人。有螳螂大劍和護衛蟻的刃臂所製作的劍，好棒，居然連『蟻翅銀劍』也有嘛。」

一名探索者少女拿起一把不符銀劍之名的灰色劍，讓我覺得很眼熟。

那是用我在公都的地下拍賣會見過的魔物素材製作而成的一種魔劍。

「一次就好，真想裝備這樣的劍在迷宮裡戰鬥呢。」

大姊頭等人用泛著憧憬的眼神望著「蟻翅銀劍」。

「真是的。三十枚金幣什麼時候才存得到。」

「師傅那裡的二手貨，之前開價二十枚金幣哦。」

「二手的很快就壞了啊——」

看樣子，這對她們來說是嚮往的裝備。

那把銀劍要給她們也無妨，但很遺憾只有一把。

素材「精銳蟻翅膀」在儲倉裡面多得是，而且我也知道製作法，所以今晚就來試作一把，若還算簡單，就量產出來送給她們吧？

由於胡亂免費送東西也不太好，因此就當作她們幫忙押送迷賊的報酬好了。

我將現場交給大姊頭，自己前往正在匆忙下達指示的金髮貴族少女處。

「我要回去消滅迷賊。明天早上會再來露面。有什麼問題就跟蕾莉莉爾商量吧。」

「是……是的，庫羅大人！」

用剛才的食材填滿食物庫後，我便返回迷宮，到處將沒有俘虜的小規模迷賊據點一個不留地壓制。

最終把隨隨便便就超過百人的迷賊們送進土壁牢獄裡。

「呼，真累……」

總之，逮捕迷賊和營救俘虜都已經搞定，今天的勇者活動就此打烊了。

◆

「——請進。」

恢復佐藤姿態的我使用「歸還轉移」一回到屋子裡，辦公室的門就跟著被敲響。

「歡迎回來～」

「歡迎回來喲！」

「佐藤。」

在我出聲後，年少組們紛紛擁了進來。

看樣子，應該是小玉和蜜雅其中一人察覺到了我的回歸。

「歡迎回來，主人。消滅迷賊的事還順利嗎？」

關上門之後，亞里沙便問起這件事。

「嗯嗯，那個已經結束了哦。」

「——咦？」

亞里沙這種錯愕的表情，我覺得還挺可愛的。

「已……已經結束了？就算只有一處也太快了吧？連半天都不到哦。」

「我已經把迷宮內的迷賊一個不剩地統統抓起來，所以起碼在上層和中層都沒有任何漏網之魚哦。」

雖然中層本來就沒有半個迷賊了。

「真……真是誇張呢。」

「Great～？」

「不愧是主人喲。」

「嗯，了不起。」

同伴們的稱讚讓我心中舒坦的同時，我一邊坐在辦公室的沙發上治癒疲憊。

「眉間。」

亞里沙這麼說道並用手指戳了我的眉間。

我好像不知不覺中皺起眉頭了。

以強顏歡笑掩飾的同時，我撫摸著自己的眉間。

或許是對此感到不滿，亞里沙換上不悅的表情。

「全員！實行主人擁抱作戰！」

我以為自己已經習慣於亞里沙突如其來的行動，但今天卻特別古怪。

「嘿嘿～？」

「黏著不放～喲。」

小玉縮在我的大腿上，波奇緊緊貼著右側。

「禁止獨占。」

「一人一半～？」

「那麼，我就是這邊了呢。」

小玉和蜜雅坐著我的大腿，至於坐在左側的亞里沙則緊抱著我的手臂。

「——亞里沙？」

「我們正在用自己的魅力治癒主人暴躁的內心疲憊哦。」

原來如此，看來我好像讓她們操心了。

我在孩子們體溫略高的治癒之下，就這樣睡到晚餐時間。

◆

「整理一下問題好了——」

我打開主選單交流欄裡的記事本，將問題點逐一列舉。

・第一、公會長和希嘉王國政府不會放任知悉魔人藥栽種方法的人不管。

・第二、魔人藥的栽種方法裡，瘴氣恐怕占據了重要的地位，可以想見魔法陣和拷問室是很重要的。

・第三、傳授魔法陣的「黃衣魔法使」很有可能只接觸過魯達曼。

・第四、公會長並不知道第二項情報。

・第五、即使僅存在拷問室和囚犯，儘管收穫量銳減卻仍可繼續栽種。

・第六、少女們當中，目前尚不清楚有多少人知道自己所栽種的東西。

「——嗯，看來比預期中還要樂觀。」

儘管也要視第六點的嚴重程度而定，但公會長她們如何判斷第五項情報，似乎將會決定少女們今後的命運。

而且，倘若能夠讓公會長認為庫羅是個值得信賴的人，那麼以庫羅作為監護人，說不定就可以讓少女們自由自在地生活了。

順便如果能再從魯達曼口中問出「黃衣魔法使」設置魔法陣並教導魔人藥素材栽種法的目的為何，那就更完美了吧？

彷彿在等待我思考完畢，這時響起敲門聲。

「請進。」

「現在有空嗎？」

亞里沙從門縫探出臉來。

「嗯嗯，沒問題。」

「唉呀？表情變得比想像中輕鬆多了呢。莫非操心的事情解決了？」

「還沒有實行，不過應該搞得定。」

這一切，都要多虧那些孩子們治癒了我因為消滅迷賊而暴躁的情緒。

就在我準備說出感謝之言的前一刻——

「什麼啊——虧人家特地來出主意，賺取好感度讓你走上亞里沙路線呢。」

——亞里沙做出了遺憾的發言。

不知對方是否認真，但確實很像亞里沙的作風。

既然有這個機會，就問問亞里沙關於庫羅服裝的意見來轉換心情好了。

公會長似乎正把自己關在太守城堡地下的「都市核之室」裡和王都高層交談中，所以暫時還有時間。

「那麼，就幫我出個主意好了。」

「好——儘管放馬過來吧。」

亞里沙擺出棒球選手般的動作回答。

我苦笑著請亞里沙坐在椅子上。

當然，即使找她商量我也無意跑「亞里沙路線」哦。

「關於新的偽裝樣式——」

我藉助「快速更衣」技能變成庫羅的模樣。

「哇啊——很帥呢。不過缺乏正太感所以不怎麼對我的胃口哦。」

亞里沙當下就指出缺點。

「我打算假扮成勇者無名的隨從庫羅。」

我藉助「腹語術」技能假裝聲音和語氣之後這麼告知亞里沙。

亞里沙猛然靠近，拉開我的衣領觀察其中。

「皮膚的顏色只改變到脖子而已呢。」

原以還是老套的性騷擾，但這次好像不同。

「畢竟全身塗色的話太過麻煩。」

「哦——手也塗色了嗎？」

「不，我想用皮手套來掩飾。」

「如果對方要求握手，豈不是傷腦筋了？」

「我會拒絕的哦。」

「那就好——」

為此我才打算裝出傲慢的個性。

亞里沙後退一步，這次開始審視服裝。

「不過，服裝也太普通了呢。難得有這個機會，配合髮色改穿白色學蘭如何？」

「學蘭？不太適合外國藝人的面孔吧？」

「會嗎？再一併換上有五芒星圖案的白色手套，口中說著『姆哈——！』『帝都啊，我回來了！』之類的台詞豈不是很配嗎。」

——未免把太多典故混在一起了，都不知道她想要說什麼。

「服裝就這麼決定吧。」

「咦——起碼改成軍服風格嘛。」

我看著鏡子一邊疊上「幻影」魔法。

確實很適合這個髮型。

「然後再穿上外套——顏色怎麼辦？」

「這個嘛，無名是白色狩衣所以就跟著配合吧？」

「等等，不然換成黑色好了！大人物曾經說過『你是光，我是影』哦！所以，主人既然是白色，部下就是黑色了哦！」

聽不太懂亞里沙的主張，不過以法國為舞台的超名作少女漫畫裡好像真的有這麼一句話。

「那麼，服裝就用黑色吧。外套也一樣顏色好了。」

「頭髮也弄一撮紫色比較好呢。」

我應亞里沙的要求將瀏海的一部分改成紫色。

畢竟有染料，出門前就把假髮染一染好了。

「然後是武裝了呢。拋棄式火箭筒或機關槍好像挺合適的。」

或許是知道我這張臉的出處為何，亞里沙列舉了那部電影裡主角使用的武器。

「槍就不要了。會跟露露的主要武裝重疊。」

再主流一點的武器比較好，希嘉王國的個人用槍枝已經是過去被淘汰的小眾武器了。

「那麼，大劍呢？記得某部叫什麼王者的電影裡應該出現過。」

「不用管典故沒關係哦。」

我用幻影魔法製作出大劍擺放在旁。

「再大一點比較好哦。好比『簡直就是鐵塊』的那種感覺。」

「可以屠龍的那種嗎？」

砍得動黑龍赫伊隆的劍人類應該拿不了，於是我便試著想像用來屠飛龍或許德拉的那種大劍。

「不錯呢。順便再多加一點原創性。」

「原創性嗎……」

我配合頭髮和衣服修改劍的顏色，但亞里沙似乎都不滿意。

「還差一點——」

亞里沙環視房間以尋找靈感。

不久，見到自己在鏡中的模樣，她好像察覺到了什麼。

「對了！就是寶石！把劍變成跟水晶一樣看看。」

儘管實用性很低，但畢竟是裝飾所以沒有問題。

況且只要在上方使出魔刃，即使是木刀也能夠輕鬆打倒中級魔族吧。

「這樣子嗎？」

我把劍變得透明，時而更換材質、時而加強裝飾，呈現出了各式各樣的變化。

總覺得想起了製作遊戲時和影像團隊之間的互動，真令人懷念。

在這個世界我或許已經沒有機會再電玩遊戲，不過像桌上遊戲這種類比式遊戲，我還真想再製作看看呢。

「暫停！維持目前的裝飾，材質用紫水晶，劍尖的裝飾換成藍寶石，然後裝飾的中央嵌入紅寶石，照這樣試試看！」

我按照亞里沙的只是操作幻影。

「這樣子嗎？」

「嗯——」

見她好像不太滿意，我於是擺放了好幾種。

「該怎麼說？不夠浪漫呢。」

——嗯，浪漫嗎。

「類似蛇腹劍或鎖鐮那樣，圖上看起來的帥氣感更勝於實用性。」

例如劍會旋轉然後變成鑽頭那種？

「蛇腹劍或鎖鐮下次再幫妳做。對了，這個怎麼樣？」
我將水晶材質的雙刃劍沿中心線左右剖開，嘗試在接近底部的位置裝上看似光束振盪器的東西。
順便再把左側換成紅水晶、右側改為藍水晶，分別纏繞著火焰和寒氣的幻影。
「很棒呢！充滿了中二感哦！」
看樣子，她似乎很中意。
「不過，有材料嗎？」
「使用紅寶石或藍寶石的話還要準備所需的鋁土礦所以太過麻煩，這次就用彩色玻璃代替吧。」
鋁土礦本身固然可以鍊成，不過是屬於有點麻煩的製作法。
另一方面製作彩色玻璃就頗為簡單。畢竟我在歐尤果克公爵領旅行的時候，曾經獲得了各種原料和染料。
「咦咦！連劍身大小的紅寶石和藍寶石都做得出來嗎？」
亞里沙發出驚呼聲。
比起奧利哈鋼這種傳說金屬是很簡單。
「不過直接買比較便宜就是了。」

「什麼啊──」

亞里沙對我的回答顯得失望。

要鍊成紅寶石或藍寶石，就需要比這些寶石還更昂貴得多的聖樹石──也就是「賢者之石」了。

「反正是仿造品，就在出門之前製作看看吧。」

「這麼快就能做出來嗎？」

「畢竟火焰和寒氣都是幻影，至於中間的光束就用幻影和光魔法『光線』的組合招式來達成了哦。」

反正我實際上也不打算用來戰鬥呢。

◆

「──呼，製作起來比想像中簡單。」

我在「蔦之館」的地下研究室對著光源舉起了剛完成的彩色玻璃大劍，一邊喃喃自語著。

在我身旁，是等身大尺寸的庫羅人偶身上所穿的軍服風格服裝。

多虧了至今幫同伴們製作裝備的經驗，我用不到一個小時就成功做出來了。

「我實在是太作弊了。」

這麼自嘲地嘀咕後，我伸了個大懶腰。

我會這麼悠哉地享受勞作的樂趣，是因為公會長在太守城地下的「都市核之室」裡遲遲尚未出來。

與高層之間的會議總是很漫長，這點無論地球或異世界似乎都一樣。

忽然間，我聽到牆邊傳來奇妙的「嗶嗶」聲。音源旁邊的燈在亮著。

我判斷這應該是呼叫鈴聲，於是按下了燈號旁的按鈕。

『庫羅大人，抱歉打擾您的研究。金髮和不起眼說有事要找庫羅大人。』

看樣子，是金髮貴族少女艾爾泰莉娜和搬運工波麗娜來找我報告了。

「知道了。我立刻回去。」

我這麼回覆蕾莉莉爾的聲音，然後回到了居住區。

「——包括我們兩人、鍊金術士和藥師們在內，一共有十三個人知情。」

她們的動作很快，傍晚時委託的調查居然已經完成了。

關於自己所栽種的作物是什麼品種，知道的人似乎出奇地少。

「是嗎，比預期中還少，我就放心了。」

我這麼回答後，將包括這兩人在內的十三人叫到其他房間，告知她們如今所處的危險狀態以及我準備保護她們一事。

鍊金術士和藥師們感覺似乎有些內疚，但剩下的五人則彷彿抓到救命稻草般希望我進行保護。

大概是金髮貴族少女和波麗娜事先已經告訴了她們危險的情勢吧。

我讓金髮貴族少女和波麗娜以外的十一個人移動至隔離於其他孩子之外的房間，然後拜託蕾莉莉爾和兩人扮演聯絡的角色。

對於鍊金術士和藥師們來說是原本就待著的房間所以應該沒問題。

少女們移動之後，我向金髮貴族少女和波麗娜確認假情報的擴散狀況。

「那麼，加波麥和加波蕎麥的謠言散布得還順利嗎？」

「是的，偷聽到庫羅大人和大姊頭之間對話的女孩似乎口風不緊。」

波麗娜向我報告了謠言的擴散程度。

「是嗎，等傳播得夠廣的時候，我再親自下封口令吧。」

畢竟相較於完全置之不理，主動封口的話比較能增添可信度。

這樣一來，近期之內應該就能將大部分的少女從這裡釋放出去了。

◆

「抱歉，借一下窗戶。」

當天夜裡，我以庫羅的姿態從尖塔的窗戶造訪了公會長的房間。

「——喝啊啊啊啊啊啊！」

「老年人就別做這種動作了。」

一進入房間，戰鬥狂公會長的長杖突刺便朝我飛來，然而我今天不是佐藤所以便輕輕一擰奪下了長杖。

「我是勇者無名的隨從庫羅。」

「——勇者？」

我的發言讓公會長一臉疑惑地揚起單邊眉毛。

感覺得到她的周邊正在聚集魔力。

看樣子，我為了讓對方安心而自稱勇者隨從的舉動，反而讓她提高了戒心。

「這一代的沙珈帝國勇者應該是隼人．正木才對。我可沒聽過叫這個名字的勇者呢。」

「妳太不用功了哦，莉莉安。」

同樣在房間裡的賽貝爾凱雅小姐這麼告誡公會長。

另外，烏夏娜祕書官也在這裡。

「莫非妳認識嗎？」

「是的，非常清楚。勇者無名大人是解救了我們精靈免於危機的偉大人物。若說是他在希嘉王國的舊王都討伐了『黃金豬王』，莉莉安妳應該比較能接受吧。」

賽貝爾凱雅小姐滔滔不絕地道來。

「討伐『黃金豬王』？原來國王那些莫名其妙的話竟然是真的嗎！」

看來──

「出現在公都的『黃金豬王』、『黃色上級魔族』和『大怪魚群』，被一位王祖大和再世的面具勇者打倒了。」

──希嘉國王似乎發表了這樣的內容，然而打倒的對象不僅太過強大，希嘉王國軍也未出動，公都亦沒有遭受太大損害，所以許多人一口咬定這是希嘉國王為了掩飾夏洛利克第三王子的失態而編造出來的故事。

「相信了嗎？」

「還沒。你如何證明自己是隨從？」

「這個怎麼樣？是我主所賜之物。」

我拿出從儲倉取出來的短劍大小聖劍。

這是我使用奧利哈鋼練習製作劍的時候順便打造的。

一注入魔力，短劍的刀刃便洩漏出藍光。

「藍光——莫非是聖劍嗎？」

「嗯嗯，相較於我主的聖劍是遜色許多，但區區的上級魔族一樣能用這把短劍來消滅哦。」

我將庫羅的公開等級設定為五十級左右，所以這或許有些太誇大其詞了點。

「……所以，你來這裡做什麼？」

公會長看似還半信半疑，但終於肯聽我說話了。

「我在襲擊橫行於迷宮內的迷賊們根據地時，發現了奇妙的東西。」

「奇妙的東西？」

我將已經上鉤的公會長晾在一旁，沉默了好一會。

「那兩人是否可以信任？」

「哈！總比你可靠多了呢！」

對於即刻回答的公會長，賽貝爾凱雅小姐和烏夏娜祕書官都露出滿意的笑容。

「那麼，我就說了——我在迷賊根據地附近的場所，發現了破滅草和自滅莖的叢生地。」

「——叢生地。」

公會長的目光變得銳利。

「沒錯。而且，還是個看似經過人工栽種的地方。」

我的發言讓公會長變得愁眉苦臉起來。

大概是了解到在地牢裡聽到的魯達曼所言屬實了吧。

「所以呢？」

「看樣子，妳已經知道了呢。」

「嗯嗯，從魯達曼這個卑劣的迷賊口中聽到了一些。」

公會場一臉唾棄地這麼說道。

「既然知道就好辦了。希嘉王國打算怎麼做？」

「燒得連灰燼都不剩。快告訴我地方！我這就過去！」

公會長當下回答。

效率這麼快真是不錯。

「那麼，就盡快動手吧。我帶妳們過去——『轉移』。」

「——什麼！」

我帶著三人轉移至迷宮內種植有自滅莖和破滅草的田地。

「什麼！這是哪裡？」

「賽利維拉的迷宮——剛才提到的叢生地就是那個。」

我指向了田地。

賽貝爾凱雅小姐和烏夏娜祕書官制止了準備立刻焚燒的公會長，前往確認田裡的植物是否為自滅莖和破滅草。

「……草上沾滿了血？」

「泥土裡有骨頭——這是人骨。」

這些是我在前往公會場的房間之前，使用「贗品」技能偽裝的東西。

血來自於家畜及褐色狼，人骨則用了達米哥布林的骨頭。

烏夏娜祕書官擁有鑑定技能，但我的「贗品」技能等級比較高再加上此處昏暗，所以應該不會被看穿真相才對。

「恐怕是在這塊田地裡被迫勞動之人的骨頭吧。」

「這群可惡的迷賊！」

相信我這句謊言的公會長低吼道。

「可能是殺了太多人，我來到這裡時已經是迷賊們在自行耕種了。」

這是很明顯的謊言，但在「詐術」技能的輔助之下，三人似乎完全被我欺騙了。

這樣一來她們就會產生誤解，認為幾乎都是迷賊們自行栽種而沒有其他少女牽涉其中，即使有也只是少數。

「——正確無誤呢。」

「是的，很遺憾，應該沒有錯。」

「好，沒問題了吧。要一口氣燒光了。」

公會長聽了檢查完田地的兩人這麼報告，便開始詠唱火魔法。

對方似乎放棄了可能對我造成影響的禁咒級魔法，但即使地方再寬敞，施展上級火魔法也太誇張了點。

為防止火焰波及到這邊，我準備了土壁魔法和耐火性優秀的許德拉皮膜製作而成的斗篷。

賽貝爾凱雅小姐也開始詠唱土魔法。

看樣子，她也在擔心和我一樣的事情。

「……■■■　火焰地獄！」

公會長的長杖前端噴發出紅蓮火焰，轉眼間燒光了田地，蹂躪著整個大廳。

果不其然，火焰和熱浪擴散至我這邊，但用不著我出手，賽貝爾凱雅小姐的厚實「石壁」魔法便將其阻擋了下來。

「原本在這裡的迷賊逃掉了嗎？」

「過些日子我會扭送到公會的。」

「那我就不抱期望地等著了。」

看樣子，公會長好像認為我讓那些迷賊溜掉了。

目睹了她的火焰徹底燒光田地和偽裝痕跡後，我便對三人出聲。

——現在開始才是重頭戲。

「還有其他東西想讓妳們看。」

我這麼說畢，便帶著她們前往拷問室裡的可疑魔法陣所在處。

「這……這是……」

「賽貝爾凱雅，妳看得出來嗎？」

「看不出來。只知道是邪惡的東西。」

原本期待會獲得新情報，但三人似乎都不知道的樣子。

——嗯，也罷。

這樣反而比較方便。

「真是不用功呢。」

「你知道嗎？」

「當然。」

我裝出生氣般的傲慢表情俯視著公會長。

平時的我無法表現出這種演技，但在「無表情」老師的輔助下辦到了。

「別賣關子，快說。」

我對公會長的訴求嗤之以鼻後開口道：

「這個魔法陣會聚集瘴氣並增幅。知道是為了什麼嗎？」

「是為了剛才的田地嗎？」

——好，非常好。

聽到我所期望的回答，我在心中手舞足蹈著一邊說了下去：

「嗯嗯，剛才的田地嗎——那些東西不過是副產物罷了。」

「副產物？」

面對複誦一遍向我追問的公會長，我嘲諷地扭曲嘴角沉默了好一會。

「還不懂嗎？這個魔法陣，是魔王信奉者們製作復活魔王的土壤之用。」

我藉助詐術技能說出了胡亂編造的內容。

這是為了讓公會長等人產生「魔人藥的素材種植還在其次」的印象，順便拿來作為接觸的理由。

「你說魔王？」

「怎麼會！」

對於我出人意料的回答，不光是公會長就連烏夏娜祕書官也發出了驚呼。

「這麼肯定，有何根據嗎？」

針對賽貝爾凱雅小姐的問題，我透露了魔王信奉集團「自由之翼」成員所持有的書籍中存在類似的魔法陣，以及該魔法陣是黃皮魔族所傳授之物的情報。

一開始不敢相信的賽貝爾凱雅小姐，在我出示實際資料後也表示了理解。

「黃色上級魔族——魯達曼口中的黃衣魔法使或許就是那傢伙呢。」

「在王祖大人的軼事中，也有好幾個魔族化成人或附在人身上的例子。」

公會長喃喃說出和我的猜測相同的意見，烏夏娜祕書官對此同意。

誘導得相當順利。

「公會地牢裡的迷賊叫魯達曼嗎？讓我審問那個傢伙。我需要『黃衣魔法使』的情報。」

「——哦，好吧。就讓你審問。只不過，我也要在場。」

「隨妳高興。」

好！成功了！

這樣一來就能合法從魯達曼身上獲得情報。

同時還成功誘導了她們的意識，將問題點替換成栽種的檯面下進行的大事件，而非栽種本身這件事。

乘著希嘉王國相關人士將注意力放在魔法陣方面的期間，我打算設法安置那些參與了栽種的女性們。

「該不會打從一開始，你的目的就是要接觸魯達曼吧？」

「我可沒那麼多閒工夫。迷賊們的背後恐怕潛伏著魔王信奉者們。」

我用新的情報封鎖了公會長合理的疑問。

儘管完全沒有確切證據，但既然傳授了來自黃皮魔族的魔法陣，對方是魔王信奉者的可能性就相當高，所以這應該不算在說謊。

「魔王信奉者？像王都『自由之風』那樣的悠哉集團嗎？」

我的發言讓公會長納悶地傾頭。

我在公都遇到的魔王信奉者是「自由之翼」，而她所說的「自由之風」大概是類似的團體吧。

悠哉集團這個不合時宜的形容讓我有些在意，但如今並非糾正的時候。

「沒聽過呢。我遇見的是讓『黃金豬王』復活的『自由之翼』邪教徒們。」

望著表情凝重的公會長眼睛，我繼續說了下去：

「他們大概也企圖在這裡復活魔王吧。」

「為此而準備了人質和拷問室嗎……之所以需要魔人藥應該是為了加速培養魔王的部下才對。」

的確是很有可能的事情——等等，我幹嘛要在意。

倘若這是遊戲很可能會豎立魔王復活的旗標，但這一代「魔王的季節」在我討伐了公都地下復活的「黃金豬王」後應該已經結束了，下一次是六十六年之後所以沒有問題。

——存在魔王復活預言的場所有七處。

忽然間，這樣的記憶在我腦中浮現。

說到這個，我在公都從特尼奧神殿的巫女長那裡聽來的預言內容當中，好像就有這座迷宮都市賽利維拉吧。

總覺得好像是我自己在幫忙豎旗的樣子，不過「倘若真的復活，直接討伐就行」的念頭中斷了我腦中的糾葛。

之前交手的「黃金豬王」好像是歷代最強的級別，而且我如今的攻擊魔法和裝備物品也比當時更為強化，所以應該不會演變成之前那樣幾近殊死鬥的狀況。

只要不是跑出神祇級別的話。

「那麼，既然已經分享過情報，就來清理現場好了——」

「交給妳了。把構成魔法陣的魔術也一併燒掉吧。」

我藉助了公會長的魔法燒掉拷問室，再以賽貝爾凱雅小姐的土魔法將迷賊的據點物理性摧毀至無法使用的狀態。

「企圖復活魔王的魔王信奉者嗎——真是一群棘手的傢伙呢。」

「公會長，更重要的是倘若這位先生所言屬實，沒有這個魔法陣，豈不是無法栽種成功了嗎？」

烏夏娜祕書官回憶起我所說過的「副產物」這句話。

「就算沒有魔法陣應該也能種植，只是效率會一落千丈吧。」

這是真相。

和大部分氣體相同，瘴氣放著不管就會逐漸擴散。

「既然如此，起碼可以減少不必要的犧牲者呢。」

我用漠不關心的眼神俯視著這麼告知的公會長，內心同時擺了個勝利動作。

——目的達成。

這樣一來就能先放走不知情的孩子們了。

「回程你應該也會送我們回去吧？」

公會長關注著賽貝爾凱雅小姐的作業狀況，一邊說出了這句話。

「妳在說什麼？」

「莫非你打算把我們丟在迷宮深處獨自離開嗎？」

誤解我發言的公會長怒氣沖沖。

「我說，妳以為一切都結束了嗎？」

「──啊？」

「接下來還要讓妳把三處的田地統統燒光。」

對於發出錯愕聲的公會長，我告知了漏夜工作的開始。

畢竟得讓對方確認沒有魔法陣的田地，進而使得她們確信剛才的情報是事實呢。

「我可沒那麼多魔力──」

「『轉讓』。」

我對正要告知魔力不繼的公會長使用了「魔力轉讓」。

「──魔力回復了？」

「行了吧？」

「嗯嗯。」

公會長得意一笑。

「這樣一來就沒問題了。看我把魔人藥的原料燒得一乾二淨。」

我帶著做出可靠發言的公會長到處奔波，當天之後就將所有田地變成了灰燼。

至於充斥的瘴氣，只要等我送公會長她們回去後，用我的精靈光和聖碑的組合技來淨化就沒問題了吧。

◆

「——快起來。」

從迷宮返回後，我催促著一臉疲憊的公會長來到地牢的魯達曼處進行探視。

因睏意而起不來的賽貝爾凱雅小姐並未跟來，而絲毫看不出睡意的烏夏娜祕書官則一併同行了。

魯達曼發出低吼瞪視著我。

同房的幹部迷賊們也像野獸一般咆哮，不善的相貌充滿了怒氣。

「喉嚨弄啞了嗎——『治癒』。」

我這麼告知，然後從魔法欄執行回復魔法。

「莫非打算乘著夜色幹掉老子嗎？」

心生誤會的魯達曼露出獠牙般的犬齒威嚇道。

「今天是來問你事情的。」

「你以為老子會說啊？」

我從道具箱取出裝有希嘉酒的小瓶子。

一打開蓋子，希嘉酒的芳香便瀰漫整個地牢。

另外，由於地牢的臭味讓我幾乎受不了，於是已經使用生活魔法「除臭」轉變為乾淨的空氣了。

「是酒嗎——以為用這種東西就能收買我魯達曼大人，真是被看扁了啊。」

魯達曼不掩怒色地丟出這句話。

難道他酒量不好嗎？

「怎麼，刑前酒不想喝了嗎？」

我這麼說完後準備將酒瓶放回道具箱時，其他迷賊們發出了哀嚎。

魯達曼瞪向手下咂舌。

「嘖！老子收下就是了。」

我將蓋好的酒瓶丟向位於鐵格子另一端的魯達曼。

「上等的美酒啊——」

魯達曼喝了一口後將酒瓶丟給手下，同時朝我這邊抬抬下巴。

「你想問什麼？讓老子製作魔人藥的幕後黑手人名嗎？」

「幕後黑手——索凱爾的事情根本無關緊要。」

我搖頭否定魯達曼的問題。

目前已經得知索凱爾並非幕後黑手，不過我並不會特別想知道他背後的上級貴族叫什麼名字。

「索凱爾？才不是那種蜥蜴尾巴，而是門閥貴族的——」

「我想知道的，是關於告訴你們魔人藥製作方法的『黃衣魔法使』。」

魯達曼正要說出幕後黑手的名字，卻被我的發問打斷了。

畢竟若門閥貴族若真是幕後黑手，實在不可能會向作為棄子的迷賊透露自己的真實身分才對呢。

「老子知道的不多。」

「拷問室的魔法陣也是那傢伙教你們的嗎？」

「嗯嗯，那是大約五年之前黃衣自己製作的。」

或許是審問技能和交涉技能等級最大的緣故，魯達曼痛快地說出了情報。

「知道他為何而製作嗎？」

「啊？這個——」

回答的途中，他仰頭準備喝下同伴們傳回的酒瓶卻唸道：「嘖，空了嗎？」

魯達曼用手指捏住酒瓶瓶口，朝我這邊遞出後左右搖晃。

儘管催促得很露骨，但這點程度也算是開銷之一。

「你可別太囂張啊。」

至今默默觀望的公會長眼看要跟魯達曼理論，但我不發一語地將其打斷並讓她退往後方。

「無妨。」

我拋出了下一個酒瓶和硬肉乾。

「——嘿嘿嘿！挺懂事的嘛。」

啃著肉乾並傾注酒瓶的魯達曼心滿意足地這麼告知。

「然後呢？」

「那傢伙聲稱是為了種植魔人藥的材料，不過老子覺得不對。」

魯達曼的眼中綻放精光。

「哦？你為何這麼想？」

「那個壺。」

——壺？

跑出了神祕的字眼。

「黃衣大概在半年前把當初聲稱是魔法陣輔助器具的奇怪壺具帶走，在那之後，自滅莖和破滅草的生長速度就快得非比尋常。」

自滅莖和破滅草——兩者都是人為栽種的魔人藥材料。

「你的意思是，黃衣需要的其實是那個壺？」

「嗯嗯，沒有錯。他一開始只回收了幾成的自滅莖和破滅草，但中途好像就喪失興趣。而且打從他把壺帶走之後從來沒出現過，這應該就是答案了吧。」

忽然間，我的腦中浮現出了一只壺。

「那個壺是這樣的形狀嗎？」

「你怎麼會知道？」

見到我取出的壺，魯達曼顯得很驚訝。

那個壺，就是從前暗中活動於穆諾男爵領的魔族為了復活魔王而用來收集瘴氣的東西。

在公都地下打倒魔王之後，我從信奉魔王集團據點回收的物品中就有同類型的壺。

「——那……那是？」

「邪念壺。用來復活魔王的邪惡術具。」

我回答了公會長的問題。

聽我這麼說，不光是公會長，就連迷賊之間也鼓譟起來。

「你看過這個瓶子嗎？」

「嗯嗯，知道。黃衣的使魔每隔半年會過來交換一次。」

看到咒怨瓶的魯達曼點頭承認。

這個咒怨瓶也跟邪念壺一樣，是收集瘴氣用於魔王復活的術具。

「最後還有一個問題——黃衣最後一次出現是什麼時候？」

「半年多前把壺回收之後就沒再見過了。而且瓶子也全都回收了，自那之後，使魔再也沒出現過。」

嗯，說到半年前以上，就是更早於我在公都打倒魔王和黃皮魔族的時期。

從時間順序考慮，從這裡回收的咒怨瓶和邪念壺，很有可能被用在了公都的魔王復活上面。

「喂，這位白髮大人。你的身分應該比那個老太婆更高吧？能不能把老子弄進紫隊裡？要是願意幫忙，老子就告訴你黃衣的真正身分啊？」

還以為對方只要能喝酒就侃侃而談，看來是為了實現這個要求的布局。

我對黃衣的真實身分很感興趣，不過僅憑我個人的意見無法辦到，於是我便回頭望向身後的公會長。

表情很不愉快的公會長，最終不情不願地點頭了。

相較於魔人藥蔓延的可能性，她似乎覺得企圖復活魔王的魔法使身分比較重要。

「說說看。」

「黃衣的真實身分，就是——魔族。而且還不是什麼下級魔族。至少是中級或者傳說中會出現的上級魔族。」

正如我所料，「黃衣魔法使」實為「黃皮魔族」的可能性當高。

「很籠統呢。你這麼認定的根據為何？」

「老子用魔人藥強化過的拳頭，居然被那傢伙未強化的手擋下來了。」

「就這樣嗎？」

以證據來說太弱了。

「對了，還有眼睛。」

「眼睛？」

「沒錯，那絕對是強者的眼睛。就算被魔人藥強化過後的好幾十人團團圍住，眼神依舊彷彿在看著螻蟻一樣漠不關心。」

現在回想起來還會冒冷汗啊——魯達曼這麼繼續道。

「其他還有什麼特徵嗎？」

「長相感覺是大眾臉啊。黃土色的皮膚和黃色的角倒是很罕見——」

魯達曼徵求意見般地環視同伴們。

「還有說話的方式很怪。」

「一直講什麼DEATH的很噁心呢。」

記得黃皮魔族的語尾應該是那樣才對。

「老夫鑑定之後也完全看不到黃衣的情報啊。」

「他是不是把魔族拿來當作使魔啊？」

——喂！

這些迷賊的對話太多地方可以吐槽了。

「將魔族當作使魔，這是事實嗎？」

「嗯嗯，老夫鑑定過了。是三十級左右的下級魔族。」

擁有鑑定技能的老迷賊信心滿滿地告知。

這應該可以視為確定了吧。

「上級魔族的暗中活動……難道打算在賽利維拉這裡復活魔王嗎？」

從地牢回去的途中，臉色蒼白的公會長擦拭冷汗一邊吐露著內心的不安。

「不用擔心。魔王復活後就會被我主消滅。況且十之八九不可能復活。」

「你挺有自信的嘛。」

「忘了嗎？黃皮魔族已經被我主在公都消滅了。魯達曼不是說過嗎？黃皮出現的時間是在半年以前。那些傢伙所收集的瘴氣，已經用於在公都地下復活魔王了。」

事件已經解決完畢。

雷聲大雨點小——這麼說好像有點不對吧？

「那些迷賊交給妳處理。我不會要求妳讓他進紫隊，但至少探詢一下意向吧。」

迷賊的所作所為不可原諒，但在得知身分不明的「黃衣魔法使」似乎是黃皮魔族的情報後讓我少了一件要掛心的事，所以幫忙關說一下應該也沒問題吧。

「知道了。不過，我會殺雞儆猴用石刑來代替公開處決。要是能活下來的話，我就去徵詢紫隊的意向。」

「這樣就很夠了。」

我點頭同意公會長的回答。

他所說的「石刑」，應該就是自古存在的殘忍處決方法。

普通人鐵定會沒命，但吃了魔人藥變得耐打的迷賊們說不定真的可以活下來。

我將接下來的事交給公會長，然後離開了西公會。

關於索凱爾背後的門閥貴族身分，即使我不追究，討厭魔人藥的公會長想必也會主動追查吧。

◆

「實在不想帶著審問迷賊後暴躁的情緒回去，乾脆轉換心情一下好了？」

我喃喃自語後考慮了一番。

離開公會時夜更深了，所以沒辦法在紅燈區遊玩，我決定直接前往「蔦之館」的地下研究所，製作給大姊頭她們的裝備類物品。

當然，不是我給同伴們的那種離譜規格的裝備，而是使用了魔物素材的廉價東西。

「要先從稱手的迷宮蟻裝備開始嗎？」

我這麼自言自語，望向被稱為精靈賢者的托拉札尤亞先生所留下的製作法大集。

「就從簡單的東西製作起好了。」

用皮帶和繩子自由調整尺寸的蟻甲殼護胸和護肩，順便再製作手甲和足甲好了。

萬能工具固然方便，但最方便的就是施展在指甲上的魔刃了。

等級較低的魔物素材幾乎毫無抵抗就可鑽洞或切開，實在很棒。

「果然，還是勞作這種嗜好最愉快了。」

不知不覺中我甚至開始哼著歌。

全部放在地板上很難分辨，我於是裝配在製作亞里沙她們的裝備時使用的模特兒人偶身上整修形狀。

順帶一提，這種模特兒人偶是沿用了魔巨人的製作技術，所以也能當作全身關節可以活動的擺姿勢人偶來使用。

之所以不使用魔巨人或活動人偶，是由於無法收納至儲倉的緣故。

「好像有點不起眼吧？」

我覺得鎧甲的形狀可以襯托出奇幻世界的女性味道，但感覺挺不起眼的。

儘管覺得這樣也不差，不過在迷宮都市裡看到的探索者們似乎基本上都很華麗，所以我想再試著下點工夫。

「哦，有好東西。」

勞作中產生的零碎材料映入我的眼簾。

我於是將其簡單加工，附加在鎧甲上面。

雖然不會增加任何的防禦力，然而俗話說「人不只是靠麵包過活」，所以玩心還是必要的。

「動畫風格好像太濃了一點吧。」

變成很花俏且很像週日晨間節目的風格，不過防禦力就相當於金屬甲冑所以沒有問題。

話雖如此，光是這樣子就會淪落為滿是縫隙且太過情色的裝備，於是我又縫製了用來代替內衣的皮甲和皮裙。

作業過程裡，我嘗試追求「可愛中仍可感受到清秀魅力」的絕妙剪裁線條。

皮革方面則是使用了有大量剩餘的大海蛇外皮。比起同伴們的偽裝裝備所使用的鎧蠑螈還要弱，不過防禦力就等同於迷宮方面軍或普通的赤鐵級探索者們，所以應該沒有問題。

「靴子似乎會相當麻煩。」

同伴們的靴子是鞋底不會打滑磨損，長時間步行起來負擔很少、輕巧且擁有優秀靜音性能的高級製品，然而使用的素材都不普通，所以要送給大姊頭她們似乎會有些問題。

我於是決定將堅韌且不容易打滑的許德拉皮作為鞋底，其他部分則使用大海蛇。

「好，這樣一來就開始量產好了。」

完成雛形後，我將流程最佳化並同時量產。

從迷宮蟻的屍體身上剝除甲殼也很麻煩，所以我用「理力之手」和「平行思考」的組合技流暢地展開作業。

由於一次可以同時製作四十套左右，累積起數量來也很輕鬆。

「嗯——」

我俯視著擺放在一起的同種類鎧甲組合陷入思考。

本來打算所有人都給予相同款式，但要不要試著為大姊頭和資深的孩子們準備好一點的裝備呢？

其中也有單純做膩了同樣東西的因素，但主要是我察覺到對二十五歲以上的女性們來說，穿上這種花俏的裝備或許挺不好受的吧。

至於這些人的裝備，就將襯衣設計得較為成熟，然後使用兵螳螂的甲殼好了。

兵螳螂的甲殼直接使用的話太大了點，所以我大略切割後用土魔法「研磨」唰唰唰地削製並調整大小。

由於刻意採用類似設計，乍看之下跟蟻裝備沒有不同，但防禦力卻是雙倍以上。

盾牌則是隨意切割迷宮甲蟲的背甲然後裝上把手所以並不太費工夫。

至此覺得有點累了，我於是補充著甜食一邊思索著給她們何種武器。

「嗯，魔力的流動性比青銅劍優秀若干，重量也比青銅劍或鐵劍輕，至於攻擊力就相對較低了……」

望著手邊的資料，我隨意嘗試製作了以各種魔物的劍臂以及巨大荊棘作為素材的武器。

我按照資料製作，發現廉價型的武器性能相當普通。以遊戲的角度來思考，拿來提升新手技術人員的技能可以說剛剛好吧。

「哦，我想找的製作法原來在其他的資料裡嗎。」

我這麼自言自語一邊翻動資料。

這些似乎是用來製作仿魔劍或魔槍一類物品的武器。

白天大姊頭們投以嚮往眼神的「蟻翅銀劍」也有記載。

「——嗯？銀色和灰色的斑駁色？」

我立刻嘗試製作「蟻翅銀劍」，但不同於我所知道的銀劍，並非只有灰色。

我再次瀏覽一遍製作法。

「溫度管理很重要——嗎。」

對於製作法所記載的溫度，我剛才已經在正負攝氏一度的誤差以內進行了作業，看來這還算是管理太鬆散了。

「呵呵呵，愈棘手就愈有挑戰性。」

我研究得有些上癮，以小數點以下九位數皆為零的精確度為目標進行溫度管理。

以一般的做法是絕對無法辦到，所以我用「氣體操作」將房間的氣溫均一化，藥液之類的水溫也靠著「液體操作」魔法來控制溫度的偏差。

再加上使用「魔力操作」輔助鍊成裝置的魔力傳導延遲，才達成了這個目標。

就這樣——

「是銀色。」

一手拿著美麗的銀色劍，其完成度讓我浮現得意的笑容。

的確，這樣一來「銀劍」就名符其實了。

我將失敗的斑駁銀劍回收至儲倉，然後幫完成品銀劍製作高雅的劍鞘。

接著就嘗試製作使用了護衛蟻和兵螳螂劍臂的魔物素材劍吧？

腦中想著這些事情，我一邊大量生產出匹配大姊頭她們技能的武器。

儘管性能不如魔劍那麼高，但不輸給迷宮方面軍的制式裝備，所以還是控制在這種程度比較好吧。

畢竟要是性能太高，很可能會增加許多被激發出好奇心的人呢。

凡事還是適可而止最妥當了。

◆

「哇啊，是全新的裝備！」

「好棒，妳們看！是用了護衛蟻劍臂的魔劍。」

「這些不是整組的螳螂大劍和鎧甲嗎？」

「好厲害──！庫羅大人究竟是何方神聖？」

「我可以穿這件鎧甲嗎？會不會挨罵呢？」

「哦哦！還有薔薇棘槍！」

「這個盾牌是甲蟲的背甲削製而成的哦！」

「太厲害了！完全不知道要出多少錢才有人肯幫忙製作呢。」

隔天早上，我對躲藏在「蔦之館」的探索者們出示量產品裝備之後，獲得了眾人讚不絕口的評語。

見到大家這麼高興，我這個製作者實在有種身為創作人員真好的感觸呢。

帶著略微愉快的心情，我一邊環視周遭。

「──真漂亮。」

大姊頭則是目不轉睛，對於我所製作散發銀色光輝的「蟻翅銀劍」看得入迷。

事到如今，實在很難開口說那是樣品所以請物歸原主。

由於製作這把劍很費力，所以我無意再製作同樣的東西，不過既然對方如此著迷的話，乾脆就送出去也好。

「那就是真正的『蟻翅銀劍』吧。」

「嗯嗯，溫度管理失敗的話就會變成灰色。」

不知什麼時候站在我身旁的金髮貴族少女，一臉羨慕地看著把銀劍迎向燈光的大姊頭。

「那邊的裝備比較好嗎？」

「不……不會！我對庫羅大人賜予的這件衣服和細劍沒有任何不滿！」

對於她和她的同伴貴族少女們，我原本打算給她們和其他探索者們同樣的裝備，但考慮到對方聲稱今後要脫離探索者這一行，所以我事先贈送了防身用的金屬鎧風格騎士服和鋼鐵材質的細劍。

由於重點放在華麗感而非實用性，那非現實般的可愛感簡直就像是千金小姐騎士團一樣。

「首先，我會讓斯密娜她們帶著迷賊前往西公會騙取獎金，然後用這筆錢在迷宮都市內確保妳們獨立之前可供居住的長屋或房子。」

「庫羅大人，我們繼續待在這裡的話——會給您添麻煩吧？」

「正是如此。我有太多要做的事情了。」

面對向上望來這麼詢問的貴族少女，我斷然地這麼說道。

需要蕾莉莉爾進行治療癒以及知道「栽種」詳情的那些人還得暫時逗留一陣子，至於其他人我打算先放她們走。

「說得也是呢……畢竟庫羅大人是勇者大人的隨從。」

安慰沮喪的金髮貴族少女並不符合庫羅的風格，所以我便輕鬆忽略並將目光望向等候在一旁的搬運工波麗娜。

「我有事情要跟妳們商量。」

「商量嗎？」

我要和波麗娜商量的，是構思一個不會讓獲釋的人們遭受他人歧視的封面故事。

「我們被藏在『藍人』的隱村裡，這個說法如何呢？」

像我這麼提議的並非波麗娜，而是金髮貴族少女。

她振作的速度真快。

「藍人？」

「是的，您不知道嗎？」

根據金髮貴族少女的說明，這個稱呼是針對那些藍皮膚之人的俗稱，據說他們會在很罕見的情況下出沒於迷宮深處的迷宮村裡。

姑且先不談論藍人，說到迷宮村我就很有興趣了，所以打算下次和同伴們一起去遊覽一下。

「我也聽說過。」

波麗娜委婉地告知了自己所知的情報。

好像是在魔物的領域深處迷路時就會碰到他們。

據說只要我方沒有敵意或未口出惡言的話，對方什麼也不會做，然而一旦發動攻擊就會遭到對方無情殺害。

女性是各式各樣類型的美女，男性也都是美男子而且長有海帶芽一般波浪狀極具特色的瀏海。

另外，還存在著會像霧氣一般消失不見的逸聞。

「這麼聽起來，藍人的真實身分該不會是吸血鬼吧？」

「不，庫羅大人。我從經歷過沙珈帝國『吸血迷宮』的人那裡聽過，吸血鬼好像是一種聽不懂人話的青黑色野獸。」

金髮貴族少女否定了我的猜想。

這位少女很博學多聞。總覺得不禁讓我聯想到在聖留市認識的「萬事通屋」娜迪小姐。

「這個嘛──」

我沉思著剛才提出的點子。

「——好吧，就照這個方案進行。」

我這麼下決定後，由金髮貴族少女、波麗娜以及大姊頭三人為封面故事潤色。

◆

『吵吵鬧鬧的做什麼！』

『我們是庫羅大人的親衛隊哦。庫羅大人現在要展現奇蹟，安靜看著吧。』

我從迷宮深處利用空間魔法「眺望」和「遠耳」確認轉移目的地是否準備妥當之際，發現了大姊頭正在和公會職員爭論當中。

我剛才讓她先從迷宮上層第一區出去以確保轉移目的地的空間，看來當初應該派個更擅長交涉的人跟著比較好。

我當作沒聽到大姊頭說出的「庫羅大人親衛隊」這句話，接下來將困住迷賊們的土壁逐一消除。

不用說，為了防止迷賊逃脫，我先前已用包圍住所有牢房的高大土壁封鎖完畢。

「唔哦哦哦哦！」

「上啊！」

消除掉土壁的瞬間，眼神如飢餓野獸般的迷賊們便向我襲來。

我擊出了對人壓制用的「追蹤氣絕彈」和對魔物壓制用的「短氣絕彈」魔法。

由於有人可以承受前者的攻擊，我於是針對帶有「魔身附加」支援效果的人以及三十級以上的幹部們擊出了後者。

甚至還有人穿梭在紛紛昏倒的迷賊之間打算用毒針偷襲，但在察覺危機和綁架技能的組合技之下，我未露出破綻便讓對方昏倒了。

真是的，究竟把毒針藏在什麼地方……

我首先用「魔力搶奪」讓迷賊們的魔力枯竭以免施展棘手的「魔身附加」，然後拿出儲倉裡會吸收魔力的「棘蔦足」藤蔓將他們綑綁起來。

由於我找到了使用這種藤蔓名為「封魔蔦」的魔法使專用束縛系道具製作法，所以下次找時間製作看看吧。

緊接著，我用「理力之手」抓住迷賊們，朝大姊頭她們等待的迷宮公會前進行了「歸還轉移」。

「哇啊！從哪裡跑出來的——」

「庫羅大人！您辛苦了！」

大姊頭用大音量迎接我的到來，打斷了公會職員吃驚的聲音。

「把束縛起來的迷賊們帶去公會吧。那個職員，這裡人手不夠，趕快幫忙把迷賊帶進牢房裡。」

我這麼高高在上地告知後，職員起先露出懷疑的表情，但迷賊當中似乎有個傢伙相當出名，對方在看到此人的瞬間就突然變得十分配合。

「還以為在吵些什麼，原來是你啊。」

「是公會長嗎。」

睡眼惺忪的公會長出現在人群的另一端。

賽貝爾凱雅小姐不在，但有烏夏娜祕書官和她一起。

「這些是昨天待在據點裡的迷賊。我試著找過曾經在田裡工作的人，不過周遭並沒有發現。大概已經被迷賊們殺死，或是迷賊的幕後黑手解決掉了吧。」

我藉助「詐術」技能在後半段隨意編造了一下。

不久後，公會長等人大概就會察覺到有聲稱「被藏匿在藍人的聚落裡」、原本是俘虜的人存在，不過這些人我已經讓她們以為種植的是「加波麥」和「加波蕎麥」而非破滅草和自滅莖了。

況且能夠讓破滅草和自滅莖加速生長的魔法陣，其製作法只有我一個人知道所以應該沒有問題。

畢竟公會長和希嘉王國的高層並不像是喜歡自尋煩惱的人呢。

倘若情勢不對，我還打算讓她們逃到某個遠方的國家去。

我從公會長那裡騙取了包括封口費在內的獎金，並將這筆錢交給大姊頭，讓她在平民區的外圍一口氣租下幾間長屋。

由於是將近兩百人的大團體，就相當於包下了一整個區域的感覺。

「波麗娜和艾爾泰莉娜她們之後會來會合，在這之前就交給斯密娜負責了。」

「是……是的，庫羅大人！請包在我們身上。」

大姊頭和四十六名探索者很自豪地挺起胸膛這麼保證道。

話雖如此，我還不至於無情到把一切丟給大姊頭處理後就裝作什麼也不知道了。

在她們能夠獨立之前，我就援助幾個月的時間好了。

「幾天後，我會派一個叫越後屋的人過來。遇到什麼困難就找他商量吧。」

我這麼告知，然後給了她們應急的生活費。

另外，我並不具備越後屋這個假名，所以之後大概要請蒂法麗莎幫忙命名了吧。

「還有，把這些迷賊的裝備隨意賣掉，用來貼補生活費吧。」

防具或許不值什麼錢，但魔物素材的武器應該能賣出不錯的價錢才對。

至於被詛咒的武器和魔法道具這一類東西因為太危險，就由我來保管了。

在這之後，我準備分好幾天把留在「蔦之館」內除了探索者以外的人陸續放出去。

還有，這是後話。我預計將沒有主人的奴隸們釋放至長屋會合，而主人存活的奴隸們則是送回主人身邊，但這個算盤卻徹底落空了。

準備送回主人身邊的奴隸們由於主人吝於支付救出時的禮金所以放棄了所有權，導致她們都變成了我的所有物。

許多奴隸們都希望就這樣直接成為庫羅的奴隸，但那種會被當作器具使喚的奴隸對我來說並不需要。

同時也為了保護這些人，我尊重她們的意志暫時照辦，但將來解散這個長屋區的時候，我準備一併讓她們脫離奴隸的身分。

晴天之下，望著充滿活力、原為俘虜的少女們，我如今只是欣賞她們幸福的模樣。

新人探索者講習會

「我是佐藤。研習據說是社會新鮮人最初的難關。學習的一方在獲得知識的同時，教授的一方也能複習已經模糊的記憶，收穫還挺多的。」

「要開始抓了哦～？」

「哇啊啊啊。」

「呀哈哈哈哈。」

「小玉，好快——」

我恢復佐藤的姿態後返回房子，只見年少組和育幼院的孩子們一起在隔壁空地上開心地玩耍。

「啊！是主人喲！」

眼尖發現我的波奇搖著尾巴跑了過來。

亞里沙和蜜雅也在相對於空地另一側聚集的孩子們當中。

那邊都是女生，看似正利用空地的草在編著什麼東西玩。

「啊嗚，被抓到了。一——二——三——」

放水故意慢慢追趕他人的小玉，這時輕輕觸碰了逃跑的孩子。

被抓的孩子數著數一邊環視周圍，所以應該是在玩「捉迷藏」吧。

「歡迎回來～」

提到人的小玉不停向我揮手，我於是也對她揮手。

和同年齡的孩子玩耍似乎很開心，她的笑容比平時更為燦爛。

撫摸著朝我磨蹭腦袋而來的波奇，我在心中感謝育幼院的孩子們激發出她們這種意想不到的表情。

這份感謝用食物回禮應該不錯吧。

「——九——十——站住站住——」

數完數的孩子跑起來後，遠處休息的孩子們也發出歡呼聲開始逃跑。

果然，孩子們還是活潑最好了呢。

「波奇也必須逃跑了喲！」

「嗯，開心之餘可不要受傷了哦。」

「是喲。」

這麼點了點頭的波奇與孩子們會合。

為了預防玩得太入迷的波奇她們不小心使得其他孩子受傷，還是為她們準備某種控制力量的道具比較好吧。

畢竟受傷雖然可以用魔法藥治癒，但害人受傷的事實要是變成波奇她們的心中陰影就不好了呢。

「露露，妳已經開始準備晚餐了嗎？」

「對不起，還沒有。」

或許是覺得挨罵了，露露的美貌變得黯淡起來。

「用不著道歉哦。今天我打算做漢堡排給大家吃呢。」

「很久沒吃了呢。小玉和波奇一定會非常高興的。」

理解了我這麼詢問的用意後，露露如釋重負般浮現清秀的笑容。

「今天要使用賽利維拉鈍牛的肉嗎？」

「這樣一來似乎不太夠，就改用噴射狼和許德拉的肉吧。」

「咦？牛肉至少有二、三十人份哦？」

露露的疑問讓我知道她誤會了。

「不光是同伴們，我今天還要讓女僕小女孩們和育幼院的孩子們享用漢堡排。」

露露的表情有些為難。

大概是在猶豫要不要糾正我，這樣一來會違反亞里沙和育幼院院長「不要在孩子們的飲食裡提供奢侈食物」的方針吧。

「不用擔心，只有今天而已哦。女僕小女孩們主要是為了獎勵她們幫忙招集了育幼院的孩子，至於育幼院的孩子們則是作為育幼院的啟用紀念吧？」

誤會我很快就會澄清，但這種表情的露露也相當可愛。

露露聽我這麼說之後解除了委屈的表情。

平時吃簡單的食物無妨，但遇到紀念日的時候果然還是會想要小奢侈一下呢。

「────話雖如此，要在這裡製作一百人份以上的漢堡排實在有點累人呢。」

「是的，平時的餐點很簡單，所以都在空地上建起爐灶進行調理的。」

原來如此……最近我都在四處奔波，完全不知道她們這麼辛苦。

還是請木工先生在孩子們的寢室完成後優先修建廚房吧。

「那麼，今天也在外面做菜吧。」

「是的，主人！」

我用空間魔法「遠話」呼叫莉薩和娜娜，請她們把食材和絞肉機搬到空地的爐灶旁邊。

「肉～？」

「肉先生有很多很多喲！」

待在食材附近的小玉和波奇顯得很開心。

不知為何，孩子們正含著手指望著這幅景象。

想必是還沒跟年長組混熟吧。

「小玉隊員、波奇隊員。」

「系！」

「是喲！」

我這麼呼喚後，小玉和波奇便一臉正經地打直身子。

「從現在起，執行漢堡排作戰！」

我也配合小玉和波奇以鄭重的語氣這麼告知後，兩人的眼睛裡便帶著令人信賴的光輝。

就彷彿身經百戰的強者準備挑戰困難作戰一樣。

「小玉隊員和波奇隊員，妳們就負責重要的任務，將莉薩軍曹切好的肉塊用這台機器製作成絞肉。」

兩人聽了我的話之後點了點頭。

「漢堡排的完成度，說是取決於這項作業也不為過。」

儘管言過其實，但這種時候最注重氣氛。

「我很期待妳們兩人的奮戰。」

「系系～」

「機器就交給波奇喲！」

準備著手啟動絞肉機的小玉和波奇對於只有一個手動搖柄的事實感到錯愕，最後卻不知為何兩人和樂融融地一塊轉動了。

不不，妳們還是輪流轉吧。

「哦——！今天是『手提包』呢！」（註：日語「手提包」發音近似「漢堡排」）

「姆？手提包？」

亞里沙靠過來一邊替漢堡排取了新名字。

蜜雅也一起跟著。

「這會讓孩子們學到錯誤的叫法吧。」

我這麼告誡亞里沙後，向彼此小聲唸著「手提包」的孩子們訂正這是名為漢堡排的料理。

「那個就是『漢堡排』。」

「原來要使用那麼多肉。」

「真好——真羨慕房子裡的孩子。」

「就算一次也好，我們也好想吃吃看呢。」

遠遠觀望的孩子們很羨慕地看著這邊。

「哼！我要自己賺錢買來吃。」

「我長大之後也要成為探索者。」

「我也是！」

「長大以後，我要很努力努力工作哦。」

哦哦，真有上進心。

這個都市的孩子們似乎都相當樂觀。

「你們在說什麼啊。光是我們幾個根本就吃不完那麼多的量。你們當然也有份哦——對吧，主人？」

「是啊。為了紀念私立潘德拉剛育幼院的創立呢。」

亞里沙這麼對育幼院的孩子們講完後還向我確認一下，於是我給予了肯定。

「創立？」

「好吃嗎？」

「大概很好吃哦。」

孩子們似乎都餓腸轆轆了，還是加快調理速度吧。

「眼淚——」

「直流——」

切著洋蔥的女僕小女孩們不停地流出眼淚和鼻水。

儘管這可以用「物理防禦附加」來阻擋，但既然是難得的必經事件，我也讓她們體驗了什麼叫「切洋蔥會流眼淚」。

「因為妳們破壞了纖維哦。像這樣切的話就不會流眼淚了。」

露露親切地教導她們洋蔥的切法。

目睹了露露已經步入達人境界的菜刀技術，女僕小女孩們讚嘆地呼出氣來。

「主人，搓揉作業很順利——這麼告知道。」

捲起衣袖的娜娜進行著漢堡排的絞肉搓揉作業。

這裡似乎相當辛苦，連米提露娜小姐以及新女僕蘿吉和亞妮兩人也加入其中。

我將她們揉成圓形的漢堡排在兩手之間反覆來回以敲打出空氣，然後逐一排放在鐵板上。

「少爺在玩嗎？」

「不可以拿食物來玩哦？」
「不是哦，那個是讓漢堡排更加美味的魔法招式哦。」
亞里沙訂正了孩子們的誤解。
「魔法——？」
「是啊，因為主人可是人稱『奇蹟般的廚師』！」
或許是不相信亞里沙的話，孩子們向蜜雅投去詢問般的目光。
「嗯，真實。」
「哇啊——原來是真的。」
「少爺，好厲害。」
「等……等一下那種反應，亞里沙會有點『氣氣』哦！」
孩子們的反應讓亞里沙用上了死語氣憤道。
「哇——亞里沙生氣了～」
「快逃～生氣的亞里沙很可怕哦～」
孩子們發出開心的尖叫聲逃了出去，亞里沙也假裝生氣追上去。
真希望亞里沙她們今後也能繼續努力扮演和孩子們之間的潤滑角色。
「老爺，你……您的鐵板已經熱了哦。」

負責看顧的女僕小女孩向我報告了爐灶上的鐵板狀況。

看起來還不太會使用敬語，不過每天都在進步當中。

「謝謝妳，溫度很合適呢。」

我將手伸到鐵板上方後，隱約覺得調理技能告訴我鐵板的狀況為何。

選在恰到好處的時間點，我便將漢堡排逐一擺放在鐵板上。

「滋嚕」的美味聲響吸引了獸娘們的目光。

隔了好一會，煎肉的香味擴散開來後，可以察覺孩子們的目光及聽到肚子「咕嚕嚕」叫著的合奏聲。

「各位！我們來讓食物變得更美味吧。」

亞里沙朝著孩子們這麼喊道。

或許是事先已經商量好了，蜜雅彷彿在烘托亞里沙的發言一般演奏出背景音樂。

「怎麼做？」

「就是聲援哦！」

面對代表眾人詢問的孩子，亞里沙用誇張的動作回答。

「聲援？」

「喊『加油～』？」

「不對！」

亞里沙的口中發出「嘖嘖嘖」的聲音，一邊將手指放在嘴唇前左右擺動。

「是唱歌哦！」

帶著彷彿用唱歌阻止戰爭的銀河歌姬般架勢，亞里沙向孩子們這麼宣布。

「就是把大家聲援的力量寄託在歌聲裡，讓漢堡排變成更加更——加美味的超級漢堡排哦！」

「好厲害——！」

「好像很好玩——」

姑且不論亞里沙暴露了她的命名品味和我是一樣的級別，如今亞里沙似乎已經讓製作漢堡排的觀摩昇華成了一項活動。

「是什麼樣的歌呢？」

「靈魂之歌哦！跟著我的歌聲唱吧——！」

亞里沙唱出了我好像在哪裡聽過的動畫歌曲。

似乎是某部動畫換詞後的歌，歌詞好像是在唱漢堡排的調理流程。

聽到亞里沙樂在其中的歌唱，孩子們也一個接著一個唱了起來。

熟悉的聲音吸引了我的目光，只見已經製作完絞肉的小玉和波奇也占據在亞里沙的左右兩旁。

「主人，我也來加入煎肉排組。」

「謝謝妳，露露。」

聽著孩子們的歌聲，露露的嘴角也浮現微笑。

像這種準備晚餐的氣氛真好呢。

◆

「好吃——」

「美味——」

「美味美味～？」

「漢堡排老師果然無敵又美妙喲。」

「嗯，很無敵呢。」

「咕嚕！很美妙呢。」

我關注著孩子們專心品嚐漢堡排的景象。

由於人數太多，副餐就容許我用炸薯條以及奶油煎烤各種香菇的形式吧。

「一定是我的歌聲發揮了作用哦。」

「咦——是我們的歌聲才對哦。」

順風耳技能捕捉到孩子們當中這樣的對話。

看樣子，純真的孩子們把亞里沙的玩笑話當真了。

「很美味呢。」

「波奇和小玉一定都很自豪哦。」

結束供餐作業的女僕小女孩們也津津有味地吃著漢堡排。

「要叫波奇小姐和小玉小姐。」

對於這些女僕小女孩們，從屋子裡回來的女僕長米提露娜小姐這麼告誡。

她似乎把晚餐的漢堡排送過去給負責屋子留守警備的武士雙人組了。

「果然還是主人的漢堡排最與眾不同了。」

莉薩瞇細雙眼，認真地咀嚼著。

由於尾巴前端很有節奏地擺動著，所以想必是令她滿意的味道吧。

「嗚嗚，我依舊比不上主人。」

「露露的上進心令人欣慰——這麼稱讚道。」

「嗯，加油。」

面對吃了漢堡排後心有不甘的露露，娜娜和蜜雅這麼聲援道。

蜜雅的盤子裡有半塊漢堡排和堆積如山的煎香菇。

令我意外的是，亞里沙的漢堡排另外一半居然放在亞里沙的盤子裡而非獸娘們的盤子。

「等一下——不要用那種眼神看我嘛——」

察覺我的視線，亞里沙委婉地抗議道。

看樣子，她好像不願意被當作是大胃王。

「陪小鬼們玩耍可是很消耗熱量的哦。」

「好好，要適可而止啊。」

我曾經陪伴過大學時代交往的女朋友進行減肥，那實在讓人很有壓力。

隨口回應了亞里沙的發言後，我透過雷達得知了藍色光點——認識的人已經來到附近。

「哦哦，在室外用餐實在充滿了自然風味吶。」

搖曳著法式捲髮雙馬尾現身的，是諾羅克王國的米提雅公主。

在她身旁則是有很適合「岩石」這個形容詞的諾羅克王國女騎士拉普娜小姐擔任護衛。

「好久不見了，米提雅殿下。」

「嗯，佐藤先生看起來無病無災，真是太好了吶。」

米提雅公主打量著育幼院的青空食堂，用大人般的表情點頭道。

外表明明就是和亞里沙相同年紀的小女孩，所以對方做出那種表情後反而就像個早熟的孩子正在做超出自己能力的事情，實在是令人莞爾。

但實話實說很可能會傷了她本人的心，所以我是絕對說不出口的。

「您有什麼要緊的事嗎？」

儘管還未日落，如今也並非適合一國公主到處散步的時刻。

「嗯，本公主聽聞蕾特兒夫人提到，佐藤先生似乎遇到困難了吶。」

她口中的蕾特兒，就是孩童虐待事件時幫我出主意的太守夫人名字。

「所以才前來造訪看看有沒有什麼可以幫忙的地方，不過——」

見到孩子們和樂融融的用餐景象，她大概就知道問題已經解決了。

「感謝您專程過來一趟。」

我針對她關心我們的這份心意報以感謝，而非只對讓她們白跑一趟表示歉意。

「雖然只有和孩子們一樣的餐點，若不嫌棄，不妨一塊享用如何？」

「嗯，真的好嗎？應該不會占去別人的份吧？」

真是個會替他人著想的小女孩。

「不用擔心。我們準備了大量的預備餐點。拉普娜小姐也一起吧。」

「既然如此，就來品嚐好了吶。」

「嗯，承蒙款待了。」

我讓人搬來桌子和椅子給兩人使用，並準備了漂亮的餐具。

畢竟讓公主使用賑濟活動專用的簡易餐具也是件令人猶豫的事情。

「哦哦！好柔軟的肉類料理吶！」

吃了一口漢堡排，米提雅公主便睜大雙眼驚訝道。

隨從拉普娜小姐則是毫無感想地專心吃著。

轉眼間，她的盤子就空了。

「請享用續盤。」

「啊，嗯，感激不盡。」

我遞出下一盤後，岩石騎士便高高興興地收下了。

漢堡排是製作成適合孩子們的大小，所以對於體格健壯的她來說可能不夠吃吧。

下一盤也轉眼解決掉之後，她見到孩子們的續盤爭奪戰，於是便婉拒了接下來的漢堡排。

由小玉和波奇最先起頭的續盤戰爭，最終以量產出肚皮鼓起的孩子們為結局。

漢堡排中途耗盡時，我沒能結束戰爭而是改煎了許德拉肉的肉排，這個決定或許太不明智了點。

「真是美味吶。身為王族，本公主品嚐到如此美食的次數也是屈指可數吶。」

米提雅公主以不像是吃人嘴軟的語氣這麼稱讚道。

「原來公主殿下也覺得好吃。」

「因為非常美味嘛。」

「嘿嘿～好像很了不起。」

孩子們聽了米提雅公主的發言後發出了驚呼聲。

「以後還可以再吃到嗎？」

「應該不行吧？」

「每天當然不行，不過一年幾次的話還無所謂呢。」

面對孩子們詢問的目光，我這麼回答。

畢竟育幼院院長也已經點頭，所以偶爾為之應該沒問題。

「耶——！」

「太好了——！」

「下次什麼時候才能吃到呢？」

「要更久以後哦。」

「更久是多久？」

「更久就是更久了。」

孩子們的天真對話傳到我耳裡。

由於擔心定下日期之後爽約會讓孩子們失望，於是我避免做出明確的回答。

畢竟我可不想變成隨口保證後，到了假日卻沒能帶孩子出去玩的失約父親呢。

「對了，拉普娜小姐。」

儘管不是在用餐中該做的事，我仍從萬納背包取出了昨天製作的魔物素材大劍。

利用了戰螳螂劍臂的大劍相當巨大所以很要求使用者的水準，所以我打算讓岩石騎士拿去使用。

唯獨這把這把大劍的製作者已經更改過，所以之後應該不會衍生出什麼問題。

「這是和我有往來的商人所留下來的——」

「哦？是魔物素材的大劍嗎？可以讓我揮動一下嗎？」

「是的，請用。」

我欣然同意岩石騎士的請求。

從公都認識的人以及旅行中的見聞來看，希嘉王國的貴族和服務於貴族的那些人好像都很排斥魔物素材武器的樣子，但岩石騎士和她所服侍的米提雅公主似乎沒有排斥感。

「好棒——」

「哇啊——那個人很厲害呢。」

孩子們用羨慕的眼神仰望著自由自在揮動巨大劍身的岩石騎士。

或許是因為迷宮都市的風氣，像她這樣的達人往往都是人們憧憬的對象。

「外觀雖然粗糙，卻是各方面當相當平均的出色大劍。」

揮劍結束的岩石騎士，對反射出營火光輝的刀刃流露出戀愛中少女的眼神。

「更重要的是，其優秀的魔力流動性是青銅劍所無法比擬的。」

奇怪？我的確使用魔力操作將其調整得魔力更容易流動沒錯，但應該還不到那麼讚不絕口的程度才對？

畢竟比起鑄造魔劍只有八成左右的效率而已呢。

「相較於我在迷宮都市的武器店裡嘗試過的魔物素材大劍，兩者簡直不是同一種東西。一定是有名的大師所打造的作品吧？」

「據說是一位名叫赫菲斯托斯的後起之秀刀匠所作。」

亞里沙聽我這麼說之後把飯後茶噴了出來，結果遭到露露的訓斥。

大概是因為她知道「赫菲斯托斯」這個名字是取自希臘神話中的鍛冶之神吧。

當然，不用說，這也是我的假名之一。

「——赫菲斯托斯嗎？想必將來會成為名流青史的名匠。」

亞里沙忍住笑意全身顫抖的模樣映入我的眼簾，但我對此輕鬆忽略並接受了岩石騎士的稱讚。

「特許商人下次過來時就這麼幫我轉達吧。」

岩石騎士依依不捨地將大劍遞來，我則是輕輕推回對方的手。

「潘德拉剛勳爵？」

「請直接收下吧。對方拜託我，希望這把大劍能夠讓迷宮都市裡身手出眾的武人使用。」

「怎麼回事？我並沒有足夠的金錢可以買下如此出色的名劍哦？」

「費用就不必了。主要為了宣傳哦。這種類似廣告塔的做法雖然很不好意思，但對方表示只要有人問起這把劍的事情時，能夠順便幫忙宣傳一下赫菲斯托斯先生就很夠了。」

面對疑惑的岩石騎士，我告知了事先想好的說詞。

我在這個世界沒有看過廣告塔，但似乎存在這個詞彙的樣子。

「用這麼寶貴的劍？」

「製作者似乎聲稱這還是失敗作哦。因為體積太大，過於沉重，在當地好像沒有人會使用的樣子。」

藉助詐術技能，我這麼推了一把被大劍深深吸引卻又一直客套的岩石騎士。

「就算是為了對方，能不能請妳拿去使用呢？」

「拉普娜，再繼續推辭的話，對赫菲斯托斯先生和佐藤先生都很失禮吶。」

「是的，米提雅殿下。」

被主人這麼一說，她似乎終於下定了決心。

「潘德拉剛勳爵，就容我珍惜地使用這把大劍吧。」

「使用上有任何的發現還請告訴我。當特許商人過來後我會請他轉達的。」

「嗯，知道了。」

威武地這麼回答的岩石騎士，將巨大劍身背了起來。

果然沒錯，她還是最適合這副打扮了呢。

◆

「哇啊！我們幾個還真是醒目呢。」

漢堡排祭之後過了幾天，今天我和同伴們一起前來參加探索者公會的新人探索者講習會，不過我們正如亞里沙所說的那樣十分顯眼。

周遭都是穿著老舊衣服和充滿自製感武器的中學生年紀孩子們。

不光是人族，也有看似虎人的獸人和蜥蜴人。

「請……請問！妳……妳們是教官嗎？」

一名少女從後方打開公會訓練所的門走進來，向我們這麼詢問。

她裝備著鎖子甲和釘頭鎚，而且還背著一塊圓盾。

根據ＡＲ顯示，她似乎是服務於鄰近領主的士爵家女兒。

「不，我跟你一樣都是聽講者哦。」

儘管她的目光望向娜娜和莉薩的方向，我仍代為回答。

「對……對不起。我是達利爾士爵的女兒，吉娜——」

「少爺！少爺您怎麼會在這裡？」

「好久不見了，少爺。莫非少爺您也來擔任教官嗎？」

打斷吉娜小姐發言的，是之前在迷宮內受我幫助脫離魔物連鎖暴走的「美麗之翼」兩人。

看樣子，她們就是今天的教官了。

「噢，都到齊了啊？」

手持木劍，熊一般的大鬍子探索者往我們這邊走來。

「多森大人？今天有很多教官嗎？」

「不，應該只有老子跟妳們兩個而已——」

擔任教官的三人似乎都是熟面孔。

儘管被稱為大人，但多森先生是個平民探索者。

「那邊的貴族大人是參加新人探索者講習會的聽講生嗎？」

「是的，沒錯。」

「咦？像少爺這樣的高手怎麼會？」

「是不是有哪裡搞錯了呢？」

我點頭承認多森先生的問題後，「美麗之翼」的兩人發出了驚呼聲，但在出示了我從公會收到的信件後便理解了。

儘管一開始出現這樣的議論，講習會仍順利舉行了。

「——嗯，就因為這樣，所以趁一開始獵殺薯塊和豆子的話就不怕沒飯吃。」

新人探索者們認真地聆聽多森先生的講課。

「只不過，不知道為什麼，光是一直獵殺薯塊和豆子也無法變強啊。」

即使是新手且等級為個位數的探索者，等級好像也完全不會提升。

「所以，最好是三人以上組隊，獵殺薯塊和豆子的同時一旦發現迷宮鼠或迷宮蛾就率先進行獵殺。」

後者除了魔核以外幾乎賣不了什麼錢，但為了提升等級還是將其獵殺比較好。

小玉和波奇不斷點頭的模樣映入我的眼簾。

憑妳們的等級這些建議都毫無意義哦？

「同一個地方出現的『纏繞菜種』不用獵殺嗎？」

「啊——那個迷宮饅頭店偶爾會收購，不過基本上是沒有什麼買家的。而且又比薯塊和豆子難纏，所以盡量避免戰鬥吧。」

面對一名新人探索者提出的疑問，多森先生不慌不忙地回答。

「菜種不是可以榨油嗎？」

「啊啊？要油脂的話就獵殺哥布林帶去肉鋪吧？」

聽到亞里沙的疑問，多森先生用「這傢伙在說些什麼」的眼神望向她。

相較於需要壓榨或使用溶劑的植物油來說，從油史萊姆身上獲得油脂的確是比較輕鬆吧。

由於好像可以快速獲得植物性油脂，所以我稍後再調查一下資料裡有沒有製作法好了。

「要繼續講下去啦——」

因發問而離題的多森先生回到了原來的主題上。

「你們獵殺那些鼠和蛾，有時候會遇到哥布林或迷宮蟻跑出來，不過在備齊防具之前絕對不可出手啊。特別是迷宮蟻相當堅硬，要是沒有像樣的武器，就算是這兩個教官也會很辛苦的哦？」

多森先生的發言讓「美麗之翼」的兩人尷尬地苦笑。

「別看不起人了！像哥布林這種東西，我們也能獵殺！」

一名很有活力的孩子這麼頂撞多森先生。

「是離群的對吧？薯塊和豆子所在處有時會有好幾隻較強的史萊姆一起行動。要是遇上的話就拋出煙幕彈或閃光彈，然後趕快逃走吧。」

拳頭落在反駁自己的孩子頭上後，多森先生向其他人提出忠告。

面對多森先生詢問「身上沒有閃光彈的人舉起手來」，就僅有我們舉手而已。

在被多森先生針對探索者應有的態度訓話了好一會，我們分別拿到了煙幕彈和閃光彈各一顆。

遽然西公會的販賣部有出售，下次前往迷宮前就先大量購買好了。

「你們也聽好了！我們探索者的身體就是本錢，要是受傷就等於失敗了！」

聽了多森先生這麼說，小玉和波奇兩人一副有話要說的樣子傾著頭。

「魔法藥～？」

「用那麼貴的東西根本就不划算啊。」

多森先生聳聳肩膀回答小玉的問題。

「是喲？」

「小玉、波奇。」

莉薩朝著小玉和波奇做出嘴巴拉拉鍊的動作後，兩人這才急忙用同樣的動作閉上嘴巴。

「能夠大手筆使用魔法藥的，頂多是有錢人或貴族大人的隊伍，不然就是赤鐵探索者了。」

是這樣嗎？

我倒覺得並不是那麼貴的東西……

就在我內心納悶傾頭的期間，話題已經從魔法藥轉變成過夜遠征了。

「對你們來說或許太早了點，不過要過夜遠征的話，就先準備好預計天數兩倍的乾糧吧。當然也需要搬運工啊。畢竟水是很重的。」

原來如此，畢竟不是每個人都擁有水石或「深不見底的水袋」呢。

「少爺你應該也經常過夜遠征吧？大多是幾天？」

「是的，大概七天左右呢。」

「七天！帶著這些姑娘遠征七天？太亂來了吧。」

多森先生傻眼般地說道。

我們有迷宮別墅這個據點所以沒有問題，但在潮濕的地下長期露宿確實挺辛苦的。

「你們可不要亂學啊。一般都大約三到四天。在螳螂區和甲蟲區守候的那些傢伙倒是會把自己關起來半個月左右，但那是因為有辦法另外準備補給部隊的緣故。胡亂模仿的話會死人的啊。」

關在迷宮裡半個月都不能沖澡，光是聽到這個，頭皮就開始發癢了。

室內課就在我全身顫抖的期間結束，接下來是實技。

多森先生和「美麗之翼」的兩人分工合作，教導著新人探索者如何打鬥。

「對了對了，多森大人會使用魔刃嗎？」

「會才怪！要是會用那種厲害的招式，根本就不會來當探索者了啊。」

面對新人探索者充滿好奇的問題，多森先生聳聳肩膀。

聽了這句話，波奇和小玉面面相覷。

或許是剛才的嘴巴拉鍊指示仍然生效，兩人並沒有貿然開口說話。

「明明會用魔刃卻來當探索者的怪胎，就只有傑利爾跟薩里貢這些少部分人了。」

亞里沙在我身旁很沒禮貌地喃喃道：「原來雜魚林也會用魔刃啊，真意外～」

從同伴們的取得狀況來看，我想魔刃之所以成為稀有技能是因為容易注入魔力的武器並不普及的緣故。

若是有木魔劍這樣的練習用武器普及起來，魔刃使應該也會變多吧。

◆

「真的好嗎？就算是貴族，一次要請這麼多人？」

「是的，沒有關係哦。」

講習會結束後，我邀請多森先生在內的講師們以及在場的新人探索者們來到了公會附近的酒館。

當然，是我這個邀請人請客。

這並不算是藉酒交流，只不過是因為我從多森先生他們和新人探索者們那裡獲得了許多有用的消息以及普通探索者們的常識，所以打算請他們喝酒吃飯作為道謝罷了。

「哇啊，我們還是第一次在這種店裡吃東西。」

「喂！不要東張西望的，會被當成鄉巴佬啊。」

「有什麼關係，我們本來就是鄉巴佬。」

儘管新人探索者們一副坐立不安的樣子，但這裡也並非什麼高級酒館。

屬於那種只要一枚銀幣就能吃得很飽、喝得很撐的店家。

「等我們也獨當一面後，應該就能來這種店輕鬆消費了吧？」

「抱歉，其實我們一年也只能來幾次而已。」

「咦！是這樣嗎？」

「啊哈哈，武器的修護費和骨鎧跟探索服的修繕費可是很花錢的哦。」

新人探索者和「美麗之翼」的兩人傳來這樣的對話。

看來獨當一面的探索者在資金的調度上也很辛苦的樣子。

「多森先生，請問要點什麼呢？」

「每個人先來一杯麥酒，然後是立刻可以上桌的肉。」

多森先生擺出一副「總之先來生啤」的架勢，向供餐的大姊姊點了麥酒。

「麻煩給這些孩子果汁。還有就是一大堆的招牌料理吧？」

「乾脆把菜單上的東西統統點一遍好了。」

總覺得讓成年的莉薩喝酒也無妨，不過她一旦醉了就會睡著所以就打消念頭了。

同伴們要喝酒還早得很，我於是替換成果汁。

「請……請問這樣可以嗎？」

「是的，就這麼拜託了。」

亞里沙那般泡沫經濟時代的點餐法讓供餐的大姊姊為之傻眼，我則是在對方手裡事先支付幾枚金幣並告知：「不夠的話請再跟我說。」

「出手還挺闊綽的嘛。姑娘們的裝備也很棒，聽說還在賑濟那些連填飽肚子都成問題的人。光是貴族身分，應該也賺不了那麼多吧？」

「是的，我在砂糖航線的交易中賺了些錢。」

我對多森先生的疑問做出了合理的回答。

事實上，砂糖航線的收入還不及我在「龍之谷」獲得的初期資產百分之一，不過卻是個能讓許多人接受的方便藉口。

「交易真有那麼好賺嗎？」

「主人是因為人脈很廣。如果不是和拉拉基的國王陛下成為朋友，也沒辦法賺那麼多錢哦。」

「和國王陛下是朋友！」

「好厲害——少爺，太厲害了——」

亞里沙回答了新人探索者的疑問。

「什麼，這不是佐藤先生嗎？」

「晚安，米提雅殿下。」

從恰巧經過的馬車走下來的是諾羅克王國的米提雅公主。

「好……好可愛。」

「少爺的朋友每個都很可愛呢。」

「是有錢人家的孩子嗎？」

「成了赤鐵探索者之後，我也可以娶她做老婆嗎？」

「不行哦，殿下可是鄰國的公主殿下。」

這樣的對話從新人探索者和亞里沙的方向傳來。

——嗯？

可以見到綠貴族走進了西公會。

是為了審問迷賊嗎？

透過雷達觀看綠貴族的動態後，我發現了黃色光點。

這是代表非敵對的魔物。

我將目光望向那裡，竟然是帶著兩頭黑豹般魔物的女性走了過去。

「啊啊，不用擔心，那個是訓練師的從魔。」

「我還是第一次看到帶著從魔的探索者。」

「是嗎？使役著從魔或魔巨人的探索者可是很多的啊？至於死靈使和召喚師，像老子這樣當了這麼久的探索者也沒怎麼看過啊。」

察覺我的目光後，多森先生便跟我說了這些。

「看吧，人偶使盧恩就在那裡。再過不久，魔巨人兵團的吉哥應該也會從迷宮裡回來，搞不好可以見到啊。」

說到盧恩先生的人偶，就類似用紅磚製成的活動木偶一般。動作很不自然，但根據ＡＲ顯示卻似乎擁有相當的戰鬥力。

「麥酒、事先做好的煮豆，還有肉串就放在這裡了。待會我會把醬煮端來，大家先吃吃喝喝吧。」

「噢，謝啦。」

大家用供餐大姊姊端來的麥酒和果汁一同乾杯後，新人探索者們撲向肉串。獸娘們也以不遜於新人探索者的氣勢參加了肉串爭奪戰。

「真好吃！」

「好久沒吃到肉了。」

「在我們村子裡，只有收穫祭和準備過冬的時候才吃得到哦。」

確保了肉類的孩子們，在心滿意足享用的同時一邊這麼說道。

桌上的肉串很快見底，我們正搭配乾物喝著麥酒之際，屢屢見到路過的探索者們都和多森先生打完招呼後才離去。

他似乎很會照顧人，所以在探索者們當中很有影響力。

「斯密娜！這不是斯密娜嗎！」

多森先生罕見地主動叫住了走在路上的探索者。

她就是我從迷賊手中救出的大姊頭。

「多森大人！好久不見。」

「一直都沒看到妳，還以為已經死了啊。」

大姊頭和多森先生彼此敘舊。

「話說回來，看這身裝備混得挺不錯的嘛。難道妳去找貴族任官了嗎？」

「怎麼會——我根本就不可能在貴族大人底下任官。」

大姊頭咯咯笑道。

「不過，我正在替一位更厲害的人服務哦。」

「是誰？」

「這是祕密。等以後出了名再告訴你。這些裝備和劍也是那位大人給的哦。」

用力拍了一下入鞘的銀劍，大姊頭得意地微笑。

接著，她從劍鞘裡略微抽出銀劍讓多森先生可以看到。

「喂，斯密娜，這個——」

「沒錯，就是傳說中真正的銀劍。」

面對吃驚的多森先生，大姊頭帥氣地使了個眼色。

「斯密娜——妳得擁有足以配上魔劍的身手才行啊。」

「這是當然。」

聽了多森先生的忠告，大姊頭理所當然點頭。

她挺起胸膛表示，自己剛才也去請教過有交情的工匠關於銀劍的修護方法。

「——斯密娜大姊頭！」

「哦，我得走了。多森大人，下次再一起喝酒吧。」

聽到同伴們的呼喚，大姊頭拋下這句話便跑向人群的另一端了。

「挺熱鬧的呢。是多森大人手下的新人嗎？」

大姊頭離開後，一名探索者互換般地停下腳步來到多森先生身旁。

「喲，傑傑。這些都是新人探索者講習會的年輕人。」

這位看似多森先生認識的探索者，我總覺得有點眼熟。

「哦——這樣啊——等等，咦！少爺！」

對方似乎認識我的樣子。

莉薩告訴我，對方是「最初進入賽利維拉迷宮時碰到的滿身鮮血的隊伍成員」。

感覺莉薩很擅長認臉。

「那個時候真是得救了！今天就讓我請客作為當時的回報吧。」

「以萬年缺錢的『赤冰』來說，還挺豪邁的嘛。」

「少爺可是救了我們同伴的命哦。」

「不嫌棄的話，要不要一起喝呢？還請向我們這些年輕人講述一下各位的見識。」

儘管傑傑先生表示要在此負責買單，但區區兩瓶灌水魔法藥就要讓對方支付數枚金幣也很不好意思。

取而代之，我邀請他為我們和新人探索者們講述自己在迷宮裡的失敗經驗和有趣的故事。

就這樣，繼傑傑先生之後，酒館裡也漸漸增加了一些多森先生認識的人，而這次就連我認識的人也多了起來。

「——真是熱鬧啊。」

「公會長，今天的工作結束了嗎？」

「不，拜那位白髮隨從大人所賜，增加了我的工作，暫時沒辦法喝個爛醉了啊。」

「我之前應該說過，不要再喝得爛醉了吧。」

「吵死了，賽貝爾凱雅。」

是公會長和賽貝爾凱雅小姐兩人。

賽貝爾凱雅小姐制止了公會長原本打算點杯麥酒的要求，改點了水和看似晚餐的料理。

新人探索者們似乎並不認識公會長或是賽貝爾凱雅小姐，不過「赤冰」的傑傑和「美麗之翼」的兩人卻對於公會高層的登場感到了拘謹。

「奇怪～？潘德拉剛士爵和公會長正在和樂融融地喝酒哦～」

小巷裡傳來這番打趣的聲音讓我目光望去，只見那裡站著迷宮方面軍的狐軍官和隊長先生雙人組，還有微服打扮的艾魯達爾將軍。

「隊長，那個酒瓶感覺藏了什麼勾當的樣子哦。」

「嗯嗯，的確傳來了『瓶瓶』聲啊。」

「隊長，你的笑話太冷了哦～」

狐軍官多嘴的一句話招來了隊長先生的拳頭落下。

這兩人似乎還是老樣子。

「閣下也一起入座如何？這裡的料理相當美味哦。」

「既然身為老饕的潘德拉剛勳爵這麼推薦，自然不會錯了。」

艾魯達爾將軍在我身後的空位子坐下來。

原本在那桌的探索者們感受到艾魯達爾將軍的上位者氣勢後，紛紛移動到他處。

「今天是包場，請盡量點自己喜歡的料理吧。」

「意思是士爵大人要負責買單嗎？」

「是的，沒有錯。」

我向喜孜孜的狐軍官這麼肯定。

太好了——做出萬歲動作這麼大叫的狐軍官，在我目睹隊長先生的拳頭朝他落下的老橋段之後，便拜託供餐大姊姊把料理和酒端到艾魯達爾將軍他們的桌上。

「好——馬上就送過來。這些是幾位剛才點的東西。」

我們的桌上擺放了好幾盤肉類料理和燉肉鍋。

燉肉鍋旁邊放有小碗和杓子，似乎是各人自助式舀取的吃法。

「異國的公主殿下、公會長，還有將軍大人？」

「少爺究竟是何方神聖啊？」

「赤鐵探索者果然很厲害。」

「笨蛋！別把那種誇張的例子當作赤鐵的標準啊。」

莉薩和露露勤快地幫忙盛裝的期間，其他桌的探索者們傳來了這樣的對話。

自然而然認識的米提雅公主還另當別論，至於後者二人純粹是酒友罷了……

「主人，請用。」

「嗯嗯，謝謝妳。」

我接過露露親手遞來的蟻蜜酒。

「為潘德拉剛勳爵和新人探索者的未來！」

「「「乾杯！」」」

在艾魯達爾將軍的帶頭之下，我們進行了本日不知是第幾次的乾杯。

大人們開心地不斷舉杯，孩子們和年輕人則是忙著滿足旺盛的食慾。

「真美味。」

「硬梆梆～？」

「這邊的肉很有彈性，非常美味喲。」

或許是這家店裡的肉類料理很多樣化，獸娘們相當開心。

今後偶爾也外食一下好了。

「主人，這邊的時雨煮也很美味哦。」

「香菇燉湯。」

「謝謝。」

我動手品嚐亞里沙和蜜雅端來的料理。

時雨煮在我嘴裡崩解開來，滋味擴散至整個口中。

至於香菇燉湯，儘管我對毒菇狀的浮遊物有些排斥，但味道還挺美味的。火辣風味會令人上癮，是使用了不同於辣椒的獨特香料。

相較於麥酒，這兩種料理都跟葡萄酒或蟻蜜酒很匹配。

享受著美味的料理和美味的酒，同時和朋友及認識的人們一起和樂融融地閒聊，實在是人生樂事。

仰望升上天空的滿月，我舉起了蟻蜜酒的酒杯。

即使在異世界，果然還是和平最好了呢。

＞獲得稱號「幹事」。

＞獲得稱號「宴會部長」。

魔鬼的誘惑

「老子名叫魯達曼。生為低賤山賊的兒子，來到迷宮都市打算開拓新的事業，但只有最初一帆風順而已。過去被人稱為迷賊王而意氣風發，可是如今卻——」

「——在牢房裡嗎。」

躺在又髒又臭的地板上喃喃自語之際，老子的手下從天花板間的空隙探出臉來。

他們每一個都是吃了太多魔人藥而毀了整張臉。

「怎麼辦，老大？」

「就算被送進紫隊，也僅僅比公開處決或送進礦坑好一些而已。我們只會被那些大人物和騎士當作肉盾啊。」

「在被隸屬的項圈束縛之前逃掉吧！」

「我的力氣連鐵格子也能弄彎啊。」

「嗯嗯，是啊。我們就算赤手空拳也能戰鬥。」

這種事情老子也想過。

不過，這處牢獄裡架設了會吸取魔力的魔法陣。

老子的「身體強化」技能和「奮不顧身」技能完全不能用。

儘管如此，就算技能萬一可以使用，也沒辦法從這種井字形組合的鐵格子裡逃出去吧。

更何況等到能出去的時候，也是根據地被那個勇者的隨從完全壓制之後了。

即使隨便闖進一間商會搶奪武器和金錢，能夠逃往的地方也只有西邊沙漠或位於南邊的魔物領域而已。

每一種選擇，比起紫隊或者礦坑都算不上是好境遇。

「等待機會。」

「魯達曼大人，可是你說的機會——」

平常總是叫著「老大」、「老大」自稱為右手的卡斯，一臉不甘心地抱怨道。

老子抓住卡斯的腦袋，將他砸向地面。

地板上的髒污擴散開來，響起了卡斯乞求饒命的聲音。

「機會就是機會。」

老子瞪著這些手下，一邊意有所指地緩緩告知。

「過不久，那些傢伙就會主動接觸的。」

「那些傢伙是指黃衣人嗎？」

「魔族要過來嗎？」

老子打斷了白痴手下的發言。

「就是躲在索凱爾背後，用老子收購的材料製作魔人藥的那些傢伙啊。」

把老子派去跟蹤的人幹掉，還將這些人的腦袋掛在老子的根據地前面示威。

就連準備要把私造的魔人藥賣到王都和分歧都市凱魯通的時候，販子轉眼間就被抹殺掉了。平安無事的頂多就只有位於王家直轄領南端的貿易都市。

雖然不清楚那些傢伙如今是否還需要老子，但起碼過來接觸一次的可能性相當高。

正在想著這些事情的時候，老子的耳邊傳來了封鎖地牢的門閂解除的聲響。

——來了。

可以聽到腳步聲。

而且是只有一個人的聲音。

若是獄卒，至少都是兩人一組行動。

「老子等很久啦。」

「唉呀呀，這語氣就彷彿已經猜到我會過來焉。」

出現的是一名身穿綠色服裝的老貴族。

老子成為迷賊前，在迷宮都市從事地下工作時曾經見過他

倘若記得沒錯，這個負責王都門閥貴族那些見不得光事務的垃圾傢伙就是——

「——波布提瑪伯爵。」

「家主之位已經讓給兒子，所以是前伯爵焉。如今大多是使用『波布提瑪顧問』這個迷人的稱呼焉。」

波布提瑪用噁心的語調說道。

老子所認識的波布提瑪，說起話來應該就像剃刀一般更為俐落才對。

——你究竟是誰？

搶在說出這句話之前，老子又吞了回去。

要是說出來，想必就等於交涉結束了吧。

「是啊——那麼先切入正題吧。」

「小人物總是急不可耐焉。」

見到那傢伙令人惱火的動作，白痴們頓時怒不可遏。

面對會讓膽小鬼心生怯意的吼聲及拍打鐵格子的聲響，那傢伙卻一臉淡然。

「少裝模作樣了。之前傳話說潘德拉剛這小伙子已經來到公會的人也是你吧？」

波布提瑪沒有回答老子，只是浮現新月般的笑容。

「聽說你們已經如願以償會被送到紫隊了焉。能夠成為王都貴族們的棄子就心滿意足焉？」

對於這番嘲諷，看不知對方下一步的白痴們大肆叫囂。

這時要是激動起來，就正中這傢伙的下懷了。

「閉嘴！在老子談完之前統統閉嘴！」

老子狠狠踹了鐵格子這麼大叫後，膽怯的白痴們便安分下來。

幹部們打從一開始就沒有參與騷動。他們似乎正在精準地觀察與波布提瑪之間的距離，想必打算在伸手可及的距離之下抓他當作人質吧。

「真希望能再多沐浴一些憤怒和憎惡焉。」

波布提瑪頂著令人火大的表情搖了搖頭。

「然後呢？你來這裡是為了滅口？還是談條件的？」

「你誤會了焉。」

波布提瑪翻找著寬大的衣袖，一邊聳聳肩膀。

「我和魔人藥私造者可不是同一種人焉。」

那麼，這傢伙又是為何而來。

「最近，迷宮都市的瘴氣變淡讓我很傷腦筋焉。」

「瘴氣是什麼東西？說些我聽得懂的。」

老子抬了抬下巴催促對方。

「沒有學問的賤民真是令人討厭焉——啊啊，找到了焉。」

波布提瑪從衣袖深處取出了綠色石頭般的東西。

——什麼？

「這是召喚珠焉。」

被丟到地面的綠色珠子破裂，從中流出的黑色液體逐漸描繪出不祥的魔法陣。

「焉焉，登場焉！」

和波布提瑪使用相同語尾的綠色異形出現了。

是個巨大眼珠上面長有手、翅膀及尾巴的奇妙生物。

「——魔、魔族。」

擁有鑑定技能的手下這麼喃喃道。

以魔族來說威嚇感太少了。難道是下級嗎？

換句話說——

「你是黃衣的同伴嗎？」

「說同伴也算同伴焉。是很久以前的盟友和冤家了焉。」

波布提瑪的發言讓眼球魔族嘎嘎地笑著。

無視於眼球魔族的奇異行徑，波布提瑪走到那傢伙的身邊，

「從『桃色』那裡借來了焉？」

「焉焉，當然焉！」

眼球魔族從旁邊出現的黑洞裡取出了桃色看似饅頭的塊狀物。

見到那東西的瞬間，老子就湧出一股彷彿心臟被揪住的寒意和恐懼。

不妙。

那東西很不妙。

是個連眼球魔族也比不上的糟糕傢伙。

「那是……什麼？」

「真是令人舒暢的感情焉。」

老子按捺著膽怯，瞪向波布提瑪。

「史萊姆————！」

在另一邊的牢獄裡，史萊姆狂整個人貼在鐵格子上這麼吼道。

白痴……那種東西根本不可能是史萊姆吧。

「唉呀呀，把手伸出鐵格子，就那麼想要泡芙焉？」

「給我！給我史萊姆——！」

波布提瑪朝眼球魔族抬抬下巴。

「快點——！」

「住手！你這蠢蛋！」

聽不進老子的聲音，史萊姆狂從眼球魔族那裡接過了桃色塊狀物。

「永遠跟我在一起吧。」

就像平時對史萊姆做過的事情一樣，那傢伙張大嘴巴一口氣吞了下去。

「唔呃，真有精神。」

腹部猛然膨脹起來。

「咕噗，失去……控制了——」

史萊姆狂的身體失去外型，皮膚擴散為透明的桃色黏液狀。

然後就這樣速度絲毫不減地逐一吞噬掉同牢房的手下們。

「哇啊啊啊！」

「救……救命啊啊啊啊。」

「老……老大————！」

手下們將手伸出鐵格子向老子求助。

「焉焉，恐怖焉！」

眼球魔族看似很開心的又飛又跳不斷鼓掌。

桃色黏液吞噬了一整個房間的手下們，開始朝小嘍囉們所在的牢房伸出觸手。

「老大，那些傢伙還活著。」

正如自稱右手的卡斯所言，黏液中的手下們儘管被溶掉皮膚，拚命掙扎的手仍沒有停下來。

「當然焉。泡芙是用來從生物身上榨取恐懼和痛苦焉。殺死的話就無法榨取焉。」

「焉焉，榨取焉！」

眼球魔族在波布提瑪的身旁瘋狂舞動。

「為……為何要選上我們？」

老子旁邊的一名手下這麼叫道。

倘若只是要吞噬人，就不用特地過來公會的牢獄，在貧民窟就很夠了。

「普通人太脆弱了，不能用焉。」

波布提瑪好像已經嘗試過了。

「在這個問題上，被魔人藥變成半魔物的你們就結實多了焉。而且持續把同胞當作食物，魂魂也墮落得恰到好處，實在非常合適焉。」

「焉焉，最合適焉！」

半魔物嗎……

內心這麼嘀咕著，老子一邊觸摸自己的畸形相貌。

「你們就活在泡芙裡盡量掙扎，用瘴氣逐步污染迷宮都市焉。」

「焉焉，整地焉！」

對於波布提瑪的發言，眼球魔族附和道。

雖然不知道瘴氣是什麼，不過看到這些傢伙就能明白沒有好事。

要是不想辦法逃跑，最後大概會死得很悽慘。

「你收集瘴氣是為了什麼？說不定老子可以幫你收集啊？」

一邊尋找著逃出去的線索，老子同時繼續對話以免矛頭指向自己。

「當然是為了加速陛下的再臨焉。根本用不著特地找人幫忙——」

說到一半，波布提瑪陷入沉默。

聽不太懂，不過所謂陛下應該是國王的意思。

再臨是什麼東西也不知道。感覺大概是要設下陷阱對付希嘉國王吧。

「——你的靈魂混濁得很不錯焉。雖然憎惡稍微強了點，但感覺實在不賴焉。」

儘管聽不懂對方在說什麼，但好像可以避開直接被黏液吞噬的命運了。

「有沒有那個東西焉？」

「焉焉，禮物焉！」

跳舞的眼球魔族停下動作，把看似包袱的東西交給波布提瑪。

「不光是短角，還有長角焉。正合我意焉。」

波布提瑪從包袱中取出了角一般不吉利的東西。

「給你一個選擇焉。」

說著，那傢伙把長角丟給了老子。

這好像可以直接拿來當作武器，不過根據收下時傳來的觸感，這應該是某種魔法道具或咒物一類的東西吧。

「所以，是什麼選擇？」

「簡單焉。把那個角貼在額頭上，唱出一小段口令即可焉。」

「是隸屬的項圈那種玩意兒嗎？」

「真沒禮貌焉。那可是我神所賜予的神寶焉。」

——神寶？

以古代遺物來說感覺也太不祥了。

儘管比剛才什麼泡芙的來得好，但都是半斤八兩。

「只要融為一體，就能獲得連魔人藥也望塵莫及焉的實力。」

「比希嘉八劍還強嗎。」

「如果是那個長角，就能辦到焉。」

老子注視著手中緊握的長角。

這無疑是陷阱。

不過，卻能比希嘉八劍——比王國最強的劍士還要強。

這句話對於在力量就是一切的世界裡活到現在的老子來說，簡直太有吸引力了。

「老……老大？」

老子無視於手下憂心忡忡的聲音逕自思考著。

就算是魔人藥，也存在破壞掉人體外型的副作用。

換成可以獲得更高力量的這個長角，大概就會失去身為人的一切。

不過，即使如此。

比起被黏液吞噬後持續半死不活的拷問狀態到死為止，遠遠要好得多。

「如果不願意，要被泡芙變成瘴氣的材料也無妨焉？」

對於波布提瑪彷彿看出老子內心想法的這句挑釁，老子嗤之以鼻。

「好吧，老子就用了。」

「老……老大，不可以。那東西絕對不行。」

無視於手下的聲音，我向波布提瑪抬了抬下巴。

「告訴老子口令吧。」

「很出色的覺悟和壞人臉焉。最適合使用這個長角了焉。」

波布提瑪同樣以毫不遜色的邪惡表情露出笑容。

「倘若你能適應這個長角並順利獲得力量，我就讓你見見陛下焉。」

「哈！什麼謁見國王之類的，老子可絕對不幹啊。」

對國王發動叛亂似乎挺有趣的。

跟希嘉八劍盡情地互相殺戮，這樣好像也不錯。

「趕快把口令說出來吧。」

「『以吾之憎惡為糧賜予吾暴虐之力』——要是不了解意思就傷腦筋了焉。就是『把憎恨當作食物提供力量』焉。」

「真是令人火大的傢伙。」

我瞪了一眼特地再說一遍的波布提瑪，逕自將角貼在額頭上複誦波布提瑪告知的內容。

當然，是簡單的那一句。

口令結束的同時，長角上面傳來劇痛擴散至全身。

身體伴隨著劇痛彷彿要被扭斷一般起伏。又臭又髒的冰涼地板感覺是那麼舒服。

「咕嚕RURUGA哦啊啊啊啊。」

刺耳的哀嚎聲響徹牢房。

「來吧——進化為任何對手都能消滅的無敵存在焉。」

骨頭劈劈啪啪地突破身體，老子的身體逐漸變成某種非人的存在。

「AAAAHHHHHHW哦哦哦哦哦哦哦。」

待察覺到這個會讓人想怒斥對方「吵死了」的哀嚎聲來自於自己，已經是疼痛開始收斂之後了。

身體的疼痛開始平息的同時，這次又有濁流般的感情鑽了進來。

恐懼、憤怒、怨恨、嫉妒、憎惡，黑暗的意念狂暴地想要覆蓋老子的內心。

「別……別小看ME！」

老子對抗著這股試圖覆蓋自己，將自己變成某種存在的力量。

「可別小看迷賊王魯達曼大人啊！」

對著骯髒的天花板，老子全力嘶吼。

不久，原本想要侵蝕老子的黑暗意念，隨著脈動逐漸沉入身體深處。

「真令人吃驚焉。想不到使用長角後仍可保持自我意識焉。實在是誤打誤撞焉。不愧是稀世的大壞蛋。連心底深處也和魔族一樣——」

波布提瑪一邊鼓掌一邊靠近牢房。

——蠢蛋！

老子將變成刀刃般銳利的手臂一閃而過。

連同鋼鐵的格子在內，波布提瑪斷成上半身和下半身兩截滾落在地板。

那悽慘的模樣讓老子湧現了笑容。

真爽。

老子沉浸在這股情緒中，朝著半空中大笑。

「老……老大？」

「身體……變得好像魔族。」

「那……那個是……魔族。」

——魔族？

是嗎，老子脫胎換骨變成魔族了嗎。

一種全能感籠罩著老子。

「救……救命。」

「魯達曼大哥……」

手下們用畏懼的眼神望向這邊。

啊啊，真是太舒服了。

真想聽聽這些傢伙哭喊的聲音——

「真是的，實在粗魯焉。」

老子急忙轉頭望向聲音的來源。

「你怎麼還活著？」

「別……別看我這樣，也算是上級魔族的菁英。即使這具『擬體』消滅，也只會在自己的城堡裡醒來罷了……焉。」

波布提瑪吐著血這麼吼道。

「……奇……奇怪焉。為何無法拋棄『擬體』……焉？」

「焉焉，當然焉！」

俯視著不知所措的波布提瑪，眼球魔族嘲弄般地笑道。

「——我想起來了……焉。」

疑惑地仰望著下級魔族的波布提瑪，口吐鮮血喃喃道。

「原來我被魔族擄走——然後控制了精神嗎？還是說，人格遭到覆蓋——」

說著讓人聽不懂的自言自語，波布提瑪的眼中逐漸失去光彩。

「焉焉，丑角焉！」

眼球魔族手臂一揮，桃色的黏液便吞噬了波布提瑪的半屍體。

「喂，眼球。波布提瑪提到的陛下是誰？」

國家再大也是希嘉王國的國王，根本不可能把人變成魔族。

「焉焉，基本焉！」

「別管了，快說。」

老子踢了一腳只用眼睛嘲笑的眼球魔族後這麼命令道。

儘管用不著問，但好歹確認一下。

「焉焉，陛下焉！」

眼球魔族在黏液上滾動著一邊笑道。

黏液伸出觸手，捆住了眼球魔族。

「焉焉，魔王——」

話說到一半的眼球魔族被拖進黏液，轉眼間溶解消失。

果然沒錯，所謂陛下就是魔王嗎。

「……老大。」

無視於膽怯的手下，老子將利爪撕裂開來的牢房格子推擠得更寬大，抓住了殺死波布提瑪時掉落的包袱。

就連鋼鐵也能撕裂的爪子抓不牢東西，好幾根角從破掉的袋子縫隙中掉落地面。

剛才收下的長角，以及更短、應該稱為短角的咒具散落一地。

老子撿起了幾根，環視著在牢中畏縮的手下們。

事情似乎變得好玩起來了。

有覺悟的就一起來作亂，沒覺悟的遲鈍傢伙就讓他成為黏液的食物。

老子遞出手中的角詢問眾人的覺悟。

「你們怎麼選？」

聽了老子的話，眾手下——

迷宮都市決戰

「我是佐藤。要鬧事的話真希望等別人吃完飯再說。既然挑在大家正享用美味的食物而沉浸於幸福之際，就應該重重制裁那些引發騷動之徒才對。」

「喵？」

「小玉，怎麼了喲？」

波奇疑惑的語氣讓我回頭望去，只見小玉打直身子豎起耳朵正四下張望。

——這種模式是……

帶著不祥的預感，我將雷達和地圖放大顯示。

「唉呀呀～公會前面好像怪怪的哦？」

「職員都跑出來了啊。難道發生火災了嗎？」

狐軍官和多森先生的聲音傳入我的耳裡。

從地圖上發現的情報令我瞪大眼睛。

真的假的——

原本被收監在地牢裡的迷賊們紅色光點群，如今卻被不知什麼時候出現的另一個巨大紅色光點——應該說紅色領域吞噬著，並往地面上升當中。

根據地圖的詳細情報，那似乎是名為「泡芙」的史萊姆系魔物。

「莉薩！」

我關閉地圖的同時整個人站了起來。

莉薩將手中肉串的肉塞進嘴裡，抓起了豎立在一旁的魔槍。

「喵！」

「緊急情況喲。」

或許是從莉薩的態度察覺到事態緊急，小玉和波奇猛然將眼前盤子裡的肉塞進口中站了起來，並且用腳尖撿起了放置在腳邊的頭盔。

由於塞得太多，兩人的嘴巴都鼓鼓地膨脹著。

「有麻煩嗎？」

「有種很不妙的感覺啊。」

「咦？什麼？」

探索者們根據經驗多寡，分成了已經掌握緊急事態以及未能掌握的這兩批人。

特別是新人探索者，許多人都還在悠哉地繼續用餐中。

「哇啊啊啊啊啊啊啊！」

「那……那是什麼啊啊啊！」

搶在馬路上有人大叫之前，公會入口處便噴出了桃色的水。

不，那是剛才在地圖上發現的——

「主人，是巨大史萊姆——這麼告知道。」

固定著頭盔的帶子，娜娜一邊面無表情地告知。

公會前方的廣場湧出的桃色水很有彈性地不斷起伏，最終蜷曲成櫻餅狀停止了。

AR在桃色的巨大史萊姆旁邊顯示出詳細情報。

儘管太過巨大而讓人不禁心生警惕，但卻是四十級左右的史萊姆型魔物。

技能和種族固有能力裡具備「再生復原」、「吸收」、「增幅」、「瘴氣生產」幾項。

除了最後的「瘴氣生產」以外應該都不用太在意吧。即使是最後一項，打倒對方後將我的精靈光全開，應該用不了多少時間就能淨化才對。

話說回來，究竟是什麼人讓這隻桃色巨大史萊姆在公會裡暴走，這一點才比較重要。

然而搶在我搜尋地圖之前，對方便自動現身了。

「主人，有東西跑出來了！」

「黑影～？」

「是穿著奇怪鎧甲的人喲。」

獸娘們所說的從桃色巨大史萊姆的背後出現的黑影，根據ＡＲ顯示為中級和下級魔族。

魔族們睥睨著四處逃竄的人們大笑起來。

中級兩隻，下級則有十隻。

根據地圖顯示，另外好像還有一隻下級魔族正在西公會的建築物裡四處徘徊，不過那裡並沒有人來不及逃跑，所以晚一點再處理吧。

「莫……莫非是魔族？」

「又不是魔王復活了，怎麼會出現那麼多的魔族？」

聽到亞里沙的喃喃自語，多森先生用傻眼的聲音否定道。

「金庫利，看得見嗎？」

「等～一下哦——」

在多森先生的旁邊，隊長先生這麼詢問手中舉著望遠鏡的狐軍官。

「——哇哇！真的是魔族。而且有兩隻是看不到情報的。中間比較大的兩隻——那大概是中級哦。」

狐軍官的話讓新人探索者們臉色蒼白，跟著店內的供餐人員們如脫兔一般逃了出去。

「看來這裡是我們的葬身之地了。」

艾魯達爾將軍手持祕銀劍邁出步伐。

「公會長，我來爭取時間。妳詠唱完畢之後，就連同我一併將魔族和巨大史萊姆燒掉吧。」

頭也不回地這麼告知的艾魯達爾將軍，其身影彷彿是故事裡的主角一樣十分帥氣。

有了四十一級的將軍、三十七級的隊長先生、五十二級的魔法使公會長以及四十三級的賽貝爾凱雅小姐這些人，我想狀況並不是那麼令人絕望，但由於會破壞難得的氣氛，所以我也就隨他們去了。

畢竟他們應付不來的部分只要由我來處理就行了呢。

「真會使喚老人啊。」

公會長喝著醒酒的魔法藥一邊這麼嘀咕。

「不過，連你也一起燒掉，我可敬謝不敏啊。隨便阻擋一下後就快逃吧。」

繼公會長之後，賽貝爾凱雅小姐請纓道：「我來發暗號。」

「跟我來，巴夫曼。」

「我願陪同。」

隊長先生跟在艾魯達爾將軍身後。

「我很想推辭啊～」

對於保護著頭部的狐軍官發言，平時的拳頭卻沒有朝他落下。

「金庫利，你跑去向迷宮方面軍傳令。」

「知道了哦～閣下和隊長可別喪命了哦～」

敬禮完畢後的狐軍官飛奔而出。奔跑的速度實在很快。

「……■■■■　鋼鐵守護。」

賽貝爾凱雅小姐完成了詠唱。

伴隨著鋼鐵糾纏般的奇妙特效，僅身穿騎士服的艾魯達爾將軍獲得了相當於全身甲冑的防禦力。

當然，我也配合她施展魔法的時機一併施以「物理防禦附加」。

賽貝爾凱雅小姐一瞬間浮現出納悶的表情，但目光朝我瞥了一眼後就理解了。

感覺向對方確認的話會自找麻煩，所以就將其忽略了。

「哦——這就是前勇者的隨從大人施展的支援魔法嗎——再見啦，公會長。老子也要去幫忙將軍閣下了。」

多森先生啪啪地拍了拍自己的手臂後，便扛著巨大鐵鎚往艾魯達爾將軍身後追上去了。

倘若他的發言屬實，賽貝爾凱雅小姐似乎擔任過前勇者的隨從。

下次在酒席上向她請教一些軼事好了。

「拉普娜小姐，可以請妳帶著米提雅公主前往安全地帶，順便再向太守閣下告知這件事嗎？」

「知道了！」

「等……等等吶，拉普娜——」

聽完我的請求後，岩石騎士便將米提雅公主嬌小的身軀抱在手臂下方從酒館衝了出去。

至於留在酒館裡的「美麗之翼」兩人，我拜託她們負責去呼籲附近的居民避難。

「那麼，我們也上場吧？」

我這麼告知後，同伴們一瞬間露出始料未及的表情。

她們好像以為明明已經準備妥當卻要被我留在原地的樣子。

「就是要這樣才行！」

「是，主人！」

「小玉會加油～？」

「波奇也會大顯身手喲！」

「是的，主人。」

「嗯，交給我。」

「我也會努力狙擊的。」

立刻回復平常狀態的亞里沙首先這麼喊道，其他孩子們也紛紛做出鬥志十足的發言並發出了充滿活力的聲音。

對手頂多是三十級到四十級多一點。

中級魔族的等級儘管高於同伴們，但除了建築物內的一隻下級之外，其他魔族沒有具備需要留意的技能或魔法系技能，所以在我的輔助之下應該沒有問題才對。

「等一下，佐藤。」

然而，不知為何卻遭到公會長的制止。

「什麼事呢？」

要是不趕快過去支援，艾魯達爾將軍他們可能就會受傷了呢。

「中級魔族和下級魔族是完全不同的。你們這些前途光明的人不可以在這種地方喪命。這裡交給我們這些大人負責，你們就跟太守會合謀求東山再起。」

公會長換上與平時判若兩人的成熟態度這麼說道。

從她視死如歸的表情來看，大概和艾魯達爾將軍一樣都認為他們會在這裡敗給魔族們以及巨大史萊姆。

「不用擔心哦。」

我露出微笑以便讓她們放心。

雖說是中級，只要用妖精劍鎖定魔核劈砍的話也只是一擊的事情，和下級的差異頂多只有等級而已呢。

「傲慢可是會自取滅亡的——」

「佐娜，好了，妳就讓他們去吧。」

打斷了公會長的發言，賽貝爾凱雅小姐用手勢指示著我們趕快出發。

公會長向賽貝爾凱雅小姐反駁了些什麼，但如今並不是適合悠哉欣賞兩人鬥嘴的狀況，於是我便帶著同伴們來到酒館外面。

不知為何，一路到公會前廣場的地面上都零星地燃燒著。

◆

「主人，攻擊來了！」

莉薩仰望的方向飛來了呈拋物線軌跡的無數火焰彈。

它們命中了遠離我們的場所，像電影中看到的燒夷彈一樣，火勢在地面蔓延開來，就這樣持續冒出黑煙燃燒。

黑煙造成能見度變差，但環視周圍後可以見到在公會前廣場的各處有看似探索者的人們正在和下級魔族以及下級魔族放出來的僕人交戰中。

或許是迷宮都市的風氣之故，好像有許多勇猛果敢的人。

各處都有儘管渾身是血卻大笑著一邊戰鬥的戰鬥狂。

其中還有身受瀕死重傷而倒地的人，於是針對那些「理力之手」可及範圍內的人，我便透過「理力之手」潑灑魔法藥強行讓他們回復。

「主人，做這麼顯眼的事情沒問題嗎？」

「嗯嗯，不用擔心哦。」

知道我討厭引人注目，亞里沙似乎擔心我這麼大手筆施展神奇本領的舉動。

倘若有神一般俯瞰世界的存在還另當別論，對於一般人來說，想必頂多只會認為是「有人對自己使用了魔法藥」或「自己被某處施以了回復魔法」吧。

「唔哦哦哦哦！我還能戰鬥啊！」

「打倒這些怪物————！」

當中有未考慮自己的實力就再次挑戰魔族的愚蠢之徒，不過我忽略了這些自願自殺的人轉而環視周圍。

艾魯達爾將軍等人似乎已經和擔任前鋒的中級魔族展開戰鬥了。

像這樣子看起來，中級魔族實在相當大。

艾魯達爾將軍的身高也不矮，然而敵人卻是他的兩倍高度。

根據ＡＲ顯示，擁有黑色昆蟲般外骨骼的這隻中級魔族似乎高達四十四級。

「主人，那裡～？」

小玉所指的前方，一隻待在巨大史萊姆後方的蜥蜴型下級魔族，其倒仰的喉嚨正發出不尋常的紅光。

從剛才疑似燒夷彈的射擊線反推回去，這傢伙就是罪魁禍首了吧。

由於有另外一隻銀色且八隻手臂的中級魔族在護衛著牠，所以公會前廣場上的探索者們好像根本無從下手。

就這樣，下級魔族如今準備要發射下一彈了。

「啊哇哇，危險又危機喲！」

波奇慌慌張張道。

——休想得逞哦？

我從儲倉取出小石子，朝著下級魔族發出紅光的喉嚨投擲出去。

小石子以彷彿突破音速之勢飛翔，擊穿了下級魔族的喉嚨。

這股衝擊似乎引發了什麼，只見下級魔族的喉嚨破裂，噴出來類似燒夷彈的東西點燃了周圍的魔族，使得狀況變得相當有趣。

「主人，敵人來了。」

循著莉薩的警告轉過目光，我發現有下級魔族從斜前方跑了過來。

──DERIDERIDELYEEN。

看似下半身蜘蛛上半身螳螂的女性型魔族一邊發出怪叫向我襲來。

四隻螳螂的手臂好像全都變成了劍或斧頭等武器。

「阿基里斯獵人～？」

「喝──喲！」

小玉和波奇衝進魔族的腳邊，準備切割支撐重量的腳。

「魔刃啊，寄宿於我的槍身──」

莉薩則是在魔槍上纏繞魔刃，從魔族的正面發動突擊。

一旁是舉著大盾的娜娜稍遲一些跟隨著。

停下腳步的魔族，伸出四隻手臂同時朝著四人揮下。

「偷偷施展『隔絕壁』。」

魔族的手臂被亞里沙架起的障壁所阻擋，小玉和波奇便乘機劈砍魔族的前腳。

魔族深灰色的乳房分裂成八個，化為八條荊棘鎖定了莉薩和娜娜。

「沒有像橫帶人面蜘蛛一般的姿色——這麼批評道。」

娜娜喊出了附加挑釁技能的謎樣發言後，原本鎖定莉薩的乳房棘全數改為將娜娜當作目標。

靠著理術的自在盾和身體強化增加了臂力的娜娜，此時用大盾弄彎八條乳房棘並同時將其彈開。

被排除在大盾和自在盾之外的乳房棘，撞碎厚厚的石地板陷了進去。

「——螺旋槍擊！」

莉薩的必殺技朝著魔族釋放出去，深深刺穿了蜘蛛的軀體。

——DERIDERIDELYEEN。

面對魔族的慘叫莉薩連眉毛也沒動一下，反而更是扭動槍身，在槍身周圍呈螺旋狀轉動的魔力之刃就像要塞進去一般更加深入刨開了魔物的身體。

「嘿！」

露露射出的輝焰槍子彈擊穿了擁有複眼的魔族右眼。

「……　■■　血液爆散。」

蜜雅的水魔法對魔族的血進行干涉，化為血液之刃後擴大傷口，使其頭部爆炸。

這是前陣子「藍人」的事讓我靈機一動製作出來的吸血鬼風格體液干涉魔法，但還是叫蜜雅封印起來好了。

畢竟實在太過血腥，感覺好像會作惡夢呢。

——DERIDELYEEEEN。

人型上半身無力地癱瘓後，蜘蛛的下半身裂開成兩半，露出巨大的獠牙。

「……■■■■■。熱騰騰的要來了哦！」

詠唱完畢的亞里沙向同伴們這麼喊道。

「用盾擊來擊退敵人——這麼宣布道。」

娜娜用大盾砸在蜘蛛的身體上使魔族後退，而娜娜自己也藉由反作用力拉開了和魔族的距離。

莉薩以華麗的後撤步拉遠距離，波奇則彷彿在地面打滾一般唰唰地遠離魔族。

至於小玉不知什麼時候已經回到了我旁邊。

簡直就像忍者一樣呢。

「猛火焰彈！」

鎖定裂開的嘴巴，亞里沙釋放的單體攻擊用中級火魔法飛入其中，將魔族從體內進行焚燒。

儘管遭受了如此大威力的攻擊，魔族的體力也僅減少了四成左右。

即使身為下級，好歹也是魔族，真是結實。

「露露，鎖定魔核。」

「是……是的！」

我讓露露狙擊在亞里沙的攻擊之下，魔族所顯露出來的魔核。

「被彈開了呢。」

「嗯嗯，好像存在某種障壁。」

正如亞里沙的指謫，輝焰槍子彈在命中魔核的前一刻就被紅色的光膜擋住了。

我嘗試將手中取出的小石子用手腕的力量投擲出去。

在小石子命中的前一刻，也出現同樣的膜擊碎了小石子，但小石子碎片的動能似乎並未被消除，魔核就這樣被呈散彈狀的碎片打得粉碎了。

「黑霧～？」

「變成霧氣消失了喲。」

被擊碎魔核後，魔族就像往常一樣化為黑色霧氣消失了。

小玉和波奇好像因為對方沒有留下屍體而感到失望。

儘管最近對於魔物肉的排斥感變得愈來愈低，但我還是不想食用一半是人類外型的魔物。

「少爺！旁邊！」

後方傳來某人的呼喊。

可以見到原本在我們附近戰鬥的赤鐵探索者，如今噴出鮮血倒地的模樣。

至於他交手的對象不見蹤影。

「對方會隱藏身形哦！」

正在對渾身是血倒地不起的探索者展開營救的中年男性給了我忠告。

就類似我在迷宮打倒的變色龍迷賊那樣嗎？

我抽出妖精劍，將看不見的魔族一刀兩斷。

——ＧＵＨＥＯＯＯＯＨ。

魔族發出死前的哀嚎後化為黑色霧氣，留下壘球大小的魔核並消失無蹤。

「不愧是主人。」

「Great～？」

「主人非常厲害喲。」

「稱讚主人——這麼告知道。」

啊啊，像這種事等戰鬥結束後再做吧。

畢竟雷達上會出現，ＡＲ顯示也會主動追蹤，所以都能知道對方在哪裡呢。

可以聽到後方傳來「好厲害，怎麼能殺死看不見的敵人」和「一擊就消滅魔族」之類的聲音。

這些日後再來解釋，總之我先對剛才提供建議的人報以感謝的手勢。

「下一個，來了～？」

「大家迅速解決吧～」

我們陸續擊垮下級魔族，一邊朝著艾魯達爾將軍的身邊而去。

若讓同伴們徹底進行訓練，似乎會讓周邊的損害增加，所以我會夾雜在同伴們的攻擊當中發出一擊以縮短戰鬥時間。

「這些傢伙到底是什麼人？」

「明明都是女人跟小孩，居然就跟傑利爾和薩里貢一樣強啊。」

「你不知道嗎？那些傢伙可是公會長的得意門生哦。」

「還以為是靠酒和下酒菜巴結了酒鬼公會長，想不到卻有如此身手！」

探索者們目睹我們的戰鬥後傳來這樣的聲音。

每位探索者都滿身瘡痍。

就連等級高於魔族的探索者們也大多受了重傷。

看來魔族比起普通的魔物還要更加棘手。

「這是魔法藥，請使用。」

「女……女僕為什麼會在這種地方？」

「感……感激不盡。」

針對放著不管可能會喪命的人，我吩咐露露向他們發放魔法藥。

儘管拿來發放的是灌水魔法藥，起碼也有急救程度的效果才對。

另外，和剛才不同，由於距離太近我就不敢透過「理力之手」散布魔法藥了。

「危險！後面！」

正在服藥的一名探索者這麼大叫。

熊一般高大的下級魔族從露露的背後襲來。

當然，我早就發現熊型魔族的接近，所以僅準備好「理力之手」便繼續關注事態。

判斷已經沒有時間拿起放在一旁的輝焰槍，露露立刻切換成其他行動。

「——嘿！」

伴隨露露可愛的吆喝聲，熊型魔族整個飛到了半空中。這是她在精靈之村學到的防身術。

熊型魔族似乎也沒想到自己會被體型纖瘦的露露摔出去，頂著完全忘記要反擊的呆滯表情滾落在地面。

「好厲害……」
「原來女僕這麼厲害啊。」
「那可能不是普通的女僕。」
「不然是什麼？」
「一定是女僕中的女僕，傳說的女僕王。」
目睹這般非現實的光景，探索者們開始逃避了。
逃避倒是無妨，不過露露是女孩子所以應該不是「王」而是「女王」才對。
——ＧＵＲＯＲＯＯＷＮ。
熊型魔族發出憤怒的咆哮。
「下個獵物是那傢伙哦！」
「知道了！」
在亞里沙的指示下，獸娘們衝向了熊型魔族。
露露也啪啪地拍掉手中灰塵並且抓起輝焰槍。
面對探索者們注視自己的目光，露露看似膽怯地後退一步。
「——那……那個？」
不知所措地行了一個女僕禮之後，露露便彷彿逃往同伴們所在處一般跑掉了。

「我們也不能輸給人家啊。」

「好好展現我們資深探索者的骨氣吧！」

「「「噢！」」」

看來他們已經結束逃避了。

鼓起幹勁固然很好，但真希望他們戰鬥時也能顧及自己的性命。

◆

『才這點程度嗎！大叔！』

「——閣下！」

前方傳來刺耳的說話聲和隊長先生粗厚的聲音。

將擋住我前方視野的魔族踢飛到一邊去交給同伴們處理，我逕自向前邁出步伐。

看樣子，在對方跟這隻魔族戰鬥的期間，艾魯達爾將軍已經陷入了危機之中。

儘管有了我和賽貝爾凱雅小姐的防禦魔法附加，但要對付中級魔族似乎還不夠的樣子。

「休想得逞！」

『小嘍囉就滾開吧！』

舉起大盾的隊長先生上前掩護艾魯達爾將軍，然而卻被擁有甲蟲般外骨骼的魔族踢飛出去。

多森先生似乎是第一個被踢到場外的，只見他正在稍遠處接受美女神官的治癒魔法治療當中。

『找到你啦，潘德拉剛。』

將臉轉過來面向我的魔族冒出了這句話。

以魔族來說語尾挺普通的，說起話來又很流暢。

「不好意思，我可不認識魔族哦。」

我這麼說俏皮話，一面爭取時間讓艾魯達爾將軍喝下魔法藥。

順便再操作地圖打開了魔族的詳細情報。

畢竟剛才只確認過這些魔族的等級和特殊能力而已呢。

『忘記這張臉了嗎？』

「匡噹」一聲，外骨骼頭盔的護面開啟，從中露出了人族風格的臉。

造型是人，不過皮膚為幾近黑色的暗紅色，所以看起來並不像穿鎧甲的人族。

不過，那張臉我有印象。

「——魯達曼。」

聽見我這麼低語，迷賊王魯達曼得意地揚起嘴角。

我瀏覽著ＡＲ顯示的情報。

種族顯示為雙重的「魔族」和「魔人」，姓名欄卻是魯達曼。

根據我的猜測，之前魯達曼提到的黃衣——黃皮魔族的同黨大概把能夠將人變成魔族的「短角」或「長角」給了魯達曼吧。

至於魯達曼以外的魔族，種族就是很普通的「魔族」而沒有姓名。

我在不到一次眨眼的時間內思考完畢，在戰鬥的同時以地圖搜尋符合條件者。

找不到這一類的存在。儘管附近有綠貴族，但他好像正在巨大史萊姆的肚子裡。

由於其他地方找不到，我於是試著詢問這傢伙。

「你什麼時候放棄當人，變成魔族的？」

『就在剛才。』

還挺多才多藝的。

魯達曼的右手臂變成斧頭形狀。

「角是誰給你的？」

『打贏現在的老子就告訴你。』

面對我的質問，魯達曼露出了醜惡的笑容。

看樣子，對方似乎無意回答我的問題。

『老子跟你有帳要算。不會讓你輕鬆死掉的。』

用舌頭舔著嘴唇，魯達曼一邊這麼宣告。

『就先廢掉四肢讓你不能動，再當著你的面逐一殺掉那些小鬼，蹂躪女人。』

——嗯，還是殺掉算了。

面對魯達曼的挑釁，我的腦中不禁掠過聳動的念頭。

「可以給你個忠告嗎？」

『什麼？如果是不顧顏面想乞求饒命，倒是可以聽一聽？』

「——你的臉頰還是合起來比較好。」

在我忠告的前一刻，蜜雅的水魔法「刺激之霧」便炸掉了魯達曼的臉。

『嗚哦哦哦哦哦哦哦哦。』

變成魔族後似乎仍留有痛覺。

『殺了你！老子要殺了你，潘德拉剛！』

「辦得到嗎？」

艾魯達爾將軍和隊長先生好像已經回復完畢了。

至於多森先生——我的目光望去，那裡已經不見他和神官的身影了。

『——主人。』

亞里沙傳來了空間魔法「遠話」。

『史萊姆開始行動了哦。雖然沒有移動，不過好像伸出觸手正在吞噬瀕死的人們。』

聽了亞里沙的話，我以平行思考和魯達曼交談，同時查看史萊姆半透明的身體。

史萊姆的底部存在好幾十個人影。

透過地圖確認詳情後，我得知他們幾乎都還活著。

令我詫異的是，當體力計量表減少至瀕死狀態後又會回復至一定值。

這大概是史萊姆的「再生復原」技能所致吧。

而這麼做的理由，AR顯示在史萊姆旁邊的「瘴氣生產」這項種族固有能力以及被吞噬的人們臉上痛苦的表情已經說明了一切。

那些人恐怕就是用來生產瘴氣的材料了吧。

『別東張西望啊啊啊啊！』

面對豪邁地揮下的黑光斧頭，我用妖精劍加以化解。

為了實驗，我嘗試在與斧頭的接觸點上保護般的架起魔刃。

魔力操作很困難，但消耗魔力似乎比普通的魔刃要少。相當於誤差值就是了。

『喝啊——！』

看準了魯達曼繼劈砍之後飛來的腳踢，我垂直跳起閃避過去。

這時，在後方待命的同伴們也前來參戰了。

「阿基里斯獵人～？」

「劈砍，喲！」

小玉和波奇撲向魯達曼的腳邊，準備照平常那樣劈砍支撐重量的腿。

莉薩也同時用魔槍鎖定踢腿發動牽制。

「危險！」

魯達曼臀部一帶生長的魔族短尾巴突然分叉，朝小玉和波奇的頭上貫穿而下。

我急忙調動「理力之手」準備阻止對方，但看來好像是保護過度了。

「緊急閃避～？」

小玉一腳踢飛波奇，順勢閃避了如雨般砸向兩人的魔族尾巴。

長滿棘刺的尾巴貫穿石地板，朝著周圍掀起了瓦礫和塵土。

即使如此仍未放棄攻擊的莉薩，其突刺已經逼近了魯達曼。

魯達曼僅用支撐身體的腳進行跳躍，閃避莉薩的突刺，一邊以倒掛金鉤般的姿勢打算將滯留於空中的我踢飛。

——來得正好。

我硬生生挨了魯達曼的這一腳，整個人被拋向巨大史萊姆。

「「「主人！」」」

同伴們悲痛的聲音讓我心中一痛，然而我這是故意的。

『──不要緊吧？』

『嗯嗯，當然。』

亞里沙透過遠話向我問道。

『沒事～？』

『太好了喲。』

遠話中也能聽到小玉和波奇的聲音。

還來不及向替我操心的兩人說抱歉，我便猛烈撞上了巨大史萊姆。

要是衣服被溶解就傷腦筋了，我於是在猛烈撞擊前架起魔力鎧以防侵蝕。

『我切換成上級空間魔法「戰術輪話」了。在戰鬥中，用這個應該比較方便。』

『很不錯的判斷。』

我稱讚著亞里沙的臨機應變，一面確認雷達。

透過雷達可以得知，原本往這裡全速奔跑的莉薩標記已經停止，往同伴們的方向折返了。

看樣子，我好像害她擔心了。

『主人，希望下達戰鬥指示。』

聽了娜娜的發言，我確認起雷達的光點。

彷彿與我互換一般，艾魯達爾將軍似乎已經返回戰場了。

『正面就交給隊長先生和將軍，莉薩妳們專心負責牽制。』

『知道了。』

魔族化之後的魯達曼比同伴們的等級還高，所以我希望當我不在的時候，盡量避免讓她們直接面對攻擊。

『我這邊等救出被史萊姆吞噬的人之後就會回去。』

『幫忙。』

『蜜雅，拜託妳去協助莉薩她們。』

在史萊姆的中心附近停下後，我開始在地圖上逐一標記要救出的人。

數量比想像中還多。

保有原形的人似乎統統都還活著。

話雖這麼說，要是繼續這樣子切開史萊姆悠哉地救人，遲早都會出現犧牲者吧。

我利用地圖的３Ｄ顯示來確認標記的位置，一邊在十根手指前端伸出細長的魔刃。

——斬。

紅色細線從體內照射史萊姆，下一刻，喪命的史萊姆化為桃色的液體擴散至地面。

「史萊姆的核心已經破壞了！趕快運送傷者！」

我朝著躲在陰暗處觀察這邊的公會職員和探索者這麼大叫。

不知為何，這隻史萊姆沒有核心，但我仍不由分說地將其完全切碎，所以從外面看到的事實應該是一樣的。

——那是……

目光盡頭是滾落在地，僅剩上半身的綠貴族。

我試著環視周圍但並未發現他的下半身。恐怕是已經被史萊姆溶掉了吧。

對方是我討厭的人，總覺得這種狀況下，他就是將魯達曼等人變成了魔族的元凶，不過拋棄將死之人的行為實在會讓我有些良心不安。

我來到他的上半身旁邊，對傷口灑上中級魔法藥，同時從魔法欄選擇了中級回復魔法一併施加上去。

但再怎麼說，也不會發生失去的下半身重新長出來的奇蹟。

「潘德拉——」

微微睜開眼睛的綠貴族，說到一半就在我的手臂裡喪失了力氣。

好像昏倒了。俗話說「壞人活千年」，他看來已經從瀕死狀態活下來了。

如今就先把綠貴族交給跑上前來的公會職員負責看管，之後再來審問他。

『主人，救命！』

接到亞里沙的救援請求，我便朝著同伴們跑去。

銀色中級魔族原本擔任燒夷彈蜥蜴魔族的護衛，如今讓同伴們陷於危急當中。

獸娘們被其輕鬆化解攻擊後滾落在地。

為了阻止準備繼續追擊的銀色中級魔族，娜娜挺身阻擋在獸娘們的前方。

銀色中級魔族的八隻手臂連擊讓娜娜失去平衡，緊接而來的突刺朝著娜娜的臉龐逼近。

——危險！

我對準中級魔族的臉投擲了閃光彈。

這是多森先生在新人探索者講習會上送給我的。

閃光將周圍染成白色之際，我施展縮地搶在閃光消失之前踢飛了中級魔族的手臂後返回原來的位置。

中級魔族的斷臂飛了出去，撞塌公會的一座尖塔，不過就當作這是必要經費吧。

相較於一座尖塔，還是不要讓娜娜身受重傷比較要緊。

「魔族！」

——KILLKWYEELKILLLL。

面對我帶有挑釁技能的喊話，銀色中級魔族突擊而來。

其全身如今是由劍所組成的姿態。

我用妖精劍化解掉七隻手臂的連續突刺，並關注著同伴們喝下魔法藥重新振作的景象。

話說回來，這種刁鑽的突刺實在不像是四十級能擁有的。

也難怪莉薩她們會陷入苦戰了。

「佐藤先生，快拉開和魔族的距離！」

化解攻擊的同時心中這麼佩服之際，後方傳來賽貝爾凱雅小姐的呼喊。

我抓住銀色中級魔族彷彿長矛一般的手，藉助離心力幫忙將其拋向公會長的方向。

「……■■　豪焰球！」

伴隨公會長的聲音，炙熱的砲彈捲動著紅蓮漩渦發射出去。

我伸出「理力之手」，半空中抓住了看似準備在落地的同時逃之夭夭的銀色中級魔族。

對方維持在空中亂踢一通的姿勢，豪焰球就這樣命中，火焰和爆風向周圍擴散。

猛烈的熱空氣流動過來。

光是火焰和熱度的餘波就彷彿會燙傷似的。

「——成功了嗎？」

公會長這句多餘的話豎起了旗標。

在火焰中掙扎的銀色中級魔族，其體力計量表還剩下一半以上。

我將火焰作為掩蔽物並以縮地接近對方，利用帶有魔刃的石槍貫穿銀色中級魔族的魔核將其打倒。

「謝謝您，公會長！」

確認魔族和火焰一併化為黑色霧氣消失，我一邊朝著站在遠處陣地手持長杖的公會長道謝。

多虧她的出手，我就用不著採取「單獨打倒中級魔族」的問題行動了。

「讓您久等了，主人。」

「傷勢不要緊吧？」

治療結束的莉薩等人跑了過來。

「抱歉我救援來晚了。」

「不，都是我們不中用——」

「這種事以後再說哦！得先幫忙將軍討伐中級魔族，不然他們就快撐不住了。」

莉薩聽了我的道歉後反過來向我謝罪，但亞里沙斷然制止了她。

「那裡就不用了哦。對了，另一邊就拜託妳們了。」

我向亞里沙指出那些面對下級魔族陷入苦戰的探索者們。

援軍應該很快就來，不過要是放任不管，可能又會像之前一樣力竭呢。

「ＯＫ——！將軍那裡不用理會嗎？」

「那邊就由我負責支援哦。」

望著彷彿貓在玩弄老鼠一般的魯達曼，我這麼告知。

◆

「我來接手。請使用魔法藥進行回復吧。」

用妖精劍化解魯達曼長出斧頭的手臂，我向呼吸紊亂的艾魯達爾將軍這麼說道。

「抱……抱歉，潘德拉剛勳爵。」

『休想逃！』

魯達曼準備從我的頭上飛越而過，給予後退的艾魯達爾將軍致命一擊。

對此，自地面冒出來的石柱干擾了他的行動。

這大概是人在後方的賽貝爾凱雅小姐所施展的魔法吧。

對準焦急地破壞掉石柱的魯達曼，這次換成伴隨轟隆聲的巨大火球飛來。

『嘖！這些老太婆從剛才就煩死人了！』

魯達曼在身體前方架起黑色障壁，擋住了看似「豪焰球」的火焰彈。

不愧是五十二級的專業魔法使所釋放的攻擊，魯達曼的障壁被一擊粉碎，甲蟲般的外骨骼變色，全身關節都冒出了水蒸氣。

「——這樣東張西望的沒問題嗎？」

照這樣子下去，我發現對方很可能會衝進公會長等人紮營的地方，於是便從魯達曼側面砍了過去。

對方以長出斧頭的手臂迎擊，不過我在將其化解後從中間砍斷了手臂。

儘管相當堅硬，但對於接觸瞬間附加魔刃的妖精劍來說十分輕鬆。

『你到底是什麼人？』

魯達曼厲聲叫道。

對方自從變為魔族後就連帶換成了刺耳的音質，所以少了那麼一點震撼力。

「貴族，兼赤鐵探索者吧？」

『老子的手臂就連那個艾魯達爾的祕銀劍也傷不了，而你卻能一擊砍斷。你真正的身分究竟是誰！』

真有那麼硬嗎？

面對用拳頭和腳踢招式試圖拉開距離的魯達曼，我並未離開他懷中而是自始至終都在爭取時間。

「大概是被公會長的火魔法轟得搖搖欲墜了吧？」

『笑話！』

我這麼信口開河，一邊透過雷達確認艾魯達爾將軍返回了前線。

魯達曼繼續這麼堅硬的話之後似乎會很麻煩，所以我利用看似牽制的劈砍在魯達曼身上留下無數傷痕使其變得脆弱。

「讓你久等了，潘德拉剛勳爵。」

「公會長的魔法好像讓魔族的裝甲變脆弱了。」

「那真是太好了。」

艾魯達爾將軍頂著異常疲憊的表情回答。

看他似乎已經累了，還是趕快做個了結吧。

我不斷干擾想要攻擊艾魯達爾將軍的魯達曼，同時也妨礙魯達曼試圖閃避攻擊的任何行動。

『嘖——你們幾個，趕快幫忙！』

魯達曼朝著倖存的魔族這麼叫道。

不過，已經沒有任何可以回答他的魔族了。

「你就後悔自己為何要墮入邪道吧！」

艾魯達爾將軍的劍深深砍入了魯達曼的一隻腳。

看準支撐不住而跪下來的魯達曼，賽貝爾凱雅小姐的「鋼天槍衾」魔法炸裂，從地面生出無數的銀光長槍襲向對方。

『咕哦哦哦哦哦ＯＯＯＷＨ。』

腦袋向後倒仰的魯達曼發出咆哮。

這時，無數的魔法砲彈向他襲來。

「終於來了嗎——」

廣場的另一端來了迷宮方面軍的大型魔巨人。

剛才那似乎是大型魔巨人運送而來的魔法使們和魔力砲的攻擊。

接著，太守城堡所在的東側——

「——斬岩劍！」

拖曳著紅光現身的岩石騎士，將必殺技砸向魯達曼的腰部。

岩石騎士身後則是跟著一名太守的護衛騎士。

其餘三名護衛騎士好像要留下來負責保護太守。

「希嘉王國制式劍術——奧義『櫻花一閃』。」

挾帶魔刃的太守護衛騎士，更進一步從岩石騎士的另一側使出了橫劈的必殺技。

劍上散落的薄薄紅光碎片，看起來就彷彿櫻花的花瓣散落一般。

真是十分漂亮的招式，下次來模仿看看好了。

在兩人的後方，可以見到將裝載魔力砲的載貨馬車推過來的衛兵們正在調整砲列。

我方愈來愈占據優勢了。

倘若是動畫，這時大概要播放主題曲的背景音樂了吧？

『呃啊啊啊ＤＯ哦哦ＧＡＡＡＡＷＨ，』

這麼吼叫的魯達曼，臉上被大小不同的火焰彈命中。

這次是公會長和亞里沙。

蜜雅似乎正在專心負責回復和支援，所以並沒有攻擊。

我用石槍將踉蹌跪地的魯達曼右手釘住，然後讓整個身體轉動，以妖精劍砍斷了對方的左手臂。

「閣下！」

「毀滅吧，魯達曼！」

『嚕哦UUUAG！』

艾魯達爾將軍帶有魔刃的祕銀劍，砍下了魯達曼的腦袋——應該沒有錯。

探索者和士兵們的歡呼聲響徹廣場。

我是根據腦袋的落地聲以及魯達曼化為黑色霧氣消失的身體來判斷，所以並沒有直接目視。

這是因為儘管我備妥了讓艾魯達爾將軍親手處決的場面，仍不希望看到魔族化的人類被殺死的景象。

背對著他的首級，我朝著同伴們的方向走去。

「喵！」

被莉薩抱在手臂下方開心擺出屍體姿勢的小玉猛然抖動耳朵，整張臉向上彈起。

——雷達上顯示的紅色光點。

我迅速回頭望向光點的位置。

◆

「焉焉，搬運焉！」

被桃色巨大史萊姆的殘骸弄濕的石地板處，有一隻綠色操著奇妙口吻的下級魔族彷彿滲出一般現身了。

巨大的眼球占了大部分，眼球本身則直接長出了手臂和翅膀。似乎是我在聖留市第一次見到下級魔族的不同顏色版。

眼球魔族環視周圍，在發現沒有任何同伴後便丟下拿著的包袱。

根據ＡＲ顯示，丟下的包袱裡似乎是逮捕迷賊時所扣押的魔人藥藥丸。

大概是按照魯達曼的指示前去回收而來的吧。

「焉焉，狼狽焉！」

眼球魔族撿起掉落在下方的魯達曼腦袋，很有節奏地開始玩起丟沙包。

「原來還有魔族呢。」

「似乎是這樣呢。」

我這麼回答亞里沙，一邊拔出刺在地面的石槍。

儘管是罪犯，但侮辱遺體的舉動依然令人不快。

更何況眼球魔族雖然只有三十級，卻具備「精神魔法」和「影魔法」這些棘手的技能，所以我希望趕快將其打倒。

「焉焉，再生焉——」

眼球魔族的下方生出可疑的魔法陣，我於是投擲石槍貫穿眼球的中央加以阻止。

魔法陣立刻消失，眼球魔族抽搐著一邊掉落在桃色的水窪裡。

下一刻——

桃色的水如間歇泉一般噴發出來，逐漸形成身高十五公尺左右的某種人形物體。

根據ＡＲ顯示，那似乎為高達五十級的中級魔族。

名字——變成了魯達曼。

打輸了之後又再生巨大化，簡直就像是特攝片裡面的怪人。

魯達曼本身並沒有再生的這種能力，所以應該是桃色史萊姆復活後吸收了魯達曼而再生的吧。

「明明是再生怪人卻比原來還強，真是個不懂規矩的傢伙呢。」

亞里沙好像用「能力鑑定」技能讀取了再生魯達曼的情報。

「——這個該死的東西。」

艾魯達爾將軍仰望著人形的臉這麼唾棄道。

迷宮方面軍發動了攻擊，但無論魔力彈或實體彈都只是被體表吸收，看起來完全沒有作用。

雖然很想變身為無名或庫羅將其打倒，不過在四面八方都有人的狀況下實在很難辦到。

這時候還是利用公會長的上級魔法擊敗對方比較好。

——PWEEEENN。

反覆不斷崩潰和形成的不定型再生魯達曼發出咆哮，俯視著我們這邊。

——DOOOORAWA。

因憎惡而扭曲的眼睛彷彿在看著我。

看樣子，我似乎被他討厭了。

「公會長！我將魯達曼引誘至迷宮門前。請您詠唱完畢後給我個信號。」

我這麼喊道，然後以不至於觸發瞬動的高速度跑向迷宮門前。

再生魯達曼每踏出一步就會引發轟隆聲，石地板下陷，震動使人雙腳浮空。

『大家待命——不，麻煩從遠處進行掩護射擊。』

我透過持續暢通的「戰術輪話」向大家下達指示。

畢竟公會長的上級魔法攻擊範圍可是很廣的呢。

——GWOOOONWN。

懷著彷彿變成怪獸電影中登場人物一般的心情，我抵達了迷宮門前。

再生魯達曼的動作雖然遲鈍，不過由於身高差了十倍，導致實際的速度也相當快，我轉眼間就被追上，巨大的拳頭朝地面落下。

拳頭使得地面下陷，飛濺出桃色的水花。

石頭濺到濺出的水花後冒出白煙——看樣子，那好像是酸液。

我輕盈地跳來跳去，躲避著拳頭和酸液的飛沫。

逃跑的同時我還嘗試與再生魯達曼交談，但對方似乎已經喪失了足以理解語言的知性和理性了。

「快掩護潘德拉剛勳爵！」

在隊長先生的號令下，迷宮方面軍的魔巨人們來到了迷宮門前廣場。

六公尺級的魔巨人們在巨大的再生魯達曼面前，就像學齡前的小孩一樣靠不住。

迷宮方面軍的其他部隊也在公會前廣場展開完畢，處於隨時都可開砲的狀態。

「回來！已經準備好了！」

我繼續逃了好一會後，艾魯達爾將軍的呼喊聲響徹廣場。

看樣子，公會長的詠唱好像終於結束了。

魔巨人們緊緊抱住再生魯達曼的腿部，用以支援我的脫離。

或許是對我恨之入骨，再生魯達曼連同抓住腿部的魔巨人們一起拖著走，繼續在追趕我。

其行動被一隻巨大的手制止了。

從碎裂的石地板當中生出的手，轉眼間就成長為超巨大魔巨人的上半身，抱住了再生魯達曼的腰部阻止對方的移動。

「快點！潘德拉剛勳爵！那具魔巨人撐不了太久！」

可以聽到賽貝爾凱雅小姐的呼喊和同伴們的加油聲。

我從碗狀的迷宮門前廣場脫離後，公會長的長杖幾乎就在同一時間生出了紅蓮的奔流。

上級火魔法「火焰地獄」以火焰填滿了整個迷宮門前廣場，蒸發掉再生魯達曼的同時將其焚燒。

——UOOOOOOOOHHHHWN。

再生魯達曼發出哀嚎般的咆哮，逐漸在火焰當中瓦解。

「辛苦了。這樣事情應該就解決了吧。」

眺望著燒灼黑夜的巨大火焰柱，亞里沙向我遞出了濕毛巾。

我擦拭臉上附著的塵土，一邊將目光望向火焰。

對方已經無法保持人形，淪為了黏液的集合體。

然而，再生魯達曼的體力計量表並未歸零。

打從跌破一成開始，體力計量表的減少速度就變慢，甚至出現了起伏般偶爾上升的狀態。

「很不妙呢。」

「——咦？」

我的喃喃自語讓同伴們露出憂心的表情。

為保險起見，我確認了公會長和賽貝爾凱雅小姐的狀態，結果發現似乎無法交由她們發動最後一擊了。

兩者的魔力都已經枯竭，同時還因為使用太多魔力回復藥而處於過度攝取狀態。魔法藥一日使用過度，似乎就會像遊戲裡一樣需要冷卻時間。

術理魔法的「魔力轉讓」和魔法藥是不同標準，但總不能在這裡當場施展。

「不用擔心哦。」

這一類的場合我已經考慮到了。

我操作儲倉，進行最後關頭的準備。

「——可是。」

亞里沙指向了魯達曼逐漸恢復至比之前更為巨大的人形。

為了讓大家安心，我撫摸著年少組的腦袋微微一笑。

「不要緊。」

我指著「再生魯達曼改」的上空處。

「黑影～？」

「有人喲！」

小玉和波奇的聲音，讓公會長等人的視線也隨之望去。

「咦，那個是——」

我朝亞里沙做了一個「保密」的動作並眨了眼睛。

「什麼人？」

「那是勇者無名的隨從庫羅。」

「勇者的隨從？」

公會長和艾魯達爾將軍的聲音從後方傳來。

沒錯，飛在空中的是穿上庫羅服裝的關節可動模特兒人偶。

由於沒有自我飛行的機能，所以是我用「理力之手」讓它浮起的。

當然，會出現在那個地方也是透過「理力之手」取出。

為防止被鑑定，我已經讓它裝備了最高等及的阻礙認知道具。

『將靈魂出賣給魔族的愚蠢迷賊啊。』

我利用腹語術技能從庫羅人偶發出聲音。

『就以勇者授予吾之正義力量將汝毀滅吧。』

「再生魯達曼改」面對天空伸出看似手臂的東西。

——你被將軍了，魯達曼。

我透過「理力之手」從儲倉取出了某樣東西。

就是從前在被稱為虛空的場所獲得之物。

——閃光。

燒灼眼睛的刺眼亮光染白了視野。

——轟隆聲。

僅慢了亮光一瞬間，震耳欲聾般的猛烈聲響產生。

這是消滅世界樹的水母時，世界樹釋放的一部分閃電雷擊。

挨了就連黑龍赫伊隆也能擊退的世界樹閃電雷擊，「再生魯達曼改」便化為黑炭逐漸崩落。

末端就像平常的魔族死亡時一樣，變成黑色霧氣消失了。

既然地圖上的標記消失，這樣就算徹底結束了吧。

儘管沒能問出將魯達曼變成魔族的那個傢伙，不過這方面只要詢問被桃色巨大史萊姆吞噬的綠貴族就行了。

「結束了嗎？」

公會長在「赤冰」傑傑的攙扶下走來。

「是的，似乎是這樣呢。」

「是嗎。欠了那傢伙一個人情啊。」

由於已經回收，所以公會長仰望的天空不見庫羅人偶的身影。

「重建似乎會很費勁呢。」

「我累了。那些事就交給烏夏娜和賽貝爾凱雅她們吧。」

迷宮門前因電擊而溶解，變得一塌糊塗。

公會前廣場的石地板也都剝落，地面坑坑洞洞。

「你們也都辛苦了。善後工作交給其他人處理，你們也回去休息吧。」

公會長這麼說完，便朝著公會的方向回去了。

那麼，我們今天也好好睡個覺吧。

尾聲

「我是佐藤。一個人按自己的嗜好悠哉地寫程式固然很愉快，不過和大批創作者相互切磋意見，一邊製作產品也同樣很令人愉快。」

「推舉為希嘉八劍……嗎？」

「嗯，雖然不是現在，不過我打算將你介紹給希嘉八劍首席朱雷巴格先生。」

魔族魯達曼作亂當天算起的幾天後早晨。

在受邀造訪的迷宮方面軍艾魯達爾將軍的私人房間裡，我聽到了這樣的內容。

「你的等級雖然不夠，卻已經能夠和中級魔族交手了。即使是頑固的朱雷巴格先生，應該也不會置之不理才對。就算不能立刻成為希嘉八劍，至少也會同意你加入聖騎士團吧。」

儘管了解對方出於百分之百的善意，但老實說我非常困擾。

「說是交手，我也不過四處在躲避中級魔族而已，幾乎不曾給予有效的打擊。」

「那是因為你的等級太低了。只要鍛鍊一下就能解決。」

艾魯達爾將軍做出了用肌肉思考的發言。

「實際上，你曾三度面對中級魔族不是也都活下來了嗎？」

「因為我逃跑的速度比較快。」

或許是因為四處逃避與史萊姆合體後的魯達曼追殺，我竟獲得了「逃跑王」這個不可思議的稱號呢。

「潘德拉剛勳爵，擅於閃避可是件值得自豪的事情哦。畢竟只要能活下來，就可累積經驗再次戰鬥了。」

我很同意艾魯達爾將軍的這句話。

畢竟在等級制的世界裡，只要像RPG那樣累積經驗就能變強呢。

那麼，普通的藉口似乎沒辦法讓對方死心。

雖然對艾魯達爾將軍很抱歉，不過我還是斷然拒絕好了。

「將軍閣下，非常對不起，關於推舉一事還是容我拒絕吧。我所效力的主人僅有穆諾男爵一人。包括會來到迷宮都市，也是因為要鍛鍊同伴們以便協助男爵領的重建工作。」

儘管不存在這樣的事實，但似乎很適合用來拒絕所以我就用用看了。

「是嗎……想不到你如此忠心耿耿，對方想必是位品德高尚的出色領主吧。」

「是的，非常出色。」

我帶著笑容點頭同意艾魯達爾將軍的發言。

因為穆諾男爵是個無論亞人或人族都平等對待的好人呢。

「知道了。我就不再勸你了。不過，要是改變心意就來找我吧。我隨時都願意推舉你。」

「謝謝您。屆時必定會前來叨擾。」

艾魯達爾將軍好像也終於體諒我了。

「閣下～我用潘德拉剛士爵的禮物製作了甜瓜酒哦～」

彷彿看準了氣氛緩和的這個時候，狐軍官親自推著手推車進來。

他所說的甜瓜酒，似乎是在小顆的哈密瓜切成一半而成的器皿裡倒入威士忌之物。

「大白天就要喝酒嗎——」

艾魯達爾將軍嘀咕道。

平常總是會落下拳頭的隊長先生，今天也由於負責指揮復原工程而不在這裡。

「喝這麼一點應該不會醉吧？」

「說得也是呢。」

聽了狐軍官的話，艾魯達爾將軍點點頭。

這樣好嗎？

「很棒的甜瓜呢。是艾爾艾特侯爵領的最高級品嗎？」

「雖然不知是否為最高級品，不過產地正如您所猜測的。」

茶會上認識的貴族表示是太太的老家送來，所以分給了我大量的哈密瓜。

至於對那位貴族的回禮，我則打算贈送他哈密瓜雪酪。

「來來，潘德拉剛士爵也請用～從裡面搗碎哈密瓜，將果汁和酒混合在一起吃會非常美味哦～」

狐軍官遞給我放有甜瓜酒的盤子和湯匙。

既然有這個機會，就來嚐嚐看吧。

「很不錯呢。」

「我就說吧～」

我不禁脫口而出讚嘆之語。

哈密瓜汁和威士忌居然出奇相配。

吃著吃著，哈密瓜汁和威士忌的比例改變後的味道變化也令人相當愉快呢。

「跟白蘭地似乎也很配呢。」

「希嘉酒也很配哦～」

總覺得是會讓人上癮的味道。

乾燥的風吹入了位於較高位置的艾魯達爾將軍房間窗戶。

我藉著風和冰涼的哈密瓜冷卻身心，與酒友們彼此閒聊著。

總覺得，這會讓我回憶起盂蘭盆節回到鄉下，和祖父他們喝著梅酒的日子。

下次乾脆就製作手工釀造梅酒帶過來好了。

還有，風鈴也是呢。

◆

「老爺，接下來馬車似乎無法進入。要繞至停車場嗎？」

結束在迷宮方面軍駐地的酒宴後，我乘坐宅邸裡的新人女僕亞妮所駕駛的馬車來到了西公會。

當然，我目前已經酒醒，身上的酒味也用生活魔法消除了。

畢竟對於一大早就渾身酒味的雇主，想必亞妮也會覺得討厭吧。

「不，就在這裡下車吧。我要去視察一下。」

「知道了。那麼，我先將馬車停在公會的停車場裡等候您。」

告別亞妮之後，我望著正在進行重建作業的公會前廣場，一邊在通往公會的臨時步道上前進。

因為今天不光是艾魯達爾將軍，我也接到了公會長和太守夫人的邀請呢。

「「啊，少爺！」」

從公會方向過來的女性二人組「美麗之翼」朝我大動作揮手。

「妳們現在要進迷宮嗎？」

「嗯，是啊～」

「這裡的工程似乎導致搬運工奇缺，所以連我們也能參加赤鐵的遠征隊了。」

「這次的遠征可以償還不少債務哦。」

她們在最初認識時的「連鎖暴走」中欠下的債務好像還沒還清。

我拿出幾瓶灌水魔法藥作為餞別禮。

「咦，少爺，真的可以嗎？」

「謝謝您，少爺！」

目送開心的兩人離去後，我眺望著從事工程的人們。

隊長先生粗獷的聲音另一端，可以見到迷宮方面軍的魔巨人們正在充當重型機具搬運建材的景象。

工地現場裡也有未成年的孩子們，不過他們並非從事重勞動，好像都分配到合適的工作。

據早上賑濟活動時聽到的情報，重建工程的現場似乎會提供早餐和午餐的樣子。

也許因為這樣，不光是都市內，就連鄰近村落和城鎮也開始有外出打工的勞動者聚集而來。

配合這股勞動者增加的浪潮，我逐步釋放「蔦之館」內保護的人們，讓她們前往先發的探索班所居住的長屋會合。

「那邊的少爺，發呆是很危險的哦。」

「後面有人要過——」

令我眼熟的少女們手裡抱著箱子跑了過去。

其目的地大概是公會附近攤車林立的角落。

不久，炸物的香味瀰漫而來。

「可樂餅店的隊伍尾端在這裡——」

「炸豬排串店的隊伍尾端在這裡哦。」

「炸薯塊店在這裡~不用等待速度很快哦！」

三處隊伍的最後方，分別都有舉著繪出該料理模樣的招牌並站在那裡的孩子們。

畫出「跳舞的可樂餅」、「勝利的炸豬排串」和「展翅遨翔的炸薯塊」這些招牌的則是小玉畫師。

至於小玉一併繪製的嘔心瀝血名作「葉縫陽光下的漢堡排」，已經被裱框並裝飾在育幼院的餐廳裡了。

不光是欣賞而已，最近甚至還有孩子在膜拜。

「啊，士爵大人！」

舉牌人旁邊的小女孩指著我叫道。

「都很努力呢。」

撫摸著小女孩的腦袋，我向前來打工幫忙舉招牌的育幼院孩子們每個人發放一顆糖果，同時吩咐「要對大家保密哦」。

而在隊伍的最前頭，是育幼院的年長孩子們和「蔦之館」所保護的女性們一起在經營攤車。

「啊，是少爺啦！露露，妳們的主人來了啦。」

身穿女僕裝擔任店員的紅髮妮爾，呼喚了正在後台油炸可樂餅的露露。

妮爾和露露之所以一起融洽地工作，其中存在著一點隱情。

由於對迷宮產生心理創傷的孩子數量不少，其中有相當比例的人除賣身之外沒有任何的謀生手段，於是我便以「答謝庫羅解救了危機」為由，向她們提供了攤車和可樂餅之類的食譜。

露露會一起工作，是因為擔任了實際做菜時的指導角色。

「主人，歡迎光臨！」

露露浮現如同花朵綻放般的光彩笑容。

倘若這裡是少女漫畫的世界，大概可愛得連花都飛散到旁邊的格子了。

遺憾的是，在攤車後面沒能看到正在充當收銀機、計算所找零錢的蒂法麗莎與露露之間談天說笑的場面。

至於大姊頭和金髮貴族少女似乎不是負責攤車這塊的。

「抱歉打擾妳們了呢。我只是路過順便來看看狀況而已。」

「少爺，這是禮物啦。」

「謝謝妳，妮爾小姐。」

「直接叫我妮爾就可以了啦。」

收下裝有可樂餅和炸豬排串的小包，我走向了公會。

◆

「味道很香呢，是炸豬排串嗎？」

「是的，這些是慰勞大家的。」

我將妮爾和露露送給我的炸物小包放在公會長辦公桌的角落處。

「還有炸薯塊。」

賽貝爾凱雅小姐查看小包之後點了點頭。

不同於蜜雅，她雖然也能正常食用肉類料理，但似乎最喜歡炸薯條了。

由於使用了新人探索者講習會時多森先生提到的「纏繞菜種」提煉出來的植物油進行油炸，食物本身還挺健康的。

「烏夏娜，總之先來點麥酒吧。炸豬排串跟麥酒很配。」

「在您工作完成之前不准喝酒。」

面對公會長的要求，烏夏娜祕書官以笑容駁回。

「對了，您找我有什麼要事嗎？」

「真沒辦法——炸物冷了也不好吃，就邊吃邊講吧。」

公會長啃著炸豬排串一邊開口。

「首先，關於栽種的事情，目前已經得知栽種需要『特殊的魔法陣』。」

「那麼，可以視為封口令已經解除了嗎？」

「不，儘管效率很差但基本上會繼續生長，所以封口令還是照舊。」

因此，在前幾天的事件中倖存的迷賊裡，幾名幹部級的迷賊倖存者將會按照原訂計畫公開處決，至於其他人則是貶為犯罪奴隸並封口，然後被帶到「碧領」這個負責開拓魔物領域且奴隸耗損率非常高的場所。

儘管對待方式相當殘忍，但考慮到他們的所作所為，只能說是因果報應，所以我無意同情他們。

「接下來是正題——」

這時，公會長換上鄭重的表情顯得有些欲言又止。

「就是關於前陣子魔族的事。佐藤你看過這個嗎？」

公會長從懷裡取出用布包裹的短角和長角，擺放在桌子上。

「這個是短角呢。至於那個——莫非是和短角同種類的東西嗎？」

看到長角後我停頓了一下，藉助詐術技能和無表情技能裝作第一次見到。

「那個你就當作沒看過好了。」

我點點頭後，公會長便將兩種角收回懷裡。

「那種角的來源已經查明了嗎？」

「嗯嗯，就是波布提瑪。」

公會長立刻回答了我的問題。

「——是波布提瑪先生自己招供的嗎？」

「嗯嗯，他都乖乖地說出來了哦。如果有事想問他本人，就去太守那裡吧。」

根據地圖情報，他並不在太守公館地下的牢房或者作為顯貴專用牢房的尖塔裡，而是被監禁在太守城堡的別館當中。

「話說回來，庫羅這個人跟你有過任何接觸嗎？」

「不，完全沒有。」

「這麼說，自從那次以來就只在這裡出現過了嗎……」

事件當晚我事先以庫羅的面貌造訪了公會長的私人房間，拜託對方幫忙庇護大姊頭等人。

隔天，我以再佐藤的身分若無其事地造訪公會之際，得知了庫羅的訪問及大姊頭她們的事情，於是就順水推舟地提供了炸物的食譜。

由於能夠在適度的距離感之下提供援助，使得我相當珍惜這種關係。

「倘若庫羅主動跟你接觸，就告訴我吧。」

「是的，一定會。」

當然，如果庫羅有事要找公會長就會直接過來，所以我想應該沒有代為傳話的機會了。

在這之後，烏夏娜祕書官因為公會復舊工程的緣故向我募捐，我於是在不會招致其他貴族嫉妒或反感的範圍內提供了資金。

◆

「——波布提瑪先生？」

和太守夫婦一同造訪的房間裡，我見到了躺在白光棺柩裡、僅有上半身的波布提瑪。

由於染成綠色的頭髮已經剃掉，如今也沒有化妝或者塗指甲油，看起來是個和我原先認識的綠貴族印象截然不同的老人。

只不過，他頂著蒼白的臉一動也不動，看起來就像死了一般。

「他還活著嗎？」

儘管ＡＲ顯示告訴我他還活著，我仍詢問太守夫人以確認狀況。

「是的，目前正以太守之力強行延續生命。」

「是為了要審問嗎？」

面對我的問題，太守夫人平靜地搖搖頭。

「不。經過六神殿的神官們使用神聖魔法解除了魔族的洗腦後，波布提瑪已經一五一十地招供了所有的事情。」

對方是個給我魔族般印象的人，想不到居然是因為遭到魔族洗腦。

穆諾男爵領的魔族執政官用精神魔法進行的洗腦，我記得即使用鑑定技能或ＡＲ顯示好像也無法判定吧。

也難怪精神魔法會被視為洪水猛獸了。

另外，據說看穿洗腦事實的並非神聖魔法或技能，而是出於赫拉路奧神殿的老神官長的直覺。

也就是「熟練的工匠能一眼看穿些微誤差」的意思吧。

神殿的數量少了一座，讓我感到有些在意，不過這其中大概有什麼隱情所以就忽略不管了。

「親愛的，可以請你開始了嗎？」

「嗯。」

太守夫人這麼說完後，太守便嚴肅地點頭。

「賽利維拉之靈啊，太守向您祈求，請將力之寶冠降於此身——■著裝。」

太守的額頭處生出環狀亮光，光輝消失後出現了以藍色結晶構成的頭環。

對方大概是召喚了用來施展都市核之力的道具吧。

「那麼，我這就解除假死的封印。潘德拉剛勳爵，請長話短說。」

儘管沒有解釋，我卻隱約能了解。

對方恐怕是透過都市核之力將波布提瑪置於假死狀態以維持生命吧。

「假死化，『解除』。」

太守唱出了對都市核的口令。

下一刻，籠罩波布提瑪的白光消失，他的嘴唇和手指出現痙攣般的動作。

「嗚哦哦哦哦哦哦哦哦哦！」

波布提瑪的口中傳出聲嘶力竭的哀嚎。

「親愛的，使用麻醉。」

「嗯……嗯嗯。■ 無痛。」

太守使用了都市核後，波布提瑪的哀嚎隨即停止，處於呼吸紊亂但可交談的狀態。

「是潘德拉剛勳爵……嗎——」

目光停留在我身上的波布提瑪用嘶啞的聲音叫出我的名字。

被太守夫人推了一下背後，我於是將耳朵靠近對方嘴邊。

「我似乎……給你……添了許多麻煩。」

波布提瑪用斷斷續續的聲音低語。

太守的麻醉應該能阻隔他的疼痛，但如今卻看似相當痛苦的樣子。

「我……我要向你謝罪和道謝。」

我在腦中進行修正的同時一邊傾聽對方的下文。

或許是洗腦解除後已經不再使用「焉」語尾的緣故，總覺得有些格格不入。

「你的善意延緩了魔族的陰謀。這是相當大的功勞。」

說到我以佐藤身分展開的行動，就是將流浪兒童們保護至育幼院那件事嗎？

我還不是很了解魔族的企圖究竟為何。

「倘若沒有你的善意，賽利維拉市很可能會在任何人未察覺的情況下遭到侵蝕，成為魔王復活的溫床。」

嗯，我也沒有察覺到。

應該說，魔族們好像真的盤算過要在賽利維拉復活魔王。

「由於你的延緩，以及勇者隨從大張旗鼓的行動而使得那些魔族急躁起來，想要以那種魯莽的手段在短期內將迷宮都市變成魔王復活的溫床。」

莫非還有殘留的魔族嗎？

抱著這個想法試著搜尋後，我得知迷宮都市和包含它在內的國王直轄地裡並沒有魔族的存在。

至於俯瞰迷宮都市的群山當中倒是發現了令我有些好奇的存在，不過這方面稍後再來解決吧。

「不用擔心。既然那種強制手段已經失敗，賽利維拉市暫時不會有魔王復活了。」

波布提瑪彷彿看出我的想法一般這麼告知。

「做出了那麼醒目的舉動，王國高層和沙珈帝國的勇者都會將目光投來。狡猾的魔族想必會以此作為掩飾，改在其他地方策劃魔王復活吧。」

從過去的歷史來看再明顯不過了——波布提瑪這麼說道。

換句話說，這座迷宮都市雖然沒事了，但魔王或許會在其他地方復活。

說到這個，根據我在公都從特尼奧神殿的巫女長大人那裡聽來的內容，魔王復活的預言除公都之外好像還有其他地方吧。

我還以為其他六處的預言都已經落空了……

「所以——」

波布提瑪「咳咳」地咳嗽著。

其嘴角流出血來。

「請說到這裡就好了。」

太守夫人用手帕擦拭他的血。

「波布提瑪想說的是，你的行為拯救了這座賽利維拉市。之後我會授予你『賽利維拉聖守勳章』。」

代替咳嗽的波布提瑪，太守麼說道。

儘管不知道勳章的價值為何，但自己的行動獲得認可實在很開心。

「最後還有一件事。」

波布提瑪顫聲開口。

彷彿在留下遺言一般。

「對於被我所傷害的無辜民眾，希望你能向大家轉達我波布提瑪深感歉意。我將迷宮都市裡自己的所有個人資產託付給你，請你分配給那些因為我的愚蠢行徑而受到傷害的人們——」

說畢，波布提瑪便靜靜閉上了眼睛。

「親愛的！」

「嗯……嗯嗯。■ 假死化。」

太守施展都市核之力，留住了快要死去的波布提瑪。

「看樣子趕上了。」

「辛苦你了，親愛的。畢竟波布提瑪還有事情要做呢。」

說到必須讓瀕死的波布提瑪做的事情，應該是與血親見最後一面或是當作事件的幕後黑手交給王國，但從太守夫妻的態度來看大概是前者。

在這之後，我詢問了勳章授予典禮的時程，便離開了太守城堡。

◆

「多虧了轉生魔族們和泡芙，迷宮都市應該充滿了瘴氣焉。」

在俯瞰迷宮都市的一處山頂上，可疑的綠衣男人正在這麼喃喃自語。

說話語氣跟綠貴族波布提瑪很像，卻是個相貌上天差地別的肌肉男。一旁則是有收起翅膀的飛龍在等候著。

由於我將斥候系的技能全開並連續施展縮地接近對方，所以男人和飛龍似乎都未察覺到我。

「接下來只要無人阻撓，被瘴氣侵蝕後人們的怨恨就會滲入迷宮，陛下在不久的將來便可再臨焉。」

男人甩開暗綠色外套的下襬，彷彿舞台上的演員一般誇張地展開雙手。

正如綠衣男人所言，在開啟瘴氣視的視野裡可見到整座迷宮都市冒出了熱浪般的瘴氣。

看樣子，魔族的企圖好像還沒完全被摧毀。

瘴氣之後再來淨化好了。

「你們就盡量享受短暫的春天焉。呵——呵呵呵！」

與冷峻臉龐完全不搭調的「呵呵」笑聲迴盪在山頂上。

唔，或許跟綠色的眼影和口紅很配也說不定。

根據地圖及AR顯示，男人的種族雙重顯示為「人族」和「擬體」，所以我單純只是抱著確認可疑人物的心態過來看看，如今看來對方無疑就是與操控波布提瑪的綠色上級魔族有關的人了。

「接著得去幫忙桃色焉，雖說是借用泡芙所欠的人情，不過也挺麻煩焉。」

男人頂著邪惡大幹部一般的表情轉過身，見到我坐在岩石上後頓時愣住。

機會難得，我於是友好地朝對方輕輕揮手。

「何……何人焉？」

「——勇者無名。」

我向盤問的綠衣男人這麼回答。

這個聲音讓終於察覺到我存在的飛龍擺出威嚇架勢。

「你在迷宮都市裡盤算些什麼？」

「呵、呵、呵——！」

綠衣男人只是大笑並未回答。

「要是能抓到神出鬼沒的我，就告訴你焉。」

對方從懷裡取出兩顆白球，球上生出的魔法陣裡出現了兩隻綠色的下級魔族。

至於他本人則是逐漸沉入腳邊的影子裡。

大概是以下級魔族為誘餌準備逃走吧。

——休想得逞哦？

我無視於下級魔族，逕自用縮地拉近距離並一腳踢飛了已經半個身子沉入影子裡的綠衣男人。

「嗚哦哦哦哦！你……你做了什麼焉！」

綠衣男人痛苦地呻吟。

「為……為何針對擬體的攻擊會傳遞至本體焉！」

看來我在踢出時平均藉助聖刃和魔力鎧的做法奏效了。

V獲得技能「聖光鎧」。

由於衍生出了新的技能，我於是分配技能點數將其開啟。

「住……住手焉。別……別這樣……焉——————！」

為了同時確認新技能的使用感，我用籠罩藍光的腳不斷踢飛對方之後，綠衣男人終於受不了了。

至於從背後襲來的下級魔族和準備救出綠衣男人的飛龍，我已經用出現在手指上的聖刃加以殲滅了。

「居然能隔著『擬體』對我本身造成傷害……不愧是消滅了紅青黃古老魔族之人焉。真是個超乎常理的怪物焉。」

腳步踉蹌的綠衣男人說了這句失禮的話。

我在度發動剛獲得的「聖光鎧」，讓拳頭帶有藍色光輝。

「既然如此，你也在此毀滅吧！」

挾帶藍色殘光的拳頭，擊穿了綠衣男人的臉部。

男人當場翻滾半圈，腦袋砸向地面滑了下去。

「焉……焉——」

發出特攝怪人般叫聲的綠衣男人，化為綠色霧氣「砰」地一聲裂開消失了。

總覺得很希望對方產生猛烈爆炸，但在此要求這樣的老橋段也無濟於事呢。

我撿起下級魔族掉落在地的魔核，同時把飛龍的屍體也收納至儲倉。至於化為綠色霧氣消失的「擬體」好像不會掉落魔核的樣子。

儘管考慮過對擬體設定標記後進行監控，但同種的「擬體」也出現在王家直轄領北端的都市，於是我將標記設定在此，並破壞了這邊的擬體作為洩憤。

◆

此時發現了在意的事情，我於是用天驅飛上天空。

「——那個是魔法陣嗎？」

開啟瘴氣視後，我見到從上空俯視的迷宮都市有個看似用瘴氣描繪而成的黑色魔法陣。

倘若我記得沒錯，這些路徑正是綠貴族波布提瑪的散布路線。

看來對方選擇奇妙的路線並非為了要整我，而是在繪製魔法陣。

話雖如此，唯獨我的宅邸所在處周邊和平民區的一部分呈現出淡淡的白色，所以魔法陣已經被破壞而無法運作了。

我用「歸還轉移」回到房子，讓精靈光全開之後外出散步以消除魔法陣。

如今在迷宮都市裡除蜜雅之外沒有人具備精靈視技能，所以應該沒關係。

「抓到波奇了！」

「啊嗚嗚，又被抓到了喲。」

我送給小玉和波奇她們的力量控制魔法道具似乎發揮了令人滿意的效果。

我朝空地上玩耍的孩子們揮揮手，繼續散步下去。

「蜜雅的音樂無論何時都很好聽呢。」

「是啊，感覺都湧出力氣了啊。」

「姆，誇張。」

在蓄水池附近，我見到了被圍在老人們中間的蜜雅。

每一位老人都帶著笑容，充滿了朝氣。

「再見～？」

「謝謝妳，謝謝妳。」

沿著農家散步著，又發現了在圍牆上輕快跳著的小玉和其後方合掌膜拜的老婆婆。

「奶奶？」

「來，快喝。貓耳姑娘送了藥草給我們哦。」

老婆婆把煎好的藥拿給病床上的孫子。

說到這個，小玉好像很熟悉藥草以及採集吧。

通過農家群聚的地區，我來到了民房林立的北門附近。

「呼哈哈——大收穫大收穫！」

「太好了呢，亞里沙！」

「這樣一來晚餐就是大分量了呢！」

「幼生體啊，希望一併誇獎我——這麼告知道。」

「啊哈哈，娜娜真有趣～」

帶領孩子們的亞里沙和娜娜抱著大行李走了過來。

好像是她們在貝利亞生長的地帶設置陷阱，抓到了許多貝利亞鼠和沙土龍。

「總覺得會讓人想起暑假時抓獨角仙的時光呢。」

說著，亞里沙露出向日葵般的笑容。

看來亞里沙的孩童時代好像挺野的。

我就這樣漫步在「蔦之館」座落的自然公園和貴族區。

「主人，我一併隨行。」

繞了迷宮都市一圈後回到西門之際，我跟莉薩會合了。

她好像正沿著迷宮都市的外圍慢跑作為訓練。建議莉薩進行慢跑的人照例一樣是亞里沙。

她在與銀色中級魔族的戰鬥中似乎感覺到自己落後於他人，所以我認為讓她藉此調適一下也不錯。

「慢跑很愉快嗎？」

「——是的。」

看起來不像很喜歡的樣子。

「差不多也該再次探索迷宮了吧。」

「是的，主人。」

聽到我不經意的一句話，亞里沙露出凜然的笑容即刻回答。

畢竟這陣子除了出門收穫「跳跳薯」和「步行豆」之外，我們就沒有再進入迷宮了呢。

「既然如此，乾脆明天就出發好了。」

「是的，我去通知大家！」

莉薩丟下我跑了出去。

將孩子們的笑聲和勞動者們中氣十足的吆喝聲當作背景音樂，我目送著莉薩離去的背影。

其尾巴很有節奏地擺動著。

「真有那麼期待迷宮嗎？」

我喃喃說了一句，然後仰望迷宮都市萬里無雲的藍天。

不枉費我精靈光全開在迷宮都市走來走去，原本籠罩迷宮都市的瘴氣也都消失得一乾二淨了。

這樣一來，應該可以當作魔族們在迷宮都市策劃的魔王復活已經徹底失敗。

來到露天攤販區後，可以聽到店員們精神百倍呼喚著我的聲音。

「少爺！適合肉類料理的香料進貨了。要不要買一些呢！」

「這邊艾爾艾特出產的岩鹽也參考一下吧。」

「比斯塔爾公爵領名產芝麻醬也進貨了哦！」

既然要進迷宮，就必須補充用來搭配肉類和蔬菜的調味料了呢。

「我可以先嚐嚐看嗎？」

我這麼說著，一邊前往店員們的露天攤販查看。

看來明天會是個適合進迷宮的好日子。

後記

大家好，我是愛七ひろ。

誠心感謝各位本次手中拿著《爆肝工程師的異世界狂想曲》第十一集！

那麼，在講述本篇的看點之前先從動畫化的部分開始說起吧。

本集的書腰帶裡應該正式發表了這個消息，而我也有幸造訪了負責製作《爆肝》動畫的「SILVER LINK.」公司，與包括大沼監督在內的製作人員以及製作委員會的人士們見面。

期間主要和監督及負責劇本的人員進行對談，由我熱情地講述了本作的世界觀和重視的要素。

例如作品的方向性、背景，還有作畫時的方向性等，需要開會討論的事比我當初想像得還要多，我在感到驚訝的同時也學到了非常多東西。

另外，撰寫這篇後記的稍早之前，我還獲邀參加了佐藤和亞里沙的錄音帶選拔會。

令我吃驚的有兩件事。

第一是共計有一百四十名配音員報名參加。

能聽到許多配音員們認真的表演，實在讓我感到十分激勵。

而第二件事。

「原來配音員的人口有這麼多！」

對於專業人士說這種話或許有點失禮，不過每一個人的演技都非常厲害。

不光是在動畫中耳熟能詳的著名配音員們，那些新鮮的新人配音員們也都出色地詮釋了佐藤和亞里沙的角色。

由於以前沒有請人朗讀自己作品的經驗，所以這麼大的年紀居然還會太過開心而不斷扭動身體。

簡直令我不禁想要大喊：「統統錄取！」

不過，就算再怎麼難分軒輊，既然是錄音帶選拔會，就必須要選拔出一個結果了。

接受這個任務前，儘管被告知「會很辛苦哦」，但程度實在超乎了我的想像。

即使心裡明白，原作者的甄選純粹是在錄音室選拔前的篩選參考之用，不過為了對認真演出的配音員們表示敬意，我仍反覆地持續豎耳聆聽了無數次。

針對是否適合該角色，演技是否如我腦中的印象一樣，以及遇到需要敞開心胸的場面時是否詮釋得不會讓人感到厭惡等，我將這些事項記錄下來，最後在完形崩壞的同時仍各選出了幾名特別合適的人選。

這篇後記完成之後，我預計還要前去叨擾錄音室選拔會，若情況允許，我會在下一集、活動報告或是ＳＮＳ等處向大家報告。還請拭目以待。

動畫相關的話題稍微長了一些，所以差不多也該講述本集的亮點了。

本次為迷宮都市篇Ⅱ。

和上一集相同，章節的主軸就和網路版類似，不過由於書籍版專有的登場人物和發生事件，導致劇情發展和結果都和網路版有極大的差異，所以我有信心可以讓看過網路版的讀者也能從中獲得樂趣。

以「焉」語尾的那個人為主，在穿插著某人敗部復活的同時，故事也將經歷各式各樣的事件並朝著最終的結果收尾。

看完本集的讀者，還請務必在知悉所有內幕的情況下重新再看一次第十集。

相信應該就能了解那個充滿謎團的人採取行動的意義和理由了。

當然，身為《爆肝》的賣點，本篇故事之外的支線事件也相當充實。

包括佐藤的魔物素材勞作、賑濟食物、和育幼院孩子們的交流以及新追加的登場人物等，安排得十分緊湊。

還有，戰鬥也是！

平常總是待在幕後的佐藤，本集中也將一手拿著妖精劍挺身面對都市迷宮的存亡危機。

他究竟會和誰並肩作戰呢——

這裡說出來就等於洩漏劇情，所以還請各位務必要閱讀本篇。

在答謝之前要先報告一件事。

あやめぐむ老師所繪製的漫畫版《爆肝工程師的異世界狂想曲》第五集應該也會同時發售。

書中街景和人物的細緻描寫以及同伴們的可愛表現手法相當出色，所以希望尚未看過的讀者還請務必拿起該書。

同時還能看到原作小說的插畫中未被繪出的角色，可以說加倍划算哦～

那麼，就進入例行的答謝時間。

多虧了責任編輯A小姐和K先生兩人的指正和改稿建議，使得各種場面的可讀性及臨場感都獲得了提升。僅是精確地指出作者容易疏忽之處這一點，對我就真的幫助很大了。

今後還請繼續給予指導和鞭策。

另外，每次用精彩插畫賦予《爆肝》世界鮮豔色彩以營造氣氛的Ｓｈｒ：ｉ老師，無論向您道謝多少次都不夠。

本次的看點為銀髮的蒂法麗莎。

——雖然很想這麼說，但作者最中意的卻是頂著呆毛和小虎牙的可愛妮爾。

本集當中妮爾的出場時間原本在中盤就結束了，但被插畫吸引之後我便急忙剝奪其他角色的出場機會讓她再度登場，就連不可能的出場的下一集也同樣登場了。

然後，要感謝包括角川ＢＯＯＫＳ編輯部的各位在內，所有參與本書的出版、流通及販賣的相關人士。

最後，是向所有的讀者們獻上最大的感激之意！

謝謝各位從頭到尾閱讀完本作品！

那麼，我們在下一集迷宮都市篇Ⅲ再會了！

愛七ひろ

Kadokawa Light Novels

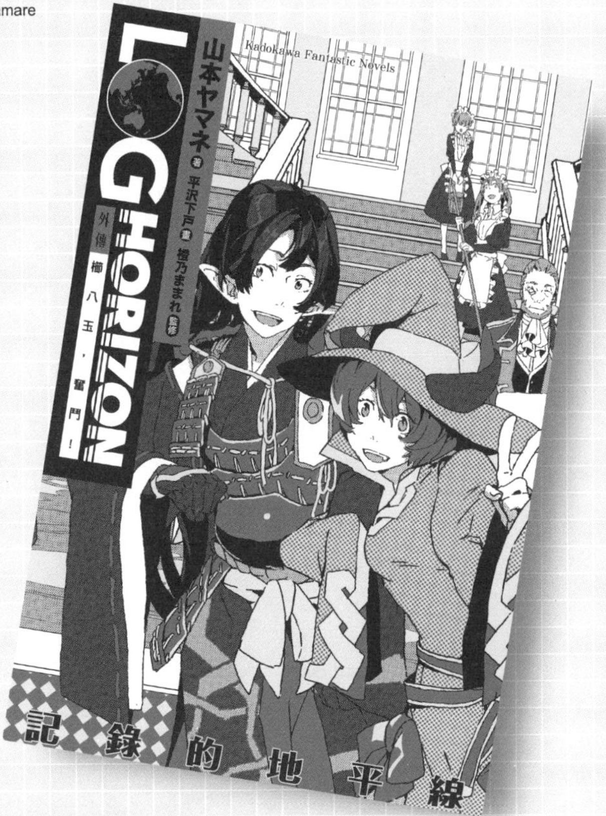

記錄的地平線外傳

Kadokawa Fantastic Novels

作者：山本ヤマネ　插畫：平沢下戸

克拉斯提原本的得力部下，
「突擊巫女」櫛八玉大顯身手！

〈大災難〉將玩家封鎖在遊戲世界之後，來不及從遊戲退休的90級「突擊巫女」櫛八玉、櫛八玉的好友「麻煩妹」八枝櫻、八枝櫻的男友勇太、不良少年達魯塔斯等個性迥異的「初學者集團」，將以秋葉原為目的地，展開一場摸索與奮鬥的大冒險！

台灣角川

NT$250/HK$75

Kadokawa Light Novels

我是忍者，也是OL 1~2 待續

Kadokawa Fantastic Novels

作者：橘 もも　插畫：けーしん

無論戀愛或工作，
都可以用忍術守護住嗎!?

逃離家鄉的逃忍OL陽菜子甘冒危險重拾忍術，全是為了保住天真的和泉澤，以及他祖父一手打造的公司。然而危機卻一步一步接近，這次要掀起的是將辦公室變成戰場的忍者合戰——陽菜子的作戰和愛情將何去何從？

台灣角川

各 NT$180/HK$55

國家圖書館出版品預行編目(CIP)資料

爆肝工程師的異世界狂想曲 / 愛七ひろ作 ; 蔡長弦
譯 . -- 初版 . -- 臺北市 : 臺灣角川 , 2017.04-
冊 ; 公分
譯自 : デスマーチからはじまる異世界狂想曲
ISBN 978-986-473-601-0(第 8 冊 : 平裝). --
ISBN 978-986-473-782-6(第 9 冊 : 平裝). --
ISBN 978-957-8531-17-8(第 10 冊 : 平裝) --
ISBN 978-957-564-008-8(第 11 冊 : 平裝)

861.57 106002822

Kadokawa
Fantastic
Novels

爆肝工程師的異世界狂想曲 11

（原著名：デスマーチからはじまる異世界狂想曲 11）

2018年2月1日　初版第1刷發行
2020年1月20日　初版第2刷發行
作　者：愛七ひろ
插　畫：shri
譯　者：蔡長弦
發行人：岩崎剛人
總經理：楊淑媄
資深總監：許嘉鴻
總編輯：蔡佩芬
編　輯：吳欣怡
美術設計：黃永漢
印　務：李明修（主任）、張加恩（主任）、張凱棋
發行所：台灣角川股份有限公司
地　址：105台北市光復北路11巷44號5樓
電　話：（02）2747-2433
傳　真：（02）2747-2558
網　址：http://www.kadokawa.com.tw
劃撥帳戶：台灣角川股份有限公司
劃撥帳號：19487412
法律顧問：有澤法律事務所
製　版：巨茂科技印刷有限公司
ISBN：978-957-564-008-8

DEATH MARCHING TO THE PARALLEL WORLD RHAPSODY Vol.11

First published in Japan in 2017 by KADOKAWA CORPORATION, Tokyo.
Complex Chinese translation rights arranged with KADOKAWA CORPORATION, Tokyo.